纪念《锺山》创刊四十周年(1978-2018)

鍾山

四十年鲁迅文学奖
获奖小说集

贾梦玮 主编

1978—2018

江苏凤凰文艺出版社

图书在版编目（CIP）数据

《锺山》四十年鲁迅文学奖获奖小说集 / 贾梦玮主编. — 南京：江苏凤凰文艺出版社，2018.11
ISBN 978-7-5594-2946-9

Ⅰ.①锺… Ⅱ.①贾… Ⅲ.①中篇小说-小说集-中国-当代②短篇小说-小说集-中国-当代 Ⅳ.①I247.7

中国版本图书馆 CIP 数据核字(2018)第 220332 号

书　　名	《锺山》四十年鲁迅文学奖获奖小说集
主　　编	贾梦玮
责任编辑	王　青　张　倩
出版发行	江苏凤凰文艺出版社
出版社地址	南京市中央路 165 号，邮编：210009
出版社网址	http://www.jswenyi.com
印　　刷	苏州越洋印刷有限公司
开　　本	880×1230 毫米　1/32
印　　张	10.125
字　　数	233 千字
版　　次	2018 年 11 月第 1 版　2018 年 11 月第 1 次印刷
标准书号	ISBN 978-7-5594-2946-9
定　　价	68.00 元

（江苏文艺版图书凡印刷、装订错误可随时向承印厂调换）

目　录

中篇小说

001 /《从正午开始的黄昏》/ 胡学文
　　（2014 年获第六届鲁迅文学奖，载《锺山》2011 年第 2 期）

061 /《世界上所有的夜晚》/ 迟子建
　　（2007 年获第四届鲁迅文学奖，载《锺山》2005 年第 3 期）

125 /《松鸦为什么鸣叫》/ 陈应松
　　（2004 年获第三届鲁迅文学奖，载《锺山》2002 年第 2 期）

191 /《涅槃》/ 李国文
　　（1998 年获首届鲁迅文学奖，载《锺山》1996 年第 2 期）

短篇小说

249 /《七层宝塔》/ 朱　辉
　　（2018 年获第七届鲁迅文学奖，载《锺山》2017 年第 4 期）

275 /《父亲的后视镜》/ 黄咏梅
　　（2018 年获第七届鲁迅文学奖，载《锺山》2014 年第 1 期）

297 /《茨菰》/ 苏　童
　　（2010 年获第五届鲁迅文学奖，载《锺山》2007 年第 4 期）

从正午开始的黄昏

——胡学文

(2014年获第六届鲁迅文学奖,载《锺山》2011年第2期)

从正午开始的黄昏

胡学文

1

去的是海滨城市。

两年前,他走过那个方向,但选的是另一个地方。那一次,出了点儿意外。他躲着那儿,并非心有余悸,而是她的话仍挂在耳边,风向不好,妈的。冒粗话,她眉宇间便透出一股豪气,仿佛被西风吹散的并蒂莲花粉。收拾东西时,他看见几天前在地摊上买的铜镜。他犹豫了一下,缓缓放进包里,没人窥视,但他却用身体挡住自己的动作。

车站广场乱哄哄的。他刚到那儿,后脑便被啄了一下。不轻不重,那是她特有的击打:五指并拢——她说那是凤凰的嘴巴。他突然回头,那个熟悉的身影闪了闪,消逝在人流中。他的目光迅速滑了一遭,然后慢慢移动。模糊的背影,陌生的面孔。逮她可不易。她喜欢藏在哪个角落,捉弄他取乐。有一次,火车要开了,她还没露面,他急了,支住车门,央求列车员再等一分钟,哪怕一分钟。他忘了他的腿是怎么进去的,似乎被谁猛拽了一把。他再次扑向车门,大叫,我要下去……忽然瞥见她的鬼脸。天晓得她几时溜上车的。进站。检票。上车。找到座位,他把包放在目光触及的位置。她飘过来,如一段浅浅的影子,却不坐,在车厢荡来荡去,假装看不见他,直到他站起来。她挤着他坐了,头靠在他肩上。他把头偏向一边,让她睡得舒服些。她忽而劲头十足,数夜不眠,忽而睡瘾大发,就像现在这样。怕惊醒她,他喝水都小心翼翼。对面那位戴着黑框眼镜的女人从他落座就盯着他,当然,也盯着身边的她。他看女人,女人马上移开,等他转到别处,女人又摆过来。如果她睁开眼,准会瞪得女人低下头,然后,她得意地冲他说,咋样?目光真会杀人呐。他没她那么冲,他甚至朝那女人笑笑。女人受了惊似的,有一瞬间,她目现惊恐,嘴巴发出一个低音。女人自己未必听得见,但他听见了。她在睡梦中,常常发出轻轻的却充满力度的低吼音。他收紧脸,目光冷冷地投向窗外。春天到了,树木已经泛青,偶尔能看到枝丫间黑黑的窝。乡间,燕子已开始筑巢了吧。

到站是下午。晴空万里,橘红色的阳光肆无忌惮地流淌。她顿觉神清气爽,高兴得跳起来。他买了张地图,另一个推销地图的动作慢了点儿,有些失望。他又朝他买了一份。他和她头对头研究一会儿,她的鼻息像小虫子一样挠着他的脸。他说,可以了,我们出发。出租车司机问他到哪儿,他说了一个地方。他和司机聊天,司机问旅游还是做生意。他说做生意也旅游,司机说一看你就是个会享受的人,挣钱图啥,图的就是个乐子。下车,他和她在那个区域转了一圈,目光不时碰在一起,会心地一笑。有时,她会冒粗话,妈的,就它了。

我都饿得抽筋了哎。她的声音泛着啤酒样的泡沫,她撒娇时就是这个样子。

她喜欢吃辣鸭头,但附近并没有这样的饭馆。他过了两道街,才看见一个重庆火锅店。他说就它吧,这地方人不喜欢吃鸭头。怕她不高兴,吃饭时他掏出那个铜镜晃了晃。她瞥一眼,不屑地说,我以为是什么稀罕玩艺呢。他说,这可不是一般的镜子,瞧背面。她的眼睛顿时亮了,她眼睛大,放彩时犹如爆开的玫瑰。拿过来,我瞧瞧。他把铜镜放在对面。图案不是很清晰,但能看出那是一对凤凰。她所有的收藏都与凤凰有关。扇子、手绢、画册、烟盒、花瓶。她反复端详，说给你个面子，这礼物我收下了。不，不，我先替你保存着，活儿还没干呢。他抢过来，放进包里。

登记房间，服务员问他是否要大床，他说要双床的，服务员瞧他一眼，又问，先生，是要双床的吗？他说是，然后回过头。他看不见她，她准是逛大厅一侧的商品店去了。她不但要逛，还要一一问遍商品价格，搞得服务员很烦。他劝过她，她说哪条法律规定不买就不可以问？看我不像买的，我偏要问，问晕她我兴许就出手。他再劝，她就瞪眼，你和她伙穿一条裤子咋的？行啊，什么时候搞上的？我是不是能吃喜糖了？他投降。

午夜时分，他和她溜出宾馆。城市的夜依然清得像洗过一样，不过罩了层黑色的纱。他惊奇她在这方面出色的记忆力，走过一遍的路，她从不出错。当然，现在是他领着她走。他们从路边的栏杆钻进小区，只一扇窗户有灯光，其余黑乎乎的。这个小区不是他们的目标，走到头，翻过墙，便是另一个世界。用她的话说，是标准的富窝。似乎从开始或在他遇见她以前，她的选择就很明确。帮那些家伙减减肥，她如是说。他转了转，在一处楼前停住。他早已关机，可还是掏出手机确认一下。两年前那次意外，是他的疏忽造成的，他的手机不合时宜地叫出声。他问，我先上，还是你先上？她说老规矩。永远的老规矩。他无条件地服从。他和她贴在墙上，如斑驳的在风中晃动的树影。一楼窗户关着，二楼三楼也没有得手的可能。或许这一排会踏空，这是常有的事。钓的就是万一，当然，危险也伏于万一的边缘。终于把四楼窗户弄开了。他和她先后挤进去。他和她不喜欢在外放哨，一同进入觉得更安全。他拧着笔电筒，小心翼翼地搜寻。客厅、厨房，可能存放钱物的角落。他不期望有什么意外收获——那段日子已经逝去,现在他更在乎的是仪式,和她一起的仪式——有枣就摘几颗,没枣也罢。不空手怎么办?豁达一半是因为无奈。电视机上放了二百元钱,还有一张纸条:家中无钱,不要乱翻。他咧嘴笑了。有意思的房主,肯定被人下过手,这也算豁达吧。但聪明处也难免失策,他马上断定房子没人。当然,他并没有麻痹,小心翼翼地推开卧室的门,一一查看了。如他所料。怎么样?他的口气不免有些得意。他打开灯,她跟在后面,看着室内的陈设。这家伙是干什么的?怎么连个照片也没有?他和她曾进入过没人住的房间,那时她就这样问过。在那个房间,他和她喝掉一瓶红酒,从容离开。她对主人不在场的宴请念念不忘,所以在卧室停停便返回。架子上不但有红酒,还有两瓶"酒鬼"。红的?白的?他问。她喝酒很猛,不等她答,他就说,喝红的吧,我们上次喝的就是红酒。他启开,给她和自己各倒一杯。然后,他关掉所有的灯,坐她对面。意外的收获,很久没和她这样对坐了。她总是匆匆地来,匆匆地走。黑暗中,她的脸忽隐忽现,捉迷藏似的。他闭上眼,陷进逝去的光阴。

　　他:什么时候收手?

　　她:怕了?还是烦了?

　　他:不能永远这样。

　　她:我喜欢,我要逛遍天南海北,怕了你就走开,我没逼你,对了,你是半拉子大学生么,我才不想那么远呢。

　　他:我担心你。

　　她:别给我念败兴好不好?

　　他:那好,我们就此分手吧。

　　她:你敢?我的老底都告诉你了,你说走就走?

他：我不会的。

她：不行！你走哪儿我跟哪儿，我缠你一百年。

他：……

她：好了，我不过吓唬吓唬你，再干两年，咋样？攒够钱，咱们买个房子住下来，我可不是非要嫁给你啊，不过，你表现好，我可以给你生一堆孩子。

他扑哧一笑。

第二天，他和她睡了个大懒觉。他早醒了一会儿，躺在那儿，凝视着对面，直到服务员叫门。他忘了设置请勿打扰的灯示。上午，他和她打车到海滩，这一天，他是属于她的。痛痛快快疯一天，她的声音夸张着，已显出疯样。好吧，那就疯吧，他说。

还没到那儿，妻子的电话就追过来。

2

乔丁本打算先回店里放包，可收到妻子讯问的信息，马上改变主意，让司机拐弯儿。他为之前的决定汗颜。仿佛为了弥补什么，他催促司机快点。司机不知没听见，还是不把乔丁当回事，依然四平八稳。乔丁不由骂娘，当然骂的是连接不断的红灯和拥挤的车辆。离第一附属医院还有很远的距离，车就走不动了。医院与信访局一条街，相隔不远，要么这头堵，要么那头堵。一头堵整条街便塞得满满当当。乔丁扔下二十块钱，擦着行人和自行车急行。他一路说着对不起，身后还是丢过骂人的话。

妻子半歪在外科病房的椅子上，乔丁露面，她马上弹起来，比他步子更快地迎上来。怎么样？他问。她的眼泪就下来了，和她疲倦的脸一样瘦巴巴的。她说刚输完药，他睡了。妈在里面？她说妈熬了一夜，回去了。他轻轻推开病室的门。岳父躺在门口的床上，嘴角脸颊都旋着青色。乔丁有些恍惚，这张他熟悉得不能再熟悉的脸突然有些陌生，再望，他的目光没有摇摆。不是岳父又能是谁？

妻子讲述，乔丁始终抓着她的手。她讲得有些零乱，可能是紧张兼困乏的缘故，但乔丁听清了。岳父挨了打，打得倒没多重，可他跌倒了，脑袋磕在地上，没什么大问题，但头疼得厉害。他安慰妻子几句，问报警没有。妻子忽然醒悟似的，哎呀，我一着急就忘了，现在不晚吧？乔丁说余下的事交给我，你回去休息。妻子不走，被他逼回去。

妻子和岳父都是谨小慎微、打喷嚏也生怕惊了别人的人，可谓父女相传，但妻子喜欢静——这一点又随了岳母，岳父爱动。不是动粗动武，四处游逛，而是找乐子。从文化馆提前离岗后，岳父每天背着手风琴到公园义务为唱歌的男男女女伴奏，当然多是一些退休没事干的人。风雨无阻。无人唱的时候，岳父就在亭子里自娱自乐。乔丁的店距公园不远，他常坐在门口听岳父的琴声。打岳父的是一个中年男子，乔丁猜出大概。类似的事，每天都在上演，没想怕事的岳父居然成了主角。岳父面皮白净，高高大大，招人喜欢也很正常，但乔丁怀疑岳父未必有胆子。能干出什么？暗送点秋天的菠菜而已。怎么会忘记报警？妻子昏头昏脑，没想到是正常的，但岳母不会。岳母文静，却是家里的主心骨，遇事极少慌乱。乔丁想岳母必有别的想法。不管咋样，不能白白挨打。乔丁不爱寻事，但绝不惧怕。岳父挨打，乔丁正好替岳父或替这个家做些什么。是的，该做些什么了。在心底的某个角落，一直潜伏着某种欲望。

乔丁再次进去，岳父已经醒来，眼里掩饰不住的羞涩和委屈，他躲闪着乔丁，大约拿不准把羞涩藏起来还是把委屈藏起来。乔丁叫几声"爸",岳父的目光方犹犹豫豫地和乔丁对接。好些了吗?乔丁轻声问。岳父不大自然地说好多了。乔丁掖掖被子——其实没必要,病房并不冷——乘势靠在床边,又问岳父喝水不,想吃点儿什么。岳父摇摇头,指指桌上的水果。乔丁说,我吓坏了,你没事就好,躺几天,正好睡几天懒觉,像你上次让马蜂咬了那样。乔丁竭力说得轻描淡写,岳父的羞涩一点点儿褪去。

那人叫啥?乔丁刚刚想起似的。

岳父看乔丁几分钟,像不明白乔丁指什么,目光渐渐暗下去,说我不认识他。

乔丁问,以前没见过他?

岳父说,没。

乔丁瞄一眼邻床——是个孩子,正玩手机——小心而又随意地说,那个女人……我是说,找到她就能找到那男人。

岳父声音沙哑,我认识她,但不知道她叫什么。好多人我都叫不上名字,我只记得她们的嗓音,会唱什么歌。

乔丁说,你放心,我会查出来,肯定有不少人在场。不能这么放过他,打了人,面儿也不露。他不由愤然了。

岳父忽然"哎呀"一声,头又疼了。

乔丁说,我去喊医生吧?

岳父摆摆手,没用的,过几分钟就好了。

岳父似乎害怕乔丁替他讨公道。乔丁犯了嘀咕,难道岳父真有把柄在人家手里?但握着把柄也不能随便打人,乔丁想让岳父明白这点,可岳父已不给他说话机会。直到岳母进来,岳父的头疼才止住。

岳母既没有妻子天塌下来般的无措,也没有岳父那躲闪的羞怯,更无对丈夫的愤怒和怀疑,只是平静中多了些凝重。她责备女儿吴欢,我不让她给你打电话,她不听,事办完了吗?乔丁说办完了。岳母让乔丁回去,这儿有她就够了。乔丁要留下来,岳母看他一眼,那个也要照顾呀,还有果果。很简单的一句话,乔丁再没有反对的理由。他和她深知那句话的含义。岳母很清楚该说什么。或者说岳母很清楚说什么他会听。

在这个家庭中,乔丁显然是和岳母,而不是和妻子的对话在一个层次上。一点就透并非心里明白,而是明白对方的心理。不错,乔丁挺担心妻子的,但乔丁没有离开,他有别的话要和岳母说。他站在那儿,看着岳母利落地削一只苹果,切成薄片,递到岳父嘴里。岳父似乎要说什么,但岳母制止了他。岳母看上去比岳父年轻许多,可能和她的职业有关吧——舞蹈教练。身材也没有她这个年龄女人的臃肿。如果说他们是父女,肯定有人相信,但岳母完全是一个妻子的神色,内敛或是关切,看似淡薄,却柔韧无比。乔丁突然有些感动,情不自禁地叫了声"妈"。

可能是声音大,岳父和岳母吓着似的看着乔丁。乔丁不好意思地笑笑,又小声叫声"妈"。

岳父依然看着乔丁,似乎等他的后话,岳母却扭转目光,说,顺便买点儿饭,娘儿俩怕还饿着呢。已带出责备。

乔丁说那我先回。他把包放回店里,再回家。如岳母所料,女儿果果边写作业边啃方便面,妻子在餐桌边发呆,旁边是削了一半的土豆。乔丁告诉她情况——多半是她告诉过他的,他不过用自己的方式表述一遍。但话从他嘴里出来,意义大不相同。若说相信,还不如说那是深深的依赖。妻子问报过警没有,那个人会不会再大打出手。乔丁说,放心,我会处理好,这样的事不会再发生。他不说得那么细，他知道怎样让妻子踏实，怎么捋顺她杂乱的目光。待吃完饭，她打开电视机，他彻底松了口气。

乔丁返到医院，岳母没和他争执。乔丁送她出来，她前他后。她的步姿甚是轻盈，带着弹性，但走得很慢，仿佛等乔丁，可乔丁赶上她，她又加快。走廊上弥漫着浓浓的气味，并非医院特有的来苏水味，更像深秋田野上混杂的果实的香味。乔丁不知道是鼻子出了问题，还是幻觉——可他清楚置身于什么地方，他没有深思，只是贪婪地张着鼻孔，整个人有些癫。阴暗的走廊就以那样奇怪的方式嵌入记忆。此后几天，乔丁以同样的方式穿行，再没出现那种感觉。

走廊并不长，到了电梯口，乔丁叫声"妈"。岳母从摁钮上撤回手，轻轻叹息一声，说吧。岳母已然猜到，乔丁还是讲了自己的理由。岳母不赞成找那个女人，更没必要报警，她说，我相信你爸，肯定是冤枉，但较真有什么好处？你爸是躲事的人，吵吵嚷嚷只会让他生烦，我也不想。乔丁说，他们可不这样想，还以为咱理亏。岳母说，爱怎么想怎么想，反正你爸也没多大事。乔丁说太憋气。岳母说没必要跟这样的人计较，自己走路还跌跟头呢，出了院，照样拉他的手风琴去，那女人管不住自个儿男人，不会再往你爸跟前凑了。她大度地笑笑，谁还没个坎儿？

乔丁无话可说，岳母的态度自然也是岳父的态度。若是别的，乔丁也就罢了，他并不刺儿，可这是挨打啊，打岳父，也就是打这个家。乔丁是家的一部分，如果岳母是左腿，他就是右腿，如果岳母是左眼，他就是右眼。可以闭一只眼，可以缩一条腿，但同时闭两只眼缩两条腿，那就不仅仅是跌跤的事了。他甚至想起那句不搭界的话：养兵千日用兵一时。他心底那个东西鼓胀着，像破土的蘑菇。

乔丁行动了。没费什么事,不但打听到那女人叫什么,连她丈夫的名字、住址都摸得清清楚楚。那女人无论身材长相都比岳母差远了,更没有岳母年轻,她的头发染过,头顶处已露出寸把长的白发,倒是她的眼睛有一种勾人的力量,与她的年纪极不相称。

岳父出院前一天,女人和那个粗短身材、其貌不扬的男人终于露面。两人提着廉价的保健品,虚浮的笑在迈进门那一刻便不断脱落,很快剩下干巴的一绺,像花朵枯落后的秸秆。岳父和岳母甚感意外,尤其岳父,竟显出局促不安。女人向岳母解释男人喝了酒,岳父几次张嘴,乔丁巴不得他泄泄怨怒,但知他不会。岳母及时调整了表情,礼貌,冷淡,得体。乔丁掩饰着自己导演的角色,掩饰着那一点点得意,再次退到幕后。

岳母没问乔丁,第二天,在办理出院手续的窗口,才淡淡地说,你根本就不该找她。

3

遇见她那天,他记得很清楚。阴天,没有阳光,像他被击得七零八落的人生。还有一年就毕业,他被逐出那个进出过无数次的大门。说起来有点儿冤,他不外乎想挣点儿钱。他老家在农村,土圪塄——单听地名就能想象出那是个什么地方。每次开学,父亲四处借钱,他放假,父亲的债不过还了大半。然后再借再还。他没有最初回家的喜悦,放假便惴惴不安。他是不折不扣的黄世仁。他的上铺也来自农村,和他一样紧紧巴巴的。不知什么时候,上铺变得出手阔绰,让人生羡。又一个假期临近,上铺问他愿不愿赚点钱,他求之不得。他没想到上铺干那样的勾当,没想到自己的运气那样差,还没明白怎么回事就给铐上了。也亏得他运气差,上铺被法办,他被放出来,但是学校没饶过他。他没敢回家,也没脸回去,在那个城市浪荡着。他干过搓澡工,饭店跑堂,还在一黑中介当过几天托。什么都干不长,要么他干不下去,要么人家不让他干下去。忧伤,烦躁,灰暗,绝望。

那天,他又被炒,憋了一肚子气。那个旅店老板当然也是他的老板居然怀疑他偷了烟,他再三辩解,老板说只有他进过那个房间。他火了,进过房间就是贼?还有苍蝇呢,怎么不说苍蝇偷的?话一出口,他就知道不可能干下去了。老板肥厚的眼皮缓缓仄起,眼球便格外地大,格外地硬。老板说一条烟不值得报警,也算对他留情,他半个月工资正好一条烟。老板限他一小时之内离开,否则……老板的声音切断了,寒气如潮。他的拳头握紧松开,松开握紧,终于控制住。

他在大街上搜寻着招工启事,电线杆上贴的也不放过。他没地儿住,兜里的钱撑不了几天。那是他全部家当,不到两千。仿佛是想更清楚一些,他掏出数数,一千九百二十。之后,他又在兜里捻着,这一下吃惊不小,钱少了一张。于是,他蹲在一个电线杆下再数。还是少一张。怎么回事?第一次数错了吗?他恍惚着,又数一遍。一千九百二十。为了确认,他又数一遍。没再出现差错。他站起身,一个女孩向他问路。大眼睛尖下巴,齐腮短发。女孩说声谢谢,忽然绊了一跤。他扶住她,她再次致谢。他的手插进兜里,头皮猛地抽紧,那个女孩走出十几米远,竟然回头扫他一眼,然后飞奔起来。

他没喊抓小偷,只是恼怒地喝叫她站住。那时行人很多,如果他喊,可能哪个人会绊住她。他还记得穿越一个路口时,交警用手势阻止她闯红灯。但他没喊,只有初时短短的一喝。他无声地追着她，像赛跑。后来，她问过他，他说想亲手抓住她，太想了，他一肚子的火终于可以发泄。她问，还有呢？他说没了。就这么简单？是的。她狠狠地瞪他一眼，说他一定想占她便宜，还凶蛮地逼他承认。

她是有机会逃进商场的，商场四个门，顾客熙攘，滑进去便针落大海。但奇怪的是，她没进去。一个女孩竟这样能跑，出乎他的意料。如果他有些积蓄，或许就放弃了，他的眼睛已快冒烟。可那是他全部家当啊。还有，他那么需要撒气。他慢下来，她也慢了，还频频回头。他看不清她的表情，但觉出她在戏弄他。怒气再次卷上来，他又加快了。

竟然跑到城外。她没再沿着马路跑，而是拐上一条便道。也许有她的老巢，还有同伙……他犹豫一下，追上去。

没路了，前面是一面大湖。她站住，他也站住。她瞪着他，他也瞪着她。他说，跑呀，怎么不跑？

她说，你别过来，你过来我就跳下去。

他不由龇了牙，她竟然威胁他，真滑稽。他慢慢逼过去。

她说，我真跳了。

他冷笑，你跳呀！

她一步步后退着，退到不能再退，顿时可怜巴巴的，哥呀，好男不和女斗，你放了我吧。

他说，休想！

她忽然怒道，大白天的，你明抢啊？并环顾左右，企图求救。

他说，你倒是个演戏的料。

她竟然又荡起一丝浅笑，哥呀，你想不想演戏？我领你去，挣钱比抢来得还快。

他往前迈了一步,演啊!

她突然凶起来,你想逼死我吗?

他用鼻腔哼了哼。

她纵身一跃,伴随着他的惊叫。扑通。扑通扑通扑通。仿佛跳的不是一个,而是一串,他的耳膜被连续击打数声之后,才醒悟似的扑到湖边。一片水草,几只野鸭,水面突然又空又大。他疯狂地脱衣,匆忙中撕掉两粒扣子。他跳进去,在水底搜寻。他是在大学学的游泳,水性并不是很好。好在水没多深,他很快抓住她,拼力拖上岸。她的头耷拉着,眼睛紧闭。大概呛住了,奇怪的是嘴里并不喷水。他没有救人经验,凭着书本上学的那点儿,猛拍她的后背,忽又翻身,抓着她的胳膊抢救。他似乎往她的脸侧瞅了一眼,又似乎没瞅,目光稍一僵,马上集中到她脸上。她的脸忽青忽紫,忽灰忽白,眼睛依然闭着。他越发慌乱得不得要领,跪下去,打算做人工呼吸。

她突然睁眼,你便宜还没占够?

他重重往后一跌,惊愕地张大嘴巴,你……

她坐起来,目光如针,你想干什么?大白天的你想干什么?

他做了亏心事般,心慌着脸也红了,我想……救你。

她"呸"了一声,谁知你安的什么心?又是揉又是捏的。

他说,我以为……

她抢过去,你以为我死了?死人的便宜你也占?

他已经回过神:让这个女孩耍了。但他一肚子的怒气像被水溶解了,怎么也动不起火来,只是伸出几个指头。

她问,干吗?

他说,别装,把钱还我。

她瞪着他，你欠我一条命，还冲我要钱？

他说，少废话。

她说，你把我逼到跳河，还不放过我？我没钱！

他说，我要我的钱。

她说，你搜吧，搜出都是你的，算我倒霉。

他却迟在那儿，目光胡乱地瞄着。她很瘦，胸脯又扁又平。

她挑衅地，怎么？怕了？

他豁出去似的，我凭什么怕你？

她又阻止了他，你占便宜占惯了是不？我自己来。

她一个一个翻着兜，彻底翻过来，没有，真的什么也没有。他很是纳闷，她并没有机会藏，他的钱飞了不成？

她气乎乎地，看清了？

他的目光软了硬了，松了紧了，却没离她左右。她毫不躲避，大有针尖对麦芒之势。无赖，他碰上一个无赖。她嘴巴这样硬，他又没有证据，算他倒霉。他无言地拧拧衣服，就那么湿嗒嗒地套在身上。

她问，你要走？

他斜着她，咋？还得你许可？

她说，你逼我跳河，差点要了我的命。还趁机摸了半天，捏了半天，噢，你说走就走？

他的脸肌弹了几下，你还倒打一耙了？你想咋样吧？

她脱口道，给我赔礼道歉。

他说，你等着吧，什么时候太阳从西边出来，我还要给你磕头呢。

她喝了一声，跳起来抓住他，想走？没门！

他说，放开！

她说，不！

他奋力推甩，她拽得反更紧。两个人吁吁气喘的。他气急败坏，你想咋？想咋？

她说，找警察主持公道。

他说，好，我求之不得呢。

她气鼓鼓地哼一声。

她放开他。两人走得很急，飞离地面似的。拐上公路，他步子慢了。他的心重了。没有证据，他能说得清吗？万一……她嘴巴那么厉害，他害怕了。那个地方，他去过，阴影尚存。自投罗网，这个词忽地冒出来。他定住，目光极虚地说，还是别去了吧。

她说，咋？害怕了？

他说，我不想折腾。

她说，那就道歉。

他看看她，又看看四周。天已经暗下来，远处雾蒙蒙的。不时有车疾驰而过。如果……他掐断思绪，说，我认错人了。

她说，光这样不行，我肚子饿了，怎么也得请我吃顿饭吧。

他说，我身无分文。

她轻轻吐出三个字：穷光蛋。忽然说，算我倒霉，我管你顿饭。

她和他吃的是辣鸭头。他直哈嘴，可她仍嫌不辣，一次次往碟子里加辣椒。他问她是湖南人还是四川人，她回答得十脆痛快，不知道，连父母是谁我都不知道。干吗这么多废话？别跟我套近乎，惹恼我，小心AA制。他低下头，直到这时，他才想起那个问题，她把钱藏哪儿了？末了，他也没搞清她怎么结的账。

他欲离去，她"喂"了声，你住哪里？

他摇摇头。

她道，你什么意思？怕我去你家住啊？

他说，我不知道，我今天才没了住处的。

她审视他一会儿，说，没想到你这么可怜，比穷光蛋还穷光蛋，难怪在大街数钱呢，几个钱就烧成那样？得，算我倒霉，让你粘上了，去我那儿借宿一夜吧。丑话说前头，你别趁机占便宜，我可没那么好欺负。

他踌躇着。

她说，咋？怕我害你还是等我用轿子抬你？急欲甩掉他似的，跳着离开。

4

六号。平平常常，和一个月中的任何一天，和一年中的任何一天，和一千个一万个一亿个日子中的任何一天一样。太阳升起太阳落下。早晨正午黄昏。但又是个特殊的日子，每个月这一天，乔丁都要到孤儿院做义工。几年了，他和那些孩子混得很熟，知道他们背后的某些故事——能打捞出的，性格，喜好。比如静静，是个孤僻的女孩，她很漂亮，除了那双冷漠的眼睛。青青，爱哭鼻子，喜欢问这问那，对什么都好奇。小个子冬冬，已经上五年级了，书包上系个小熊玩具。明明，是个淘气的男孩，馋嘴。萍萍和蓝蓝是兔唇，半年前做了手术，还是改不了老习惯，笑起来总要捂住嘴巴。不断有新来的，躺在摇篮里那个是几个月前丢在门口的。乔丁每次来，或者带些小零食，或者带些玩具。所以他一到，他们忽拉围过来，静静不上前，但目光瞟着吵闹的一团。分发完，乔丁和值白班的杨护工一起清洁屋子，整理床铺，陪他们玩游戏。有时，他就那么坐着，看着他们嬉闹争吵。午饭后，乔丁和杨护工坐在门口小憩。杨护工四十几岁，丈夫是酒鬼，喝醉就打她，嘴巴腮边后颈都有记号。也许身体某些不能示人的地方记号更多。乔丁第一次听说，激愤得声音都走样了，为什么不去告他？为什么不离婚？他差点儿骂出来。杨护工叹息一声，他不喝酒时对我好着呢。丈夫也发誓戒酒，曾在郑州戒酒中心戒过半年，花了不少钱，但无甚成效。乔丁劝过几次也便作罢。或许有别的原因，当然那也是他人无法理解的原因。儿子给她一部旧手机，她让乔丁教她发信息。发出信息再收到儿子的信息，她欣喜得脸都红了，回了，他回了。触到乔丁的目光，她直直腰，郑重又带了些歉意地说，他们没来，男的没来，女的也没来。乔丁哦了一声，没流露出失望，似乎已然料到。杨护工压低声音，你来这儿，就是为了等他们？乔丁迟疑间，杨护工抢着替乔丁回答，瞧我这嘴，你喜欢孩子们嘛，谁都瞧得出来。乔丁笑笑。

　　晚上，乔丁照例要去看望李护工。李护工已经退休，住在福利院后面的巷子里。李护工和杨护工一起待过两年，正是那两年中的某一天，那个男人和那个女人出现在她们面前。后来，女的又来过一次。事隔多年，李护工和杨护工的讲述有许多地方不一样。比如李护工说那个女的中等个儿，尖下巴，瘦里瘦气，杨护工则说那个女的高个儿，颧骨突出，但并不瘦。杨护工和李护工说如果那个女的和那个男的再来，她们肯定能认出来，只是他们再没露过面。乔丁怀疑，即使他们出现，杨护工也未必认得出，但又觉得有可能。至于李护工，根本不可能和他们见面了。乔丁搜寻、挖掘的是她的记忆。不错，乔丁的看望是带了功利的。像看那些孩子一样，乔丁不空手，一箱奶一束花什么的。

一般时候，乔丁十点前赶回家。那天，因为李护工絮叨家事，乔丁晚回了半小时。妻子没问他，他也无须解释，靠在那儿，陪她看一会儿电视。她是电视迷，且喜欢乔丁和她一块儿看。对到孤儿院做义工这件事，她既不反对，也没多大兴趣。当然，岳父岳母更不会阻止他。

进屋的同时，身后的世界便关闭了，枝枝蔓蔓的记忆，幽暗曲折的故事都留在那一边。现在，开启的是另一扇门。他是丈夫、父亲、女婿、店铺老板。他身上还有那个世界的气味，眼底深处还埋着那个世界遗失的种子，但乔丁不会让那些和眼前的世界发生混淆。

第二天是周日，乔丁一家三口到岳母家吃饭。其实平时也多半在岳母家吃。吴欢的单位、果果的学校离那儿很近，走路十几分钟的样子，乔丁的店铺远一些，中午和店员小刘买盒饭，晚上也往那儿跑。周日和平时没什么区别，如果说有，那就是岳母会喝一点儿红酒——往常，她是不沾的——其乐融融的气氛更浓。那一点波折已经过去，岳父又背着手风琴往公园跑，日子又恢复原有的秩序。是乔丁盼望的，也是他们希望的。乔丁喜欢这个家。不是大富大贵，也不是捉襟见肘。不无度挥霍，也不斤斤计较。岳母作为一家之主，说话的分量自然很重，却不骄横霸道，多半还惯着岳父。温暖。温馨。这是这个家庭给乔丁的感觉。

岳母包了三种馅的饺子。吴欢和岳父爱吃韭菜馅，乔丁爱吃茴香馅，果果和岳母爱吃萝卜馅。菜呢，也是按喜好做的。吴欢和果果的糖醋排骨，乔丁的辣子炒肉，岳父和岳母的豆皮萝卜卷，还有他们都爱吃的鸡蛋羹。并不是每个周末都这般丰盛。坐到餐桌边，吴欢对乔丁说，妈明天去顺城。其实，乔丁进门看到鞋架上岳母刚刚打了油的鞋，便明白岳母又要出门了。岳母在顺城的私人舞蹈学校有一份工作，不定期去那儿授课，每次去，岳母都穿那双皮鞋，当然，她的包里还带着的别的鞋。乔丁问岳母几点的车，是否买了票，岳母说，不用你送。乔丁欲言，岳母说，我还没老到那个份儿上吧。乔丁只好说，路上注意点儿。吴欢附和，现在小偷多极了，我的同事等车那么一会儿包就让割了。岳母笑笑，不用教我，操心自个儿吧。岳父说，公园也有小偷了。果果不甘落后，嚷，我还丢过铅笔呢。大家都笑了。乔丁摸摸女儿的头，像夸奖她的伶俐，又像给手找个落放的位置。

岳母离家第四天的午后，正是生意最清淡时，乔丁记得清清楚楚，小刘出去交手机费，他独自待在店内。无事可干，他翻开销售记录。他代理两个牌子的白酒，每个牌子不下十个档次。哪种牌子哪个档次卖得好，他心中有数。翻看记录不过是对记忆的确认。还未触到第一行字，突然一片模糊，不，是被模糊淹没了视线。是一团雾，包裹着什么的雾，他看不清，但能觉出它在移动，上升……终于腾空而起。凤凰！它们，它和它，盘旋游转，彩色的尾翼拖出长长的弧线。投下几声鸣叫，那美丽的羽影突然又消失在无尽的天宇。乔丁的目光渐渐清晰，可那一行行字迹并未钻入眼中，乔丁仍陷在惊喜与失落中。他耳边似有喃喃细语，那熟悉的声音与温度，离他如此之近。她来了，她要来了。那是她与他联系的讯号，出发的号角。不同的地点，不同的时间，同样的方式，同样的暗号。

乔丁从柜里拿出那一卷地图。各种各样的地图，不同版本的，不同比例的，不同省份不同城市的。乔丁先展开那张大的。游戏开始，乔丁闭上眼，手指不疾不缓地在图上滑动。他听见数数的声音，在他头顶上方，在某个角落。停！……手指定在那儿。手指定在哪个省的范围，他的手指重新在哪个省的地图上滑移。直至确定要去的地方。手指再次停下，他睁开眼。是顺城。他稍稍顿了顿。顺城距皮城二百公里，他们是去过的。可是，这又有什么关系？他们重复去过好些地方呢。

乔丁和妻子告别。乔丁有各种各样的理由，订货会啦，同学会啦，厂家提供的免费旅行啦。妻子从未有过异议。除了"必不可少"的出门，乔丁没有别的嗜好。

他和她到达顺城已是黄昏。先去踩了目标，然后吃饭，住宿。他说明早我就得返回皮城，你喜欢在这里转转就转转。他从未单独丢下过她，说这话时他甚是伤感。他想解释，又不好解释。她不高兴了，低着头嗑瓜子。嗑完一颗，重重地一摔。她不高兴就猛吃零食。不管住什么样的宾馆，她都随意丢果皮。他说她，如果碰她高兴，会马上蹲下来清扫，却不忘调侃他，我是土包子，哪有大学生有水平呀。碰上她生气，她就硬硬地呛他，你管得着？我是上帝，我乐意。他掏出那块铜镜让她瞧，她冷冷地看一眼，没有任何表示。他拗不过她，总是拗不过她。他说，好吧，如果你愿意，我陪你待一天。她的脸松动了，露出他熟悉的微笑。

午夜，他和她穿行于顺城的街巷。要造访老朋友似的，坦然，平静，又有几分可掩饰的激动。街角站了几个人，显然是车祸。一辆轿车和一辆摩托撞了。两个交警大约是刚刚到现场，正询问着。大半夜的，开这么快，真是疯了。他稍稍迟了一下，不知该不该从这儿通过。一个声音说，怕什么，胆小鬼！他直了腰。没人注意他。

你先上，我先上？没等她回答，他就说，老规矩，我怎么忘了？他掏出手机看看，虽然早已关机。

他和她攀爬而上，一层一层试探。都关着窗户。下来，摸到另一幢，依然如此。运气不好，妈的！他似乎听见她低低的叫骂。转到第三幢，他说再撬不开收手算了。已经是夏季，竟然关得这么严，似乎是不祥之兆。他恍惚一下，觉得黑暗中闪着一双眼睛。他想说出自己的怀疑，又怕吓着她。可能是他多疑了。听不到声音，只有他自己的呼吸。

终于打开第三层的窗户。他和她先后潜入。除了茶几上一部手机，没有任何入眼的东西。他打开后盖，取出手机卡。他早就打算送静静一部手机。但在离开时，他又把手机留下。他不能送静静旧手机。

毫无收获，这是常有的。他更在乎的是仪式，而不是窃到什么。他不缺啥，他不贪婪。一个普通人该有的他都有了，家庭，亲情，不奢靡也不拮据的日子。唯一缺的，不，唯一不能放弃的是往昔的仪式。那对他很重要，真的真的很重要。现在，他可以领着她回宾馆了。但可能是今晚碰壁太多的缘故，也可能他想验证黑暗中是否有一双眼睛，也可能什么原因也没有，完全心血来潮，他又往上攀了一层。又开了。既然邀请，那就走一圈呗。你说呢？黑暗中，他听到她调皮的声音，最好喝点酒。

他几乎是没有声音的，跟她操练这么多年，也算老手了。何况，还有她跟着。所以，当灯突然亮起来，他竟然蒙了。一个穿着睡衣的高大男人站在他几步远的过道里，男人吃惊而不是紧张地看着他。有那么几秒，几十秒或许是几分钟，他和他就那么对视着。他没有逃，男子也没有喊叫。他醒悟过来，正要后退，听到一个声音问，怎么了？

他愣了一下。那个声音是那么熟悉，那么亲切。那个身影出现在男子身后，也穿着睡衣。目光相遇的刹那，她骇然地捂住嘴巴。她的目光像他一样试图逃离，突然消逝，但她没能如愿。她陷在他的眼睛里，被他呆然的目光揪住。同样，她也揪住了他。空气凝固了，灯光凝固了，整个世界没有任何声音，那个男子仿佛只是墙上的一幅背景画，或屋中的一具模塑。他和她无视男子的存在，他的嗓子不合时宜地咝咝着，他张着嘴，险些叫出那个称呼来。

5

他没见过那样的屋子，不大，但布置得花花绿绿。四壁、屋顶、门板，甚至某些角落都披着外装，有的是卡通贴画，有的是画在纸上又贴上去的——不知画的是什么，像鸡，却挂着长长的翅膀；像孔雀，却看不见腿。后来，他才知道那是她的杰作，是她心目中的凤凰。

他在旧沙发上睡了一夜。他实在太累了，她警告不要打她主意时，他连眼皮子都掀不动了。他醒来，她已经买回早点，豆浆，一大包油条。她"喂"了一声，狠狠地吃一顿吧，过这个村可没这个店了。他四处瞅着，不明白她为什么把屋子搞成这样。她不耐烦了，哎，有啥看的，赶快吃，吃了马上滚蛋。他耍赖，我要不走呢？她猛一瞪眼，你敢？他老老实实坐下，她又戏谑，哎，你咋穷成这样？

他狠狠地吃了一顿，滚出来。他慢慢走着，不知该去哪里。无喜无悲无欲无求。机械的腿机械的身躯。过马路时，他被平板车挂了一下。他趔趄着，没有摔倒。他迟钝地看着平板车，车已远去，车主头都没回。日悬头顶，他有了饿的感觉。他吃那么多，几乎撑着，竟这么快就饿了。他试图驱逐，饿却更凶恶地扑上来，疯狂地噬咬着他。他的脑子被咬清醒。他意识到自己的处境，必须尽快找份工作。他去了饭馆。不要工资？老板瞧怪物似的盯他两眼，险些将头摇掉。另一个饭馆，那个小胡子留下他，指着桌上的盘子让他收拾。盘子边缘是鱼形图案。他端起盘子时，忽然觉得那条鱼飞起来，如她屋里那些四不像，要飞出去。他急忙去拦，盘子摔在地上。他背着小胡子的脏话滚出去。一个蓬头垢面的流浪汉在垃圾筒寻食，他瞟了几眼，狠掐自己一把方离开。他走进超市，在琳琅满目的食品间徘徊，目光贪婪。一个架旁有免费品尝的薯片和盛在小纸杯中的饮料。他迅速往嘴里塞了几块，喝了两杯，慢慢离开。过一会儿转回去，再次品尝。反反复复，直至被客气地"请"出来。

晚上，再无处可去，他想到她那让人眼花缭乱的小屋，起先还犹豫，很快对她的愤怒占了上风，是她把他逼到绝境，偷了他的全部家当，还险些让他成为抢劫犯。把他整得那样惨，就这样轻易地打发掉？

怎么又来了？她杏目圆睁，嘴角却抽了抽，似有笑的表示。

他说，我没地方去。声音带着可怜，怒气在见到她时躲得无影无踪。

她说，我这儿又不是收容所。

他不动，也不说话。

她马上说，好吧，谁让我这么倒霉呢，谁让我这么好心呢。

她又请他吃一顿。她这样阔绰，钱的来路肯定不正。她像猜到他的心思，没好气地说，我的钱可不是白来的。他惊了一下，躲过她的逼视。她并没放过他，不停地奚落，你咋就这么穷呢？你咋就那么烧包呢？你咋那么没用呢？一个爷们儿，去偷呀！抢呀！咋那么死心眼呀!

　　住了一夜,她警告,不能再缠我了啊,我可不是好惹的。晚上,他又回到那儿。她臊他一顿,却不逐他,照例大方。第五天头上,她盯住他,你馋出瘾了?我就不信你一分钱也没有。他说真的没有。她不信,要搜他,末了又改让他自己翻。他的手触到那硬硬的一沓,忽地僵住。他张着嘴,小心翼翼地抽出。她顿时凶了,这是啥?钱不在你身上吗?还赖我!他捻开,不多不少,他的全部家当又回来了。他呆住,不知它们何时飞回兜里的。她数落他一顿,让他请客,她要狠狠宰他一顿。他和她喝了不少酒,先是在饭馆,后来回到她的彩屋。在她的追问下,他毫无隐瞒地敞开了自己。憋得太久,以至于都有些霉味。她一声接一声地"哟"着,你还是半拉子大学生呢,你这个倒霉蛋。他问她,她说,我可没你这么惨,我是石头缝里蹦出来的,天不怕地不怕。

　　她允许他暂时住下,他那几个鸟钱经不住花。不过要交房租的哟,她说。他住在那儿,固然为了省钱,可还有他说不清楚的原因。他终于在房屋中介找了差事,白天上班,晚上回到凤凰飞舞的小屋。他清楚她干着什么,可她对他依然是谜。她有时整天待在屋里,有时几天不见踪影。看到报上警方抓获盗窃犯的消息,他的心就一紧,马上想到她。回去时脚下生风,看到她完好无损地躺在床上,他的心落进肚里。想说什么,终是没有开口。有一天乘公交,一位妇女的钱被偷了,妇女失声痛哭。他的心被咬着,尽管并没看到她的身影,还是想到她。晚上,他和她讲白天的见闻。起先她未作反应,他像是止不住了,她忽然被点燃了似的,你什么意思?有话明说,绕什么弯子?告诉你,我就一个贼,你去告发啊!他讷讷着,你年轻轻——她打断他,我乐意,你管得着?你吃我的喝我的,还想教训我?越说越火,她让他现在就滚,他动作慢了点儿,她狠狠推他一把。

次日,他被不可遏制的念头牵引着,又去了那里。她没让他进屋。他怏怏的。第三天,她总算让他进去,但不和他说话。整整一个星期,她正眼也不瞧他,直到他送了一对凤凰形状的簪子给她。

年根儿,中介被盗,丢了两台电脑。门没被撬,警方认定是内贼。三个员工都有钥匙,审来审去,没什么结果。老板让员工平摊电脑钱,他半年的工资化为乌有。他沮丧到极点。那一晚,她奚落着他这个倒霉蛋,让他跟她干。她说你一个爷们儿,干吗让别人当老板?你自己不就是老板?他想起那位妇女的痛哭,摇摇头。她冷笑,你还倒霉得不够。她说他并没拿过老板的香烟,也没拿过老板的电脑,可在老板心里,他就是贼。这和他干不干没关系。真干了,自己并不认为那是偷,那就不是贼。和他干不干也没关系。那就是一项生意,不是所有的贼都是一路的。她说,她专搞有钱人,他们花不了,帮他们花花,其实是做善事。对于那天他遭了她的道——她终于承认,她不过是和他开个玩笑。他在大街上数钱,实在是太烧包了。她无聊,不过逗逗他。他没想到她的嘴这么厉害,几乎被她说晕。他终是拒绝。她说,我可把老底交了,你出去得装哑巴啊,别把我卖了,不然我饶不了你。

改天,他和她去超市买东西。排队时,她忽然要上厕所,让他在门口等她。他结了账往外走,刺耳的警报声响吓他一跳。他没有停,反而加快了,仿佛那声响要咬他。但他没有走掉,一个工作人员揪住他,很快跑过一个保安。那时,他才意识声音与他有关。他返回去重走一遍,声音再次响起。众目睽睽之下,他一项一项掏。一排笔管。他呆了呆,他并没往兜里塞,肯定是她。他要补钱,没得到允许。他反复说这是误会，他朋友出来会解释清楚。等了很久，她也没露面。他被请到办公室。他再三辩解，那三个保安一脸看透他的鄙视。他说不就是笔管吗？一保安冷冷地说，偷一根针也是贼。他嚷，我不是贼！保安反问，这么说，我是贼了？他青了脸不言。她不会丢下他，她准是和他开玩笑。等了四五个小时，她来找他。她问清楚，补了钱，交了罚款，面对保安的训斥，她那样的好脾气。一出屋，他狠狠瞪她一眼，你干的好事！她"咦"了声，你怎么跟狼羔子似的，我救了你，你倒反咬我。他说，笔管怎么跑我身上去的，它长了腿不成？你尿长江还是尿黄河，一泡尿那么长时间？她的目光嚓地锋利了，你算我什么人？我撒尿你也管？你手不干净凭什么赖我？他还欲再言，她让他打住，往后退三步，她可不想和管她撒尿的人在一起。他顿时就软了，那么怕她不理他。他道歉，承认自己故意藏了笔管。走回屋，她突然哈哈大笑。

她问，你是贼不？

他说，就算是吧。

她说，干脆点儿，是，还是不是？

他说，是。

她说，怨我不？

他说，不怨。

她说，好吧，我犒赏你一顿。

她的顽劣让他吃尽苦头，他反而越来越离不开她。

一天下午，她突然让他陪她回家看看。他吃惊不小。她说她是和父母闹别扭跑出来的，她的家就在这个城市，父母一直在找她，有几次她在街上看到过他们。她只想气气他们，现在目的达到，她也该回去了。他的失落从惊愕中溢出，你要回去住？她乜着他，咋，你舍不得我？他吃力地说，我想这个小屋……她盯住他，别绕弯子，正面回答！他老实承认，她满意地说，这还差不多。又说反正是租的房子，她转给他，碰她高兴，也许会跑来待一两晚。他问她父母知不知道……她说瞧你说话也没个利落劲儿，不就是个贼么，又不丢人！不过父母并不知道，她警告他别说漏嘴，不然饶不了他。

到了她说的那小区，她忽然又犹豫了。于是两人又拐到街上。她说她又恨他们了，想起来筋都是疼的。他劝她，她下了决心。快到那儿时，她又走不动似的慢下来。她问他，万一父母生她的气呢？万一父母生气不让她进屋呢？他说不会，没有父母不原谅儿女的。她说，看不出你舌头也蛮有用的。得到夸奖，他越发要表现，提出买些水果什么的。她冷冷地说，用不着，我家不缺那些。他问她父亲是做什么的，她警惕地看着他，你问这干吗？你又不是选岳丈。他嘿嘿干笑几声。她忽然说，你的主意也不错，买些水果。

傍晚，她终于拿定主意。她打开门，竖起手指：别出声，给他们个惊喜。他蹑手蹑脚跟她进去。她父母不在家。她里里外外转了一圈，说他们准是出去找我了。他问，等他们回来吗？她说，算了，改天再回来。她对他说看中啥随便拿。他笑道，不能打劫你父母呀。她不理他，这儿翻翻那儿找找，并塞给他一个电动剃须刀。他推拒，她恼了，让你拿你就拿。估摸半个小时，她就要走，让他把水果提上。他问，不留下？她说，他们没牙，咬不动。

回到彩屋，她丢给他一沓钱，这是你的。

他不解，问她什么意思。

她说，你是真糊涂还是假糊涂？折腾半天，不就图这个吗？

他的眼球差点跌出来，你是说……

她得意一笑，不使计，你敢跟我去？你知那是谁家？是那个污蔑你偷烟的老板家，我跟踪了他几天，摸清了他的规律。怎么样？我可是给你报仇呀。你得感谢我才对。

他直冒冷汗。想起那天路过那个旅店，他不过随意一指，她却记在心里，还……那钥匙是怎么来的？

她说，这你就不用管了，想从门进我就从门进，想从窗户进就从窗户进去。

他的目光坠裂成无数的鳞片，你还是个大盗。

她往床上一蹦，不是跟你说过嘛，我只搞有钱人，那不就是自己家吗？你说呢？你那会儿害怕吗？我不催你，你还要赖在那儿呢。

他的身体也在下坠，嗓子塞了东西似的，有窒息的感觉。

她不屑道，别丧个脸，你不就是个穷光蛋吗？好像我坏了你名声似的，你的名声早就坏了，和臭豆腐一样。

他讷讷着，你这是逼我上梁山呀。

她朗声道，我可没逼你，是你自愿，怎么，你打算自首？去吧，我不拦你。她指着门说，去呀，那可是阳关大道。

他的目光从她脸上移开……忽然跳了一下，那背了一身彩的门正慢慢缩着，越来越瘦，越来越细……

6

乔丁连续两周没去岳母家吃饭，吴欢终于生疑了。问他怎么回事，是不是和妈闹别扭了。她似乎下了很大的决心，声音摇晃不已。乔丁上身微倾，双手勾转，那是要托住什么的架式，神色却很无辜，没有啊，我怎会和妈闹别扭，我不是有事么？吴欢问，真的？乔丁说，我向老天保证。妈问我了？吴欢点头，忧郁地说，妈这几天瘦了，好像……可我又说不上……乔丁说明天过去，停停又说，明天没事了。吴欢松了口气的样子，让他抽时间带妈去医院查一下，并强调，妈听你的。

乔丁不想见她。岳母。妻子的母亲。那个给他疼爱的女人。那个与他默契的女人。那个他敬重的女人。那个喂馋他胃口的女人。那个优雅大度的女人。那个普通又非凡的女人。那个坦荡的女人。那个娇惯丈夫的女人。谁想那是她一层层的面纱。她遮掩了他的眼，遮掩了所有人的眼。是的，他恨她。原来她……原来她……她碎裂了，那无数的碎片，不是落在地上而是刺在他心上。偏偏让他撞上，巧得让人怀疑。他宁愿躲开那一晚，宁愿被她欺骗着，可谁能把时间扭转？

答应了妻子，乔丁方意识到他的躲还有一层怕。他怕见到她。他撞见她的秘密，她也窥见他的秘密。他从未示人的秘密。当然，他和岳母不同。岳母是背叛，背叛丈夫，背叛女儿，背叛了……他。而他不是。不是！为什么怕她？毫无必要嘛，可是他甩不掉被追逐的感觉。

不能再躲了，不能把妻子和岳父扯进漩涡，这是他和岳母之间的事，至少表面上是。

第二天，乔丁理了发，冲了澡，从里到外整得精神抖擞。依然是过去的他，但又不是过去的他了。示威吗？他说不清楚。他早早地赶过去。来了？岳母的声音没什么不同，浮着他熟悉的平和的笑，可是他还是窥见她眼底的异样。她果然瘦了，让他吃惊的瘦。与他是如此的相似，依然是过去的她，但又不是过去的她了。乔丁竖起的毛刺突然就萎了。

乔丁陪岳父坐了一会儿，听到厨房有声响，便走过去竖在门口。他喜欢在狭小的空间和岳母忙活，和岳母说话。她肯定觉察到了，但没有回头，仍专注地切着藕片。妈，我来！他站在她身后。岳母说不用，你歇着吧。他固执地等在那儿，岳母放下刀。转身时，她扬着胳膊。他往后一撤，躲开那个巴掌。她诧异地扫他一眼。她不过捋捋头发。他的脸有些烫。他恼怒地咬咬嘴，脸迅速冷下去，罩了青色。不是惩罚她，而是惩罚他自己。零零星星的对话，可有可无。礼貌如一个巨大的阴影，悄然横在中间。偶然对视，迅速躲开，不经意间又碰在一起，仿佛躲避的目的就是为了鼓足勇气再次对接。他急欲从那复杂的眼睛里抽出什么，她又何尝不是？探询，遮掩，出出进进，你来我往。一场没有方向的较量。他并不想这样，初见她的那一刹，他甚至可怜她了，可他被激怒了，被自己和她共同上演的冷漠与客气激怒了。依然是一声一个妈，声音水水荡荡，又坚硬无比。

吴欢和果果进门，乔丁大大地松口气。窥岳母一眼，她绷紧的神情也舒展许多。餐桌上，一如过去的轻松。乔丁说话，岳母和他人一样看着他，偶尔也会接话。岳母说话呢，乔丁眼含适可而止的笑意。他和岳母在伪装上仍是这样心有灵犀。

离开时，乔丁突然记起似的，妈，我领你去医院查一下吧。岳母嫌恶地皱皱眉，无缘无故地查什么？吴欢也劝，查一下放心，瞧你——岳母说，我自己的身体自己清楚，没啥。乔丁问，妈，你咋就瘦了？他听出声音里的恶意。岳母打乔丁一眼，那目光极有力度。多吃就胖少吃就瘦，别大惊小怪。岳母拉开门，急欲打发他们走的样子，却没忘叮嘱乔丁和吴欢，记得关好门窗，夜里睡觉睁一只眼，别让贼算计了。

乔丁冷冷一笑。

大约是第四天的中午,岳母拎着饭盒走进店里。她冲乔丁点点头,问小刘是否吃过,她带了饺子,还热着。小刘说不用,她已经订了。乔丁说他不出去,小刘如果有事可以晚回来一会儿。小刘很自然地说,正好想去买双鞋。

剩下乔丁和岳母,空气便凝重几分。

岳母让他趁热吃,乔丁没问她是否吃过,饿极了似的埋下头。岳母端详着货物的标签。乔丁揣测她肯定有话说,送饺子不过是借口。

乔丁吃完,静静地看着她。

岳母问,馅不咸吧?

乔丁说,正好。

岳母说,放不少盐,我怕咸了。

乔丁说,大老远的,可别跑了。

岳母说,反正也没事,静下来,没着没落的。

乔丁说,你照顾我爸呀。

岳母的语气便重了,听听你这话,好像我没照顾他。睡觉前枕巾我都给他抹平。

乔丁说,我相信你会,可……目光荡起,像屋里突然旋起大风,

岳母说,我今天不是向你解释的,你没必要知道,就是我告诉你,你也未必明白。你还没到那个年龄,有些事只有到一定年龄……

乔丁受了污辱似的,可我不是傻子。

岳母盯住他,目光锋利,和你有关系吗?

乔丁叫，当然有，你骗了——他险些说成我——我爸！

岳母说，那是我和他之间的事，我会解决。冷傲弥漫到脸上，他想，那是装出来的吧？我今天不是来给你解释，你该明白我的意思。吴欢是我唯一的女儿，从小到大没和人吵过架，她胆子小，心眼儿好。我知道她没多大出息，我从没指望她有什么出息，平平安安就好。我原以为她过的是安稳日子，可是……你让我失望了。为什么？你缺钱吗？

不是和解，而是讨伐。他不回避她的逼视——此时她已完全站在审判台上——他说，我不缺钱。

岳母大声道，为什么？好玩吗？

乔丁说，你不懂。你说我不明白你的事，其实我清楚得很，没那么难理解——不就是偷情吗？他控制着，这句话只在心里飞撞——我的作为我说不清楚，我也不想说清楚。我想说的是，我没背叛你女儿。

岳母问，你的意思是你还要……你非毁了吴欢，毁了果果的前途吗？

乔丁说，不，我没想那么做。实在必要，我会跟她说。妈，你会吗？你会跟我爸说吗？要不要我们互相抖出来？

岳母哆嗦一下，脸色渐白。

乔丁甚是不忍，表情却没有软下来。

岳母冷笑，何必在家里抖落呢？到公安局更直接，连口供一块录了。

乔丁问，现在去吗？

岳母凝视着他，慢声道，乔丁，你是个混蛋，彻头彻尾的混蛋。走到门口，她摇了一下，又丢下两个字：混蛋。

乔丁呆了呆，马上追出去。稍一顿，又折回锁上店门。他远远地跟着岳母，那个背景曾是那么的……温暖，此时瘦巴冷硬，仿佛一棵枯树。她摇一下，他的心便缩一下。想追上去扶她，可他想那会是什么结果。他的话重了，他很难过。可谁让她毁了他心目中的形象？谁让她失去资格依然对他横加指责？过街口，他心惊肉跳的。那些车避让着她。她走到小区门口，他吁了口气，竟攥出湿漉漉两手汗。

7

并没有他想象的那样提心吊胆，几次之后便习惯了，如她所说就像进自己家一样。他也认可了她另一个说法，减轻有钱人的罪孽，等于行善呢。她的话语，她的作为，她的眼神，她的一颦一笑及她浑身散发出的神秘气息，汇成一个强大的磁场，令他趋附，着迷，甚至溶化于其中。他不明白怎么回事，他可是个差点就要毕业的大学生，喜欢她？不可否认，但这远非喜欢所能涵盖。有时，他试着反驳她，但几个回合便被她击得稀里哗啦。她嘻嘻哈哈，又野性十足，他根本不是对手。他不再抗拒，心醉神迷，偶尔顶牛，不过是从她那儿寻找更为踏实的借口。

他跟着她从一个地方到另一个地方，造访他们陌生而熟悉的客户。虽有意外，但总能化险为夷。吃喝玩乐，游山玩水。原来世上竟有这样的活法，原来他不齿的勾当竟这样迷人。不用再瞧老板眼色，也不再怕谁问什么学历，追问他不光彩的过去。那始终结在心里的疙瘩悄然解开。他开始给家里寄钱，往村里打电话时双腿不再发颤。他有工作了，虽然采购员甚为辛苦，但收入不菲呢。他明白了扬眉吐气是什么滋味。

那次，他和她造访南方一个旅游城市，数次空手。妈的，风向不好。她咒骂着，夜也不过，恨不得插上翅膀马上飞走。对此，她固执地迷信。后来，他意识到那是她天才般的直觉。回到凤凰飞舞的彩屋，她严肃地说，他该长些本事了。他和她一般从门进去，她的手，她手里的钥匙有魔力似的，轻轻一捅便开了。很多时候防盗门从里面反锁，就得翻窗。他没有攀爬本事，只能在外放哨。她讥诮，说是哨，其实是个累赘，她老得担心他。他明白她的意思，点头答应。付出才有回报，学校也是这么教的。

她把他领到城市的烂尾楼，训练他的攀壁功夫。她从上面垂下绳子，让他拽着绳子攀。上到半截他就坚持不住了，手臂酸困得随时要脱落。她冲他叫，连"妈的"都冒出来。他还是没坚持住。她怒气冲冲，又是蹦又是跳。她给他示范。她身轻似燕，他想起武侠小说中的女侠。她又是跟谁学的？她跟他一块儿攀，他支撑不住时，她就拽他一把。终于成功。第二次就自如多了。起先白天攀，后来在夜晚进行。从一个烂尾楼到另一个烂尾楼。她对城市熟悉得像自己的身体一样，知道哪个部位有胎记，哪个部分有划痕。她嫌他攀得慢，一次攀到半截，他闻到一股柴油味。她居然点燃了绳子。虽然她只在下半截浇了油，中途火串慢了，但呼呼的声音让他心惊。他不知自己攀上去还是跃上去的。她大笑，说他就爱吃罚酒。他有些恼火，面对她的刁蛮，他只好干瞪眼。

一个冬天过去，他虽然不像她那样如履平地，但上下已很自如。

他长了本事，和她配合得更加默契。那种日子依然让他着迷。不干活的时候，她和他也闹别扭。那种别扭不过是调节情绪的一味作料，他和她不当回事。就连她的蛮横，过后他也能嚼出让他迷恋的味道。而她，也并非一味霸道，哄人的功夫也很了得。看起来粗粗拉拉一个人，有时又心细如丝。一次，他和她经过他们大学门口，他多看了一眼。几天后，她送给他一个大学毕业证。他惊奇不已。他明白那是假的，但他看不出假来。就像她说的，你认为是真的就是真的。这个遥远的证书，这个让他痛恨让他亲切的证书。他们比他多的只是这样一个东西。她问他还要不要别的，他说一个足够了。有她也足够了。只是这句话没说出口。

某天晚上，他和她回到彩屋，边喝啤酒边聊天。他蓄意却又像不经意地问起她的过去。他敞得那样开，而她依然深埋。她倒没少讲，但版本太多，父母忽而是高官，忽而是富商，忽而是要饭的，忽而又说自己是野人，根本没父母。她扯谎也是一流，他总是相信。下次，她自己戳破，再给他讲一个"真实"的。我要骗你，我就是毛驴养的。她发着誓，下次又推翻，还警告他不要骂她妈，我可是我妈叉着大腿生出来的，

她问，你真想听？声音很轻，像一片飘落的树叶。

他说，当然。

她声音依然轻轻的，但目光重重地压住他，你为什么老打听这个？怕我父亲是叛徒特务，连累了你？

他窘迫着，我随便问问，又没逼你讲。

她很无奈似的，好吧，这回我实说了吧，省得你闻闻嗅嗅，像馋骨头的狗。

他嘿嘿。

她声音挑高了，咋？我说得不对？

他说，赶紧说实话吧。

她说，瞧你那德性，挖苦我？我凭什么告诉你？他们又没生

你！顿顿，忽然又道，算了，还是给你讲吧，先陪我干了这杯！喝得猛，啤酒从她两个嘴角漏泄。尔后抹一下嘴，道，我妈生我那天费老鼻子劲了，险些昏过去。

他不自觉地"咦"了一声。

她恼道，不听了？

他忙说，听着呢。

她的目光滑开去，我说的是有些远了。我没骗你，这是我妈后来告诉我的，她总给我讲过去的事，她是个碎嘴婆婆。我离家那天，她还给我讲她和那个男人的故事……喂，你听没有？

他说，听着呢。

她接着讲。跳跃性很大，但他还是缝接起来。她出生不顺，家人对她厌恶。从她记事起，家里就接二连三遭遇灾难，要么失火，要么闹病。她七岁那年，父亲被车撞成瘸子。就是这个瘸子开始不回家，拖着残腿在外胡混，终于有一天没了踪影。母亲终日抹泪，经常拿她出气。两年后，母亲有了男人，开始偷偷摸摸，后来领到家里。她看不惯，母亲让她滚蛋。她怕滚蛋，可一个黄昏，她逃离，从此再未回去。

比她先前讲的故事长。静得只有啤酒泛着泡沫。她"嗨"一声，你怎么了？

他的眼睛湿了，泛着红。

她哈哈大笑，并不爽朗，像混杂着尘土。笑声止住，眼角仍有笑的残渣往下掉，你真信了？我不过逗你玩。

他盯着她。

她发誓，真的，骗你是毛驴养的。不同的誓，同样的赌。

他声音发颤，求求你，正经点好不？

她嘲讽，瞧瞧你这点儿出息，别人的事把你搞成这样？我不懂什么正经。哎，可怜的家伙，不逗你了，我改口，我说的是真的，起码到现在还是真的。我要骗你……我干吗要骗你？她警告，别拿我妈出气啊，我可是她叉着大腿生出来的。

他抱住头，让她颠得异常地疼。

她说，该，谁叫你刨根问底，要不要我搞份家谱给你？

他泄了气。

她蹲他身旁，一脸幸灾乐祸。注视一会儿，她的目光渐渐柔软，还大学生呢，你这个可怜虫。我豁出去了，让你占点便宜吧，算是犒赏……等等，把你的爪子分开，关上那俩眼睛珠子！

他说，你已经豁出去——

她叫，少废话，关不关？

他听话地闭了眼。

她和他接吻。那个场景从开始就被她颠覆。她不闭眼，让他闭，必须闭。她的手抓挠着他，但不让他动手。还不让他趴她身上，要么站着，若躺着，她必定覆盖在他上面。他戏谑，她是强权，他只能算第三世界。

娇喘和呻吟终于使他难以自持，他的手翻拐上来，试图伸进她的衣服。

她"啪"地打开，狗爪子，瞎摸啥，还嫌便宜占得不够？

他嬉笑着，继续试探。

她沉下脸，小心我剁了它。

他不敢造次，委屈地说，不怪我，我管不了它嘛。

她语速极快，交给我，不收你一分钱。

他缩缩肩，还是不麻烦你了。

睡觉时,他又贼心不死地凑过去,想尝尝床的滋味。他一直睡沙发。她的施舍仅限于接吻。她并不生气,反而笑着说,如果他的骨头想断成几截,她也不反对。他虚试几下,讪笑着离开。

那夜他睡得不踏实,无数的凤凰在脑里飞舞,想抓却又够不到。黎明时分,他渴醒,起身喝杯水,往下躺时,目光忽然被牵住。他怔了怔,轻步朝大床挪去。光线还暗淡,但他的眼睛能刺破那模糊的外壳,又亮又烫。抑或是被她照亮。她身体弯成弧形,起起伏伏。手臂伸在外面,一只压在身上,另一只往外张着,像要抓住什么……是凤凰吗?她睡得很香,他能闻到她的呼吸声。是的,他闻到了,伴着呼吸的似乎还有茉莉花香。他又往近探探,看清了她的脸……他骇异地一缩,仿佛绞了一下似的。一个拇指大的耳廓,不,更像个小肉球。他呆立。一连串的回忆闪过。难怪她总掩着那里,不让他碰。他明白了。可是又不明白。她……她……他探出手,撩起弯曲的一细绺头发,那个小肉球彻底呈现在眼前。

他探究着,寻思要不要摸摸。

她突然醒了。来不及说,甚至僵硬的手未及缩回,一记耳光就甩过来。

8

乔丁又到岳母家蹭饭了,他和岳母仍旧在说话中干些什么或忙活时说些什么。但他知道,那一切并没过去,他没过去,她也没有过去。他和岳母是伪装的,他们配合得很好。即使岳母欢愉地大笑,他仍能觉出藏在她眼睛深处的蒺藜。每每这时,他柔软的地方忽又坚硬。在那个下午,他跟随岳母穿越大街时,身体的某个部位不可阻挡地融化。他想起岳母种种的好。他或许是过分了。

可是，这是他的问题么？是她啊！他都想吼了。如果能吼，他会冲她吼上一千二百遍。她已然失去资格，而他没有。他和她是不一样的。如果坦白，把那个秘密端上桌面，他不会退缩，她敢么？他不是有意瞒着吴欢，实在是与她无关，他的仪式伤不着她。恰恰相反，他从那个世界滑回来，会更安分，更爱她，更能嚼出日子的味道。而岳母……扔出的不亚于一枚炸弹啊。

乔丁甚至冒出向岳父说出一切的念头。岳母对他好，岳父对他也不错啊。岳母起先对他很是挑剔，果果出生之后，她才转变态度，并出乎意料地默契。他不止是女婿，还是说得来的朋友，她是岳母，也是知音。也许知音的说法不恰当，但他就是这么认为的。她和他的关系有一个过程，而岳父从开始就接纳了他。他给岳母保密，等于欺负岳父。欺负岳父自然是错的。那天，听着从公园方向传来的歌声，他忽然按捺不住了。他要和岳母赌一赌。谁让她这么硬气来着？她起码该痛哭流涕地忏悔，不，掉几滴眼泪也可，最次也要面带羞愧。她一方面发虚，一方面却又套上铠甲，像干了什么了不起的事。她认为他不会说出，凭着她的聪明，凭着她对他的了解。可牌的打法多得是，他现在就不按牌理出牌。他要给她点儿颜色。

公园里歌声飘摆。进门不远处的一棵老槐树下，围着一圈人，那是岳父固定的场地。乔丁急匆匆的，看见这个场面却扎了脚似的，踟蹰不前。这可不是说话的地方啊。那就等着，等到演出结束，把岳父拽到僻静的地方。他站了一会儿，悄悄靠前。其实，岳父根本看不见他，完全沉浸在音乐之中。岳父身边是一个中年汉子，唱的是《牡丹之歌》，之后一对妇女唱《天仙配》。一个老妇唱时，她抱的孩子顽皮地抓她的脸，她偏着头。岳父神情笃定，谁也不看,也不看乐谱。他面前什么也没有。他似乎什么都会拉。他的半个脸镀了层金色的光亮,哪里是那个小心谨慎的岳父。

乔丁悄然离开,怕惊着岳父,怕惊着那些忘情唱歌的人。其实,没有任何人注意他。

意外地,岳母在店里等他。不是吃饭时候,她当然不会送饭。她是不是觉察到他的企图?她淡淡地解释,刚巧路过,进来看看。他"哦"了声,说,我去公园了。她的目光晃了晃,很轻,但他觉到了。她问生意的情况,他很耐心地回答。他正想把小刘打发走,岳母忽然说得回去了,问他晚上过去不。他说过去,马上又补充,我和你一块回吧。岳母看他一眼,他和她又想到一起了,他想。

不再一前一后,他和她挨得很近,他试图搀她一把,她用他熟悉的口气说,我没那么老吧。

乔丁暗道,当然不老,跑那么远约会,不是一般的激情呢。

岳母突然问,你想什么?

乔丁竟然脸红,没想啥啊。

岳母并不看他,你觉得我是个不要脸的女人,是吧?

乔丁想,她可真厉害。顿顿,他问,你能告诉我吗?

岳母回答得极其干脆,不能。

那不像两个字,而像两个拳头。乔丁觉到钝痛,他的口气一改刚才的温和,我要是想知道呢?

岳母笑笑,我不会告诉你,永远不会。和你无关,你没必要知道。

乔丁问,这么说,你还要去那个地方?

岳母站住,目光尖锐,什么意思?让我保证?还是想给我下通牒?

乔丁竟耐不住她的逼视，摇头，不，不是那个意思。

岳母缓缓道，我没想过，也许……我不知道，这对你很重要？

乔丁说，是你，妈，你对……这个家很重要。

岳母叹口气，我今天突然烦躁得厉害，想和你说说话，到店里又不想说了。说什么呢？能说的我都说了，不能说的不会说。随你怎么看吧，我不是求你谅解，你也没资格。你想怎么样吧，轻视我，骂我，我都不在乎……这几天我像憋在闷桶里，我只求你，好好待吴欢，你该清楚你不只是她丈夫。

说到最后，岳母声音嘶哑，乔丁忽有一种不祥的感觉，难道岳母……他的心揪紧了，几乎是情不自禁地叫声妈，你别……

岳母严厉地说，瞎想啥？我没那么不结实。

乔丁不知说什么，心里一下空空的。之后，两人都沉默了。乔丁稍稍拉后一步，这样，岳母的背影又罩在目光之下。瘦，僵，苍老。她声言不那么不结实，其实她是不结实的，或者说，起码没那么结实。掩盖多年的秘密被发现，尚未掀起波澜，她就承受不住了。她受到了打击。他，他的两面，对她也是打击。他再次柔软起来，甚至有些愧。他们，他和岳母，在不合适的地点相遇，目睹了彼此的真实。那么，忘掉吧，就当什么也没发生。

又一个六号，乔丁在孤儿院忙了一天，晚上看望了李护工。大约第三天或第四天，乔丁找东西的时候，看见缩在柜子里的包，突然想起她很久没来了。她怎么……他愣怔一会儿，缓缓抬起头，转动着脖子，期待在某个角落逮住她顽皮的影子。墙角空空的，灯线空空的，他拉开包……万一是她恶作剧……没有。他捏起铜镜照照，揣进兜里。没什么好找的，她没出现，连出现的信号也没有。怎么回事？她该来了，早就该来了。乔丁脸色渐白，慌不自持。他跑出店外。日光如网,声响不绝。他又退到店中,她如果来了,就算在大街的人流中,他也觉得到的。她的悄语穿越喧嚣穿越黑夜和黎明。难道是他疏忽了?难道他的耳边竖起了隔板?

他僵坐在那里,支着耳朵,倾听她窸窣的脚步……

整整一天,他像蹲在那里的一架机器。

次日,他告诉吴欢晚上不回家了。他把小刘打发走,早早关了店门。他铺展开那一叠地图,手指在光滑的图纸上游走。一遍又一遍,指力渐重,可耳边空空。他闭了眼,数到十,突然睁开,期待那个飞舞的彩影,扑进眼睛的只是无边而沉重的黑暗。他又闭上,数到一百一千一万……失望,失望,失望。

清早,小刘打开店门,看到枯坐的乔丁,吓了大大一跳。乔丁从臆想中滑出,苦涩一笑,在小刘呆然的注视下走出店外。在一个小摊前,他吃了两根油条,喝了一碗豆浆。走了一段,他又买了一张煎饼。他觉得饿,又吃不进去,便拎在手里。

他不知自己要干什么,像多年前揣着全部家当那样,把自己置于陌生的人流。他的脑子空着,像一个大大的陷阱。空着也好。几乎是顷刻之间,突然又涨满。那个折磨人的疑问又来了,他无法避开。她没来。也许她不再来了。这么多年,他已习惯了带着她游走。走遍所有的地方,她在彩屋种下她的梦想。为什么?为什么她不再来?他想起那个尴尬的夜晚,她羞于与他为伴,还是因她和他的秘密被发现而生气?他并没有把他和她的秘密示人,任何人,那完全是个意外。她要惩罚他?她要彻底和他决裂?

他的脑子陷于混乱。但有一点,他很清楚,这一切与岳母有关。没有运气的夜晚,难堪的对峙像一把锋利的刀劈断他的生活秩序。他忘了自己是怎么离开的。那时,他尚不自知。窥见和被窥的惊愕、羞恼覆盖了一切。这些日子，他和岳母依然被阴影罩着。现在，就在他准备遗忘那一切的时候，却发现他的生活秩序被斩断。

或许还有可能……他抱着侥幸，像过去的任何一次一样，开始了小心翼翼的旅行。他选定城市，当然是他自己选的——和她在一起的时候，他自己也选择过。到了车站广场，他左顾右盼。一个身影，又一个身影。说不定她就藏在其中。他和她是有感应的，他来，她能不来么？等了一个多小时，他上了车。火车缓缓滑行，他盯着站台，如果她奔跑过来，他马上跳下去。忽又回头，东张西望。她没来，她来了，他肯定能感觉到。也许，她打算和他去那个城市会合，她总有新奇的点子。他不踏实地眯了眼。到站，还是不见她的影子。谁知她又搞什么把戏？是不是在他行动时突然现身？他踩了目标，登记了住处。他仍要了双床的房间。一次，他要了一张大床，她罚他睡地板。午夜，他潜出宾馆。但是，他找不到路了。转了几圈，他的心慌慌的，要跳出去似的。他没这么紧张过，第一次做也没有过。他感觉不到她在身边。她没来。她真的没有来。他已经到这儿了，她还是没有来。

他游逛了半夜。黎明时分，退了房，直奔火车站。

她要离他而去，真要离他而去了。疼痛如针，扎一下，再扎一下，忽然加快，在他身上穿着一个又一个洞。

他去了岳母家。这个时间，只她一个人在。除了去那个城市，她不乱逛，练功也在家里。她喜欢家。家，多么放心的地方。养精蓄锐，然后疯狂、放荡。没什么可以阻碍她，她仍可以一次次约会。他能把她怎样？他说过，与他无关。他的行为也与她无关。可是，他已经不能了。她扼杀了他的仪式。本已搁置的愤懑再次喷涌。

岳母瞧见他的架式，稍一愣，很快平静了。她是装的，她不可能有过去的平静了，就算他是一粒沉默的石子，也会硌着她。她没说话，她那么聪明，只点点头，等他开口。他却突然哑了。那些话触到她的眼神突然躲得无影无踪。他只是挑衅地和她对视着。

还没吃饭吧？岳母问，不等他回答，起身。

是的，他没吃饭，但现在不想吃。他喊住她，我不是来吃饭的。

岳母说，是来打架的喽？那也得先吃饭呀，吃了饭更有力气。

他跟着她来到厨房门口，他的声音烧沸了似的冒着气泡，我又干了。

岳母头也不抬，知道，吴欢说你出门了。

他问，你不生气？你不是要阻止我吗？

岳母说，我能拦住你？重重地叹口气，我只是替吴欢担心。怎么这么快？不顺利？

他说，是你……

岳母终于回头，我？……我吓着你了？

他说，吓着她了。

岳母皱眉，谁？你说谁？

他大声说，她！

岳母狐疑地看他一会儿，冷静地说，想出气就来吧，你出够气我再做饭。

他往后退退，站住。

她拍拍他的肩，让他坐下。她说，你不是打架来的，你憋得不行，是不是？好了，说出来吧，那是怎么一回事？

他并没有哭的打算，可是，该死的眼泪汹涌而出。

9

她和他和好了,但不再和他接吻,甚至不让他碰触她的身体,不管她心情多好,他一有什么动作,她的大眼温度陡降。他为自己的鲁莽付出了代价。她不谈及她那个地方,他自然不敢问。可探询的欲望始终蛰伏着。她的身世,她说那么多,对他依然是谜。就连她真正的名字,他也没搞清楚。认识她的时候她叫吴紫。忽然有一天,她说改名了,叫张红。她不停地换着名字,李青,赵蓝,白雪,黄娇。就像她对凤凰的迷恋,她对颜色有着偏执的嗜好,每个名字都与颜色有关。不仅如此,每个名字都有证件,那对她实在是小儿科。她一方面心直口快,连打盹做了什么梦都告诉他,一方面嬉闹似的包裹着自己。他仍如过去一样迷恋她,相信终有一天会咬开她的壳。

腊月,他给家里打电话,父亲让他这个年一定回家过。你妈想你。父亲哽咽的声音使他马上答应下来。他好多年没有回家,的确也想回去看看。父亲让他把对象带回去,他在一次通话时说走了嘴——他犹豫一下,说和她商量商量。父亲说一定要领回去,不然他和母亲要追过来。

那几日,他心不在焉,一脸沉闷。她觉察出来,问他是不是让那个大胸女孩勾走魂了。他和她常吃麻辣鸭头的重庆馆新来个服务员,胖乎乎的,胸脯突翘,他的目光总是不小心落在那个地方,彼时她就用筷子敲他的手。她常拿那个女孩嘲笑他,瞧瞧你那馋相,就差流口水了。他没像往常那样调侃地检讨,只是重重地叹气。追问之下,他说了。

你要回家过年?……这么说,要把我一个人丢下?她的声调变了。

他忙解释。

她绷着脸,不行!我还好几年没回去呢,我不是为了陪你吗?你这个没良心的家伙。

他说要么两人各回各家,要么她跟他回。

她的声音跳跃似的,早说嘛。我跟你回……别这么愁眉苦脸,我吃你多少,交多少伙食费。

他说,有个事,我得告诉你。

她的眼睛稍稍眯了。

他说,我说了,你可别生气。

她不耐烦了,让你急死了,说呀!

他边说边揣摩她的神色,她的脸没什么变化,眼睛仍那样眯着。然后,她追问,就这?

他点头。

她嗤地一笑,我还以为干了什么勾当。不就说我是你女朋友吗?我本来就是你女朋友嘛。

他解释他说的女朋友不是普通朋友,是对象。

她突然恼怒,谁是你对象?

他的心被挫了一下,尴尬地说他是哄父母的,父母盼他带个对象回家,可他们认真了……

她哈哈大笑,像冰层突然跃出火苗,让他措手不及。她边笑边拍着床垫,脸上霞光绽放。

好吧,我就算是你的对象吧。她笑够了,直起腰说,瞧瞧你这点儿胆子,一个对象就吓成这样?

他让她戏弄个够,此时也轻松了,说,我怕你生气。

她说,生什么气?给人当对象,多乐的事呀。除了你,谁敢要我啊。我的便宜让你占光了……你真把我当对象？

他几乎要发誓，她适时制止，好吧，我信。谁让我碰上你呢，哪年我高兴了，给你生一堆孩子……你打算要几个？

他说，你生多少我要多少。

她说，我得想一想哦。

出乎他的意料，惊喜就这样撞了他。从那晚开始，他终于又能吻她了。仅限于此。她仍高度防备，他小心着，不摸碰她的耳侧。可是临近年根儿，他又担心了。万一他的父母瞧见呢？就算他们不问，也掩饰不住眼里的惊愕。她似乎比他还上心，早早买好大包小包的东西，每天都有补充，结果有一些带不走，丢在彩屋。

他和她到了县城，本来能赶上回家的车，但她忽然提出在县城住一晚。他以为她要做活。他不想在家门口干，尽管这个县城和他没多大关系，但那也是家门口。他劝她算了，小地方没什么油水。她说吃腻了大鱼大肉，喝点清汤寡水也好。他再劝，她瞪大眼，谁说我要干了？他想，她或许真想逛逛。可第二天，仍没动身的打算。他催她，她犹犹豫豫——他从未见她这样——地说，要不，你一个人回吧。他甚是吃惊，问她什么意思。她说没什么意思，只是不想去了。他动情地劝着，继而改成乞求。她说她不敢去。她不像开玩笑，可她开玩笑他也辨不出来。就这么从早晨耗到中午，又从中午耗到晚上。他瞧出来，她确实有些紧张。他不清楚她为什么紧张，她不是这样的人啊。她实在是过于反常了。他竭力地说自己父母多么老实善良，他们会怎样喜欢她，他甚至激她。她仿佛咬牙似的，说，去就去，我才不怕呢。

她问见了他父母咋称呼，他说叫叔叔阿姨就可以。她问她是他对象，也这么称呼吗？他说那就随他，叫爹妈。他补充说他父母心里会乐开花的。她问称父亲母亲是否可以,他说太书面了,有些别扭,不过也可以。她问他有哪些亲戚,他说他会一一告诉她。她怕到时候喊不出口,非要练练。他拗不过,只好陪她。她是她,他则是他的父母亲戚。

她叫,爹。

他笑笑,浅浅地嗯一声。

她说,你正经点儿。他忙说,好好。

她又叫,爹!

他答,哎。他有些乐,但终憋住了。

她叫,妈!

他答,哎。

她叫,叔!

他答,哎。

她叫,姨。

她答,哎。

她叫,父亲。

他答,哎。

她叫,母亲。

他答,哎。

似乎叫出了瘾,她又叫了一遍。接下来,她喊他舅舅舅妈姨姨姨夫姑姑姑夫伯伯婶婶姥爷姥姥姥爷爷奶奶。整整一个晚上,她不厌其烦地练习。他哪有那么多亲戚?她兴致高,他只好扮演一个又一个角色,包括死去的。这还不算,她重新装扮角色,让他叫,他就一一叫着,爸妈……最后,他忽然叫,小亲亲。她哎了一声,双眉忽竖,你占我便宜,不行,得罚你。于是,他重新叫了一遍,直到隔壁有人抗议。

他数年没归，现在回来了，还带着对象，父母自是喜上眉梢。她没白练习，大大方方地喊爹妈。她的野气似乎消逝了，带着些娇羞。看得出，母亲很喜欢她，拉着她的手，似乎还想摸摸她的头发。他的心紧张到极点。她偏偏头，母亲大约意识到了，放开手去做饭了。他不离她左右，生怕有什么意外。吃饭时，她忽然改口称叔叔阿姨。父母对视一眼，询问地望着他，似乎想知道是不是怠慢了她，以至于这么快就改口。他知道父母在乎那个称呼，但不好解释。后来，她又称父亲母亲。他暗暗叫苦，她似乎要把那些称呼操练一遍。待会儿，她又冒出爸爸。父亲看着她，以为她有什么事，她只是笑笑。她有些傻，可爱的傻。让人心疼的傻。乘出院门的时候，他提示她，只称呼一样就行。她反问，犯法吗？他说不犯。她说那就别管这么宽。好在也没什么，父母很快习惯了。

晚上看电视，镜头里一个男人殴打妻子，她忽然说，妈的，该一枪崩了他。他觉到父母神色的异常，还好，他们没说什么，只是安安静静地陪她看。第二天，母亲和她拉家常，这是母亲表示亲近的方式。父母不会挑剔，只是对她的某些表现不习惯。他怕她疯，又怕她受委屈。母亲这样，他竟有些感激。话题忽然转到她父母身上，母亲只是礼貌地问候。她对母亲讲着她的父母，他未曾听过的一个版本。她张口就来，母亲自然毫不怀疑，并不时插问一句。他想，如果她只讲这一次，毫无问题。他担心哪天再说到这个话题，她会换一对。不再是医生，而是工程师或其他什么。还好，没人问她。

那天，他儿时的伙伴来看他，他正要介绍，她爽快地伸出手，你好，我叫张红。他的目光掠过母亲，嘻哈地岔开话。他给母亲说的是她另一个名字：黄娇。

吃过饭，父亲喊他抬东西，他随父亲去西厢房，父亲马上掩了门。父亲绕着弯子夸她，然后很不情愿很不好意思地说，这女娃好是好，只是……是不是不大着调？他说她有些紧张，不大习惯。父亲问，不是姓黄吗？怎么改姓张了？看来，父母没少嘀咕。他说那是为了上户口改的，三句两句说不清楚，她很聪明的。父亲哦哦着，脸松弛许多。

走的时候，母亲再次抓着她，嘱咐她明年一定还回来，她点头，竟有些哽咽。他惊讶得怀疑自己的眼睛。又是破天荒的。他只见识过她的假哭——某次戏弄他。母亲也动情了，抬起另一只手——他迅速揽住母亲的肩，她的脸已防备地撤后。他和她对在一起，她狠狠瞪他一眼。显然，她不喜欢他过于明显的护卫。母亲不明白怎么回事，似乎还想拉她，他说行了行了，赶不上车了。想来母亲有几分遗憾，她是那么想摸摸她。那可是他也不敢碰的地方啊。

她对回家之旅还算满意，只是左一声右一声地叫，真是累死了。他问她想不想家，他再陪她回去一趟。她斜睨着，很是不屑，就你这土样儿，他们不把你赶出来才怪。他说，我不怕挨打。她问，你真敢去？他说，我没那么胆小，为你挨打也值。她不领情，少卖嘴皮子，值几个钱呀！他嘻嘻地望着她，说过去不值钱，现在变得值钱了。她明白过来，骂，你讨打！她说他这么想去，她就破例回去一趟，她实在是不想回那个家。然后一通疯狂采购，她说她家虽然什么也不缺，但不能空手回去。可没过两个小时，她又变卦了，说这几天家里人来客往，除了送礼就是求她父母办事的，还是别丢这个丑了。他很是沮丧，可拗不过她。蛮横的公主。有一个星期,他和她不出门,发狠地消灭大包小包的食品。

也就是那几天,他起了洗手的念头。不,在家里的时候,他就有了。现在,不过是重新审视。他和她各攒了一笔钱,加起来是个不小的数目。做点生意,过另一种日子,毫无问题。那种新奇的感觉已经淡去,勾当仅仅作为弄钱的手段。常在河边走,哪有不湿鞋的?早晚有到头的时候。过去他不想,现在时刻在想。

犹豫几番,他还是说了自己的想法。她的嘴角停止嚼动,看他一会儿,又轻轻嚼起来。尔后慢悠悠地问,你的意思是,要和我分手?他说不是,他离不开她,也不想离开她,只想让她收手。她问,你怕了?他说,不怕,只是——她冷冷地截住他,我不逼你,你也别拦我,各走各的路。他说,我是为你和我的将来。她大叫,别教训我,我不要将来!你走,你现在就走。他不走,她过来撕他拽他,他一次次被她弄到门口,又一次次缩回去。和她负气只会适得其反。她折腾累了,骂他癞皮狗,没再逐他。

他和她又开始干活。配合得很好,却又像两个哑巴。她不理他,他搭讪也没用。辗转了两个城市,再次回到彩屋,她突然赞同他的提议。不过得再干半年,要把钱攒足,到时候买一套房子,我给你生一大堆孩子。她又恢复了顽劣的神情,我可没说嫁给你哦。他大喜过望,想象未来的生活成了两人每晚的节目。半年之后,她又变卦,央求他再延长半年,这回说话一定算话,她不是非干不可,实在是心里憋得难受。不做好事,我会憋出病,再让我过过瘾吧。难得她说软话,他只好从了她。她亲他一口,夸他懂事,许诺给他生一大堆孩子。她珍惜那短暂的时间,他们干活的密度大了许多。他又担心又心疼她。有惊无险的日子划上了句号,为此,他和她在彩屋举行了小小的告别仪式。她兑现了诺言,他大松一口气。可半个月之后,她先是阴郁着脸,继而狂躁不安,后来她就央求他,再陪她干一次,只一次,如果她再反悔,让他剁掉她的手。他没答应,纵容一次,还会有第二次,他们想象的生活永远不会到来。没得到他的响应,她忽然大声道,活人还让尿憋死?你不去我自己去。他恼怒地难过地望着她,她真干,他根本拦不住。我保证,就这一次,再犯,不用你,我自己把手剁掉。他不为所动。走到门口,她回头,就陪我一次,行吗?他忧伤的目光陷落在凤凰们的羽翼中。

她走了。

10

白底黑字,那几个字瘦长瘦长,像手背上暴起的青筋。门牌毫不起眼,院子却幽深,快走到头了,拐个弯又是一番天地。孤儿院只是其中一个部分。他熟悉这里的每一条路,每一个角落,每一片草地和树荫。他嗅着陈年的气味,寻找着她遗落的故事。那棵最粗壮的老槐树,是她的领地,没人上得去,她像猴子一样自如上下。她高兴的时候,生气的时候,都要躲到树上。那次,那个送孤儿院一车西瓜的老板捏她耳朵,她咬他一口,然后逃到树上,待了整整一天。她说脏话被罚饿,她偷护工的包,藏在其中一个树杈上,被扭青嘴,却不承认。在那幢风雨剥蚀的白楼上,上演过惊心动魄的一幕。因同学嘲笑她的耳朵,她把那个又高又壮的男孩打成乌鸡眼,男孩父母兴师问罪,她拒不道歉,后冲出众多逼她就范的大人的包围,逃到白楼顶,威胁跳楼。谁都不想输给她,于是她跳了,摔折一条腿。跳楼事件影响甚大,院长因此被免。那个陡直的烟囱也是她常常造访的地方。大人们必须登梯子才能够着扶栏,没放过梯子，因为没人爬过。她能像壁虎一样吸附在上面，若是抓住扶栏，还能腾出手嗑瓜子。一个老人因目睹她爬烟囱，突发心脏病。老人的亲属一度封锁了大门。惹祸挨罚在她是太平常的事。让人头疼，却又毫无办法——没有效力的办法等于没有。

他是在整理她的遗物时发现那个证件的，并不是她的。它和她众多的证件混在一起，那么地委屈。他凭着它，一步步追寻到这里。

他滴血的心被无形的大手攥住，疼得难以呼吸。如果他早一些知道……能怎样呢？早一些知道也许是另外一个结果，那天晚上，他会跟着她。那天，她并没去干活，光顾的是在建的高楼。她憋得难受，只有那样才舒服一些吧？以她的身手怎么会失足？他认为是他，是他毁了她。

负疚时时啃噬着他。遇见吴欢之后，他渐渐从阴影中走出，但并没有放弃他和她的仪式。他从未告诉过吴欢，那是他自己的秘密，以前他不认为这是对吴欢的欺骗和背叛，现在仍然不认为。他只是在心上开了一小扇门，通向另一个世界的一小扇门。他去那里走一遭，最终要返回这里。去那里洗濯忧伤，回这里平静生活。他习惯了，三千多个日子都是这么做的，可一夜之间，日子突然断裂。

连着数日，每个下午他都到孤儿院。除了和那些孩子玩耍，就是在小道上行走，或者去李护工那里。以至于杨护工都很惊讶，问他怎么了，是不是想到这儿上班。他笑笑，不答。他像丢了魂，只能在这里找到，或魂快要丢了，必须在这里寄放。

那天，他并未向岳母说什么。那个秘密是属于他自己的，就算说了，她会像在别的事上那样灵犀通透？毕竟，他和岳母藏的是不同的秘密。对岳母重新卷起的愤怨在他离开时已经淡去，他能拿岳母怎样？他不能拿岳母怎样，也不能拿自己怎样，只好一趟一趟地往孤儿院跑。

可到这儿究竟要干什么？是抓住越离越远的她？还是等待那一对男女？是凭吊已然逝去的一切，还是整理陷于混乱的生活？

他不清楚。

他知道这不对头。每天晚上，他尽量早早回去，尽量从那个世界拽出，不让自己的情绪影响到家庭。如果赶得上，他必定随吴欢去岳母那里吃饭，努力和岳母说笑。但已不像过去那样，他从那扇门出来，一切被严严地关在身后。无论他怎样努力，还是带了些什么。那个世界的灰尘和气息。他从吴欢阴郁的眼神里觉出来，尽管她什么也没说。可是，他又控制不住自己。一到下午，他被看不见的绳子牵着，犹豫一下都不可能。

那天，他刚到那儿，杨护工就告诉他，一会儿记者要来采访他，院长让他做好准备。他不解地问，采访我？为什么？杨护工说，不采访你采访谁呀？甭说你牺牲自己的时间照看孤儿，单你买东西花多少钱呀？他忽然慌了，不，不。杨护工说，你谦虚啥？早该让你风光风光的。他仍然摇头。他花的并不仅仅是自己的钱——他和她的，更多的钱是她的。杨护工说，孩子们都知道了，要拍你和他们在一起的照片，瞧，他们的兴致比你还高。他扫一眼，静静正用彩纸叠鸽子，青青则忙着画画——准是凤凰，他教她的。他有些难过，他要让他们失望的。唤起他们的兴趣和希望是多么不易，但他不能够……说什么？那是能说的吗？就是胡编乱造也不能，他不想让自己的名字和照片出现在别的地方。

他逃离。他打算去李护工家，中途忽又想，记者会不会追到那儿把他堵住？记者不会撬他嘴巴，可他面也不想和记者见。转向。他关掉手机，打车到鸭嘴山脚下，拾级而上。他爬到最高的朝阳亭，从那儿可俯瞰皮城。他久久地坐着，任肥硕的西风吹荡。

黄昏，他下山时打开手机。短信如炒爆的豆子般蹦跳。数个未接电话提示，全是岳母的，几条短信也是岳母发的，内容一样：你在哪里？速回电！他颤了一下，打过去。岳母的声音并不焦急，而是冷冷的，问他在哪里。他说在外面，什么事？岳母依然冷冷的，你回来看看吧。他马上想到吴欢。他甩着大步，后来就奔跑了。坐上出租车，才想起打吴欢的手机。关机。

果然是吴欢。她被车刮了一下，不是轿车，是电动自行车。骑车的人怪她横穿马路，没等她做出任何反应就走掉了。她动不了，是路人帮她打了岳母的电话。岳母陪她检查了，只是轻伤，并无大碍。但她走不了路，她吓坏了。吴欢躺在床上，依然一脸惊悸。他怜爱地抓住她的手，她眼睛顿时水蒙蒙的。他安慰，没事的，没事的。岳母没说什么，但目光浸着责备，重重地荡过来。他低下头，面对岳母，他终于心虚。岳母让吴欢晚上就住这儿，这是岳母另一种责备方式。他问吴欢，你行吗？似乎他给她注射了力量，她下了床，来回走了两圈。他看岳母，岳母说，那你就照顾好她。

他们是走回去的。

他洗了澡，陪吴欢看会儿电视。睡觉前，吴欢突然说，我今天去店里了。他觉出她话里的意味，问，有事？她说同事要买酒，陪同事去的。他"哦"一声，说这几个下午他都在外面。她问，孤儿院吗？他点头，解释，护工请假，别人照看不了那些小孩，我去帮个忙。她问，你真喜欢那些小孩？他的心一紧，怎么想起问这个？她说好奇嘛。他说他们其实蛮可爱的。她问，明天还去吗？他迟疑一下，但语气很干脆，不去了。过一会儿，又补充，以后还像过去那样，一月只去一趟。

吴欢蜷在他怀里睡了，像一只怕冷的小猫。她多年的习惯。即使在睡梦中，他也能觉察出她身体细微的抽缩，能听清她梦中的呓语，知道那是欢乐的，还是做了噩梦。她是他身体的一部分，她什么都跟他说。一次岳母和他谈到吴欢，用了一个词：傻女子。他是那么疼爱这个词。他的傻女子。

现在他的傻女子出了问题……是他让他的傻女子出现反常之举：她被刮，竟然没给他打电话。陪同事去店里，同事并不是不认识那儿。没完没了的询问，她对他的事从不过问。她怀疑他了，因为他混淆了曾经分得很清的两种生活。如果不能在两个世界自由穿梭，只能关上其中一扇门。

他大睁着眼，与黑暗对峙。关上，别无选择。

11

秋天到了，风粗了许多。两旁的黄叶猎猎作响，仿佛一面面旗帜。偶有一两片舞落，吻归于大地。

乔丁抓着公交车上的吊环，盯着窗外。看惯了的一切，细瞅，每天都不一样。就像公交车，昨天张贴的是"禁止携带易燃易爆危险品上车"，今天已换成"民警提示：小心扒手"。看来，最近一段小偷又多了。前几天报上登一则消息，贼入室盗窃，连主人的喝水杯也没放过。盗亦有道，那些家伙恐怕听都没听说过，别的更是枉谈。他们不过是一堆杂碎。

六号，是他做义工的日子。他只在这一天进入那个地方。他适应了新的秩序，或者说新的秩序适应了他。

午休的间隙,杨护工告诉他,李护工去世了。来得突然,他惊愕地盯住她,似乎要验证她是否出现口误。他上个月看望李护工,她还说,那对男女只要再露面,我一准能认出。他呆了好一会儿,才问什么时候,杨护工说上个月二十几号。一个人的离去是多么容易,他伤感地抽抽鼻子。杨护工压低声音,那对男女没来,来了我也能认出。他"哦"了声。杨护工仍以为他在等那一对近于传说中的男女,所以说得那么诡秘。

像过去一样,他走进窄巷时,使劲蹉蹉脚底。李护工鼻子灵,他踩了什么脏物尚不自知,她一下就能闻出来。她是个爱洁净的人,可能与她多年的护工工作有关。门仍如过去那样掩着,不知现在她的哪个子女搬了进来。他伸出手,又慢慢缩回,李护工不在了,他还有进去的必要吗?他看着那个门缝儿——她的咳嗽声常从那儿溅出来。

他静静地站了一会儿。他想起第一次与李护工见面的情景,她抓着他递过去的照片,惊呼,天啦,她还活着!他想起李护工是怎样激动地抓住他的胳膊说,她是我从门口捡的,我一手带大的呀!他想起李护工评价她的声调,她咬过别的护工,没咬过我。因为她,免了两任院长呐。他想起李护工叙述她逃走的那个夜晚时,忧伤如何漫上她苍老的眼睛。

李护工走了,带走了自己的秘密,也带走了凤凰的秘密。

那天晚上,他对吴欢说想出趟门,缩在他怀里的吴欢只是哼唔了一声。半年没出门,车站竟有些陌生。他目测了好一会儿,方从这陌生中辨出什么。没人认识他,他也不认识别人。耳边荡甩的只是嘈杂。售票员问他去哪里,他随意说了一个地名。直到火车启动,他也不清楚自己到那个地方干吗。

他坐在靠窗的位置。盯视着飞逝的风景,目光却扫着对面的少妇。她上车便不停地发信息,偶尔抬头,眼睛浸满忧郁。

后来,他闭了眼,仿佛被对面的忧郁扎伤。茫茫尘世,黑夜白昼,每一颗跳动的心掩藏了多少秘密啊。他想起远去的她,想起岳母,李护工,杨护工,包括吴欢——也许他不知道罢了。秘密是生命的一部分。从早晨到正午,从正午到黄昏,秘密随生命生长,成为饱满结实的果子,散发着诱人的甜香。可总有一天,果实会干瘪坚硬,划伤碰触它的人。他一度认为岳母的秘密是肉体的纵欢,而他则关乎心灵。他终于意识到自己的傲慢——岳母内心藏着什么,外人如何知晓?岳母的秘密同样散发过香气——于她而言。

是的,从青涩到成熟,从柔软到坚硬,是有一个过程的。而她,与凤凰相伴的她却没有这个过程,一开始便如蒺藜扎在她心上,也扎着他。她的秘密始终是苦涩的——那也离开了她,也终将离他而去。

他忽然明白自己为什么旅行——一次告别之旅。那一切正静卧在记忆的角落里,有如尘埃。

下了火车,他马上买了返程车票。他送走了她,也许她仍会回来,但那是另一回事了。他和她守着各自的世界,彼此凝望和祝福。并非结束,而是以他们只能接受的方式开始。

世界上所有的夜晚

——迟子建

(2007年获第四届鲁迅文学奖,载《锺山》2005年第3期)

世界上所有的夜晚
迟子建

第一章：魔术师与跛足驴

我想把脸涂上厚厚的泥巴，不让人看到我的哀伤。

我的丈夫是个魔术师，两个多月前的一个深夜，他从逍遥里夜总会表演归来，途经芳洲苑路口时，被一辆闯红灯的摩托车撞倒在灯火阑珊的大街上。肇事者是个郊县的农民，那天因为菜摊生意好，就约了一个修鞋的，一个卖豆腐的，到小酒馆喝酒划拳去了。他们要了一碟盐水煮毛豆，三只酱猪蹄，一盘辣子炒腰花，一大盘烤毛蛋，当然，还有两斤烧酒。吃喝完毕，已是月上中天的时分了，修鞋的晃晃悠悠回他租住的小屋，卖豆腐的找炸油条的相好去了，只有这个菜农，惦着老婆，骑上他那辆破烂不堪的摩托车，赶着夜路。

这些细节，都是肇事后进了看守所的农民对我讲的。他说那天不怪酒，而是一泡尿惹的祸。吃喝完毕，他想撒尿，可是那样寒酸的小酒馆是没有洗手间的，出来后想去公厕，一想要穿过两条马路，且那公厕的灯在夜晚时十有八九是瞎的，他怕黑咕隆咚地一脚跌进粪坑，便想找个旮旯方便算了。菜农朝酒馆背后的僻静处走去。谁知僻静处不僻静，一男一女啧啧有声地搂抱在一起亲吻，他只好折回身上了摩托车，想着白天时走四十分钟的路，晚上车少人稀，二十多分钟也就到了，就憋着尿上路了。尿的催促和夜色的掩护，使他骑得飞快，早已把路口的红灯当作被撇出自家园田的烂萝卜，想都不去想了，灾难就是在这时如七月飞雪一样，让他在瞬间由温暖坠入彻骨的寒冷。

街上要是不安红绿灯就好了,人就会瞅着路走,你男人会望到我,他就会等我过去了再过。菜农说这话的时候,嘴角带着苦笑。

小酒馆要是不送那壶免费的茶就好了,那茶尽他妈是梗子,可是不喝呢又觉得亏得慌。卖豆腐的不爱喝水,修鞋的只喝了半杯,那多半壶水都让我饮了!菜农说,哪知道茶里藏着鬼呢!

菜农没说,肇事之后,他尿湿了裤子,并且委屈地跪在地上拍着我丈夫的胸脯哭嚎着说,我这破摩托跟个瘸腿老驴一样,你难道是豆腐做的?老天啊!

这是一位下了夜班的印染厂的工人、一个目击者对我讲的。所以第一个哭我丈夫的并不是我,而是"瘸腿老驴"的主人。

我去看这个菜农,其实只是想知道我丈夫在最后一刻是怎样的情形。他是在瞬间就停止了呼吸,还是呻吟了一会儿?如果他不是立刻就死了的,弥留之际他说了什么没有?

当我这样问那个菜农的时候,他喋喋不休地跟我讲的却是小酒馆的茶水、烧酒,没让他寻成方便的那对拥吻的男女、红绿灯以及那辆破摩托。这些全成了他抱怨的对象。他责备自己不是个花心男人,如果乘着酒兴找个便宜女人,去小旅馆的地下室开个房间,就会躲过灾难了。他告诉我,自从出事后,他一看到红色,眼睛就疼,就跟一头被激怒的公牛一样,老想撞上去。

我那天穿着黑色的丧服,所以他看待我的目光是平静的。他告诉我,他奔向我丈夫时,他还能哼哼几声,等到急救车来了,他一声都不能哼了。

他其实没遭罪就上天享福去了,菜农说,哪像我,被圈在这样一个鬼地方!

我看你还年轻，模样又不差，再找一个算了！这是我离开看守所时，菜农对我说的最后一句话。他那口吻很像一个农民在牲口交易市场选母马，看中了一匹牙口好的，可这匹被人给提前预定了，他就奔向另一匹牙口也不错的马，叫着，它也行啊！

可我不是母马。

我从来不叫丈夫的名字，我就叫他魔术师，他可不就是魔术师么！十几年前，我还在一所小学教语文，有一年六一儿童节，我带着孩子们去剧场看演出。第一个出场的就是魔术师，他又高又瘦，穿一套黑色燕尾服，戴着宽檐的上翘的黑礼帽，白手套，拄一根金色的拐杖，在大家的笑声中上场了。他一登台，就博得一阵掌声，他鞠了一个躬，拐杖突然掉在地上，等到他捡起它时，金色的拐杖已经成了翠绿色的了，他诧异地举着它左看右看时，拐杖又一次"失手"落在地上，等他又一次捡起时，它变为红色的了。让人觉得舞台是个大染缸，什么东西落在上面，都会改变颜色。谁都明白魔术师手中的物件暗藏机关，但是身临其境时，你只觉得那根手杖真的是根魔杖，蕴藏着无限风云。

我大约就是在那一时刻爱上魔术师的，能让孩子们绽开笑容的身影，在我眼中就是奇迹。

奇迹是七年前降临的。

由于我写的几篇关于儿童心理学方面的论文在国家级学刊上发表了，市妇女儿童研究所把我调过去，当助理研究员。刚去的时候我雄心勃勃地以为自己会干一番大事业，可是研究所的气氛很快让我产生了厌倦情绪。这个单位一共二十个人，只有四名男的。太多的做学问的女人聚集在一起绝不是什么好事情，大家互相客气又互相防范，那里虽然没有争吵，可也没有笑声，让人觉得一脚踩进了阴冷陈腐的墓穴。由于经费短缺,所有的课题研究几乎很难开展和深入,我开始后悔离开了学校,我怀念孩子们那一张张葵花似的笑脸。研究所订阅了市晨报和晚报,报纸一来,人们就像一群饥饿的狗望见了骨头,争相传阅。我就是在浏览晚报的文体新闻时,看到一篇关于魔术师的访问,知道他的生活发生了变故的。原来他妻子一年前病故了,他和妻子感情深厚,整整一年,他没有参加任何演出。现在,他准备重返舞台了。我还记得在采访结束时,魔术师对记者所讲的那句话:生活不能没有魔术。

我开始留意魔术师的演出,无论是在大剧院还是小剧场的演出,我都场场不落。我乐此不疲地看他怎样从拳头中抽出一方手帕,而这手帕倏忽间就变为一只扑棱棱飞起的白鸽;看他如何把一根绳子剪断,在他双手抖动的瞬间,这绳子又神奇地连接到了一起。我像个孩子一样看得津津有味,发出笑声。魔术师那张瘦削的脸已经深深地雕刻在我心间,不可磨灭。

有一天演出结束,当观众渐渐散去,他终于向台下的我走来。他显然注意到了我常来看他的表演,而且总是买最贵的票坐在首排。他对我说的第一句话是,你想学魔术?

我没有学成魔术,我做了魔术师的妻子。

我们结婚的时候,他所在的剧团的演出已经江河日下,进剧场的人越来越少了。魔术师开始频繁随剧团去农村演出。最近几年,他又迫不得已到一些夜总会去。那些看厌了艳舞、唱腻了卡拉OK情歌的男人们,喜欢在夜晚与小姐们厮混得透出乏味时,看一段魔术。有时看到兴头上,他们就把钞票扬到他的脸上,吆喝他把钞票变成金砖,变成女人的绣花胸衣。所以魔术师这几年的面容越来越清癯,神情越来越忧郁。他多次跟剧团的领导商量,他不想去夜总会了，领导总是带着乞求的口吻说，你是个男人，没有性骚扰的问题，他们看魔术，无非就是寻个乐子，你又不伤筋动骨的；唱歌的那些女的，有时在接受献花时还得遭受客人的"揩油"呢，人家顺手在胸脯和屁股上摸一把，她们也得受着。为了剧团的生存，你就把清高当成破鞋，给撇了吧！

魔术师只得忍着。他在夜总会的演出，都是剧团联系的。演出报酬是四六开，他得的是"四"，剧团是"六"。他常用得来的"四"，为我买一束白百合花，一串炸豆腐干或者是一瓶红酒。

月亮很好的夜晚，我和魔术师是不拉窗帘的，让月光温柔地在房间点起无数的小蜡烛。偶尔从梦中醒来，看着月光下他那张轮廓分明的脸庞，我会有一种特别的感动。我喜欢他凸起的眉骨，那时会情不自禁抚摸他的眉骨，感觉就像触摸着家里的墙壁一样，亲切而踏实。

可这样的日子却像动人的风笛声飘散在山谷一样，当我追忆它时，听到的只是弥漫着的苍凉的风声。

魔术师被推进火化炉的那一瞬间，我让推着他尸体的人停一下，他们以为我要最后再看他一眼，就主动从那辆冰凉的跟担架一样的运尸车旁闪开。我用手抚摸了一下他的眉骨，对他说，你走了，以后还会有谁陪我躺在床上看月亮呢！你不是魔术师么，求求你别离开我，把自己变活了吧！

迎接我的，不是他复活的气息，而是送葬者像涨潮的海水一样涌起的哭声。

奇迹没有出现，一头瘸腿老驴，驮走了我的魔术师。

我觉得分外委屈，感觉自己无意间偷了一件对我而言是人世间最珍贵的礼物，如今它又物归原主了。

我决定去三山湖旅行。

三山湖有著名的火山喷发后形成的温泉,有一座温泉叫"红泥泉",据说淤积在湖底的红泥可以治疗很多疾病,所以泡在红泥泉边的人,脸上身上都涂着泥巴,如一尊尊泥塑。当初我和魔术师在电视中看到有关三山湖的专题片时,就曾说要找某一个夏季的空闲时光,来这里度假。那时我还跟他开玩笑,说是湖畔坐满了涂了泥巴的人,他肯定会把老婆认错了。魔术师温情地说,只要人的眼睛不涂上泥巴,我就会认出你来,你的眼睛实在太清澈了。我曾为他的话感动得湿了眼睛。

如今独自去三山湖,我只想把脸涂上厚厚的泥巴,不让人看到我的哀伤。我还想在三山湖附近的村镇走一走,做一些民俗学的调查,收集民歌和鬼故事。如果能见到巫师就更好了。我希望自己能在民歌声中燃起生存的火焰,希望在鬼故事中找到已逝人灵魂的居所。当然,如果有一个巫师真的会施招魂术,我愿意与魔术师的灵魂相遇一刻——哪怕只是闪电的刹那间。

第二章:蒋百嫂闹酒馆

我在乌塘下车了。不是我不想去三山湖,而是前方突降暴雨,一段山体滑坡,掩埋了近五百米长的路基,火车不得不就近停靠在乌塘。铁路部门说,抢修最快要两天时间。旅客们怨气冲天,一会儿找车长要求赔偿,一会儿又骂滑坡的山体是老妓女,人家路基并没想搂抱你,你往它身上扑什么呀。没人下车,好像这列车是救生艇,下了就没了安全保障似的。

在旅行中不能如期到达目的地,在我已不是第一次了,这里既有不可抗拒的天气因素,也有人为的因素。有一次去绿田,长途客车就在一个叫黑水堡的寨子停了整整十个小时。茶农因不满茶园被当地的高尔夫球场项目所征用,聚集在交通要道上,阻断交通,要向当地政府讨一个"说法"。茶农们席地而坐的样子,简直就是一幅乡野的夜宴图。他们有的吃着凉糕,有的就着花生米喝烧酒,有的啃着萝卜,还有的嚼着甘蔗。最后政府部门不得不出面,先口头答应他们的请求,他们这才离开公路。记得当地的交警呵斥他们撤离公路,说他们这样做是违法的时候,茶农理直气壮地说,霸占了我们茶园就不算违法了?领导先违法,我们后违法,要是抓人,也得先抓他们!

　　乌塘是煤炭的产地,煤窑很多,空气污浊。滞留在列车上的旅客开始向服务员大喊大叫,他们要免费的晚餐,那已是黄昏时分了。车窗外已经聚集了一些招揽生意的乌塘妇女,她们个个穿着质差价廉的艳俗的衣裳,不是花衣红裙粉鞋子,就是紫衣黄裤配着五彩的塑料项链,看上去像是一群火鸡。她们殷勤地召唤列车上的人下车,都说自己的旅店的床又干净又舒服,一日三餐有稀有干、荤素搭配,有几个男人禁不住热汤热水和床的诱惑,率先下车了。我正在犹豫着,邻座的一位奶孩子的妇女撇着嘴对她身旁的一个呆头呆脑的男人说,这火车也真不会找地方坏,坏在乌塘这个烂地方!人家说这里下煤窑的男人死得多,乌塘的寡妇最多。还真是啊,瞧瞧站台上那些个女的,一个个八辈子没见过男人的样子!她鄙夷地扫了一眼那些女人,然后垂头把奶头从孩子的嘴里拔出来,怨气冲冲地说,我这对奶子摊上你们爷俩儿算是倒霉,白天奶小的,黑天喂大的,没个闲着的时候!今晚有没有饭还两说着呢,小东西可不能把我给抽干了!她怀中的婴儿因为丢了奶头,哇哇哭闹着。妇女没办法,只得又把那颗黑莓似的奶头摁回婴儿的嘴里。婴儿立刻就止了哭声，咂着奶。女人骂，小东西长大了肯定不是个好东西，一个有奶就是娘的主儿！

乌塘寡妇多，而我也是寡妇了，妇女的话让我做了下车的决定。我将茶桌上的水杯收进旅行箱，走下火车。

脚刚一落到站台的水泥青砖上，就感觉黄昏像一条金色的皮鞭，狠狠地抽了我一下。在列车上，因为有车体的掩护，夕照从小小的窗口漫进车厢，已被削弱了很多的光芒，所以感受不到它的强度。可一来到空旷之地，夕阳涌流而来，那么的强烈，那么的有韧性。光与光密集的聚合与纠集，就有了一股鞭打人的力量。

七八条女人的胳膊上来撕扯我，企图把我拉到她们的店里去。我选中了独自站在油漆斑驳的栏杆前袖着手的一个妇女。她与其他女人一样打扮得很花哨，一条绿地紫花的裤子，一件粉地黄花的短袖上衣。她的头发烫过，由于侍弄得不好，乱蓬蓬的，上面落了一层棉花绒子，看来她先前在家做棉活来着。她脸庞黑红，皮肤粗糙，厚眼皮，塌鼻子，两只眼睛的间距较常人宽一些，嘴唇红润。她的那种红润不刺目，一看就不是唇膏的作用，而是从体内散发出的天然色泽。我拨开众人朝她走去的时候，她冲我笑笑，说，你愿意住我家的店么？我说是。她上下左右地仔细打量了我一番，说，我家的店不高级，不过干净。我说这就足够了。妇女又说，我没有发票开给你。我说我不需要。她这才接过我的旅行箱，引领我走出站台。

乌塘的站前广场是我见过的世界上交通工具最复杂的了。它既有发向下辖乡镇的长途客车，还有清一色的夏利牌出租车，以及农用三轮车和脚踏人力车。最出乎意料的，几挂马车和驴车也堂而皇之地停泊在那里。不同的是机械车排出的是尾气，而马车驴车排出的则是粪球。

妇女擤了一把鼻涕,把我领向西北角的一辆驴车。车上坐着一个仰头望天的瘦小男孩,也就八九岁的光景。妇女吆喝一声,三生,有客人了,咱回去吧!那个叫三生的男孩就低下头来,怯生生地看着我。他穿一条膝盖露肉的皱巴巴的蓝布裤子,一件黄白条相间的背心,青黄的脸颊,矮矮的鼻梁,一双豆荚似的细长眼睛透着某种与他年龄不相称的忧郁。妇女把箱子放在驴车上,把一张叠起的白毡子展开,唤我坐上去,而三生则拍了一下驴的屁股,说,草包,走了!看来"草包"是驴的名字。

草包拉着三个人和一只旅行箱,朝城西缓缓走去。我问妇女要走多久。她说驴要是偷懒的话,得走二十分钟;要是它顺心意,十分八分也就到了。看草包那不慌不忙的样子,我知道十分八分抵达的可能性是不存在了。不过,草包倒不像头要偷懒的驴,它并不东张西望,只是步态有些踉跄。它不是年纪大了,就是在此之前干了其他的活儿而累着了。在一个陌生的地方,我喜欢这种慢条斯理的前行节奏,这样我能够更细致地打量它的风貌。所以我觉得雄鹰对一座小镇的了解肯定不如一只蚂蚁,雄鹰展翅高飞掠过小镇,看到的不过是一个轮廓;而一只蚂蚁在它千万次的爬行中,却把一座小镇了解得细致入微,它能知道斜阳何时照耀青灰的水泥石墙,知道桥下的流水在什么时令会有飘零的落叶,知道哪种花爱招哪一类蝴蝶,知道哪个男人喜欢喝酒,哪个女人又喜欢歌唱。我羡慕蚂蚁。当人类的脚没有加害于它时,它就是一个逍遥神。而我想做这样一只蚂蚁。

乌塘的色调是灰黄色的。所有楼房的外墙都漆成土黄色,而平房则是灰色的。夕阳在这土黄色与灰色之间爬上爬下的,让灰色变得温暖，使土黄色显得亮丽。街巷中没有大树，看来这一带人注意绿化是近些年的事情，所以那树一律矮矮瘦瘦的，与富有沧桑感的房屋形成了鲜明对照。正值下班高峰，街上行人很多。有的妇女挎着一篮青菜急急地赶路，而有的老头则一手牵着放学的孩子，一手擎着半导体慢吞吞地走着。一家录像厅张贴的海报是一对男女激情拥吻的画面，从音像店传出流行歌曲的节拍。酒馆的幌子高高挑起，发廊门前的台阶上站着叉着腰的招揽生意的染着黄头发的女孩子。这情景与大城市的生活相差无二，不同的是它被微缩了，质地也就更粗粝些、强悍些。所以有家旅馆的招牌上公然写着"有小姐陪，价格面议"的字样，不似大城市的宾馆，上门服务是靠入住房间的电话联络，交易进行得静悄悄的。

草包穿城而过，渐渐地车少人稀，斜阳也凋零了，收回了纤细的触角。腕上的手表已丢失了二十分钟，驴车却依然有板有眼地走着。我知道妇女撒了谎，驴无论如何地疾走，十分八分抵达也是天方夜谭。妇女见我不惊不诧，倒不好意思了。她说，草包起大早拉了两小时的磨，累着了，走得实在是太慢了。我便问她驴拉磨是做豆腐还是摊煎饼。妇女说做豆腐呀！接着她告诉我住她家的基本是熟客，老客人喜欢闻豆子的气味。我明白她家既开豆腐房又开旅店，便称赞她生意做得大。妇女说，大什么大呀，不过一座小房子，前面当旅店，后面做豆腐房，赚个吃喝钱呗！我指着男孩问妇女，这是你儿子？妇女说，他是蒋百嫂的儿子，我家和他家是邻居。我儿子可比他大多了，我十八岁就偷着结婚了，我儿子都在沈阳读大学了！她说这话时，带着一种自得的语气，我的心为之一沉。我和魔术师没有孩子，如果有，也许会从孩子身上寻到他的影子。就像一棵树被砍断了，你能从它根部重新生出的枝叶中，寻觅到老树的风骨。

驴车终于停在一条灰黄的土路上,天色已经暗淡了。那是一座矮矮的青砖房,门前有个极小的庭院,栽种着一些杂乱无章的花草。路畔竖着一块界碑似的牌匾,蓝地红字,写着"豆腐旅店"四个字。妇女让男孩卸下驴,饮它些水,而她则提着旅行箱,引我进屋。

这屋子阴凉阴凉的,想必是老房子吧。空气中确实洋溢着一股浓浓的豆香气,房间比我想象的要好,虽然七八平米的空间小了些,但床铺整洁,窗前还有一桌一椅。床下放着拖鞋和痰盂,由于没有盥洗室,门后放置着脸盆架。墙壁雪白雪白的,除了一个月份牌,没有其他的装饰,简洁而朴素。窗帘也不是常见的粉色或绿色,而是紫罗兰色的。没有想到这个女人在打扮屋子上比打扮自己有眼力。

妇女说,这是单间,一天三十块钱,厕所在街对面,晚上小解就用痰盂。饭可以在这里吃,也可以到街上的小饭馆。附近有五六个饭馆,各有各的风味。她向我推荐一个叫暖肠的酒馆,说是这家的鱼头豆腐烧得好。我答应着。她和颜悦色地为我打来一盆洗脸水。简单地梳洗了一番,我就出门去寻暖肠酒馆了。

天色越来越暗淡,这座小城就像被泼了一杯隔夜茶,透出一种陈旧感。酒馆的幌子都是红色的,它们一律是一只,要么低低地挂在门楣上,要么高高地挂在木杆上。一辆满载煤炭的卡车灰头土脸地驶过,接着一辆破烂不堪的面包车像个乞丐一样尘垢满面地与我擦肩而过。跟着,一个推着架子车的老女人走了过来,车上装着瓜果梨桃,看来是摆水果摊的小贩。我向她打听暖肠酒馆,她反问我买不买水果。我说不买。她就一撇嘴说,那你自己去找吧。我便

世界上所有的夜晚

073

知趣地买了两斤白皮梨,她这才告诉我,暖肠酒馆就在前方二百米处,与杂货店相挨着,不过"暖肠"的"肠"字如今被燕子窝占了半边,看上去成了"暖月"酒馆。

当我提着梨寻暖肠酒馆的时候,遇见了一条无精打采的狗。它瘦得皮包骨,像是一条流浪的狗。我摸出一只梨撇给它,它吃力地用前爪捉住,嗅了嗅,将梨叼在嘴中,到路边去了。它趴下来吃梨,而不是站着,看上去气息恹恹的。

一对老人路过这里,看见这狗,一齐叹了口气。老头说,它这又是去汽矿站迎蒋百去了,主人不回来,它就不进家门!老太太则感慨地说,一年多了,它就这么找啊找的,我看蒋百不回来,它也就熬干油了。哪像蒋百嫂,这一年多,跟了这个又跟那个,听说她前两天又把张大勺领回家了!你说张大勺撅起来没有三块豆腐高,她也看得上!蒋百要是回来,还不得休了她!看来还是狗忠诚啊!

未见蒋百嫂,却先见了她的儿子和她家的狗,这使我对蒋百嫂充满了好奇。

暖肠酒馆的"肠"字的右边果然被燕子窝占领了。窝里有雏燕,燕妈妈正在喂它们。雏燕从窝里探出光秃秃的脑袋,张着嘴等食儿。

未进酒馆,先被一股炒尖椒的辣味呛出了一个喷嚏,接着听得一个女人大声吆喝,再烫一壶酒来!我掀开门帘,进得门去。

酒馆的店面不大,只有六张桌子,两个大圆桌,四个小方桌。店里只有三个酒客,两男一女。两个男人年岁都不小了,守着几碟小菜对饮着。而坐在窗前方桌旁的女人则有好几盘菜伺候着。见我进来,她扬起一条胳膊召唤我,说,姐们,过来陪我喝两盅!她看上去三十来岁,穿一件黑色短袖衫,长脸,小眼睛,眼角上挑;厚嘴唇，梳着发髻，胳膊浑圆浑圆的，看上去很健硕。她已喝得面颊潮红，目光飘摇。我以为碰到了酒疯子，没有理睬她，拣了一张干净的方桌坐下，这女人就被激怒了，她先是将酒盅摔在地上，然后又将一盘土豆丝拂下桌子。那地是青石砖的，它天生就是瓷器的招魂牌，酒盅和盘子立刻魂飞魄散。这时店主闻声出来说，蒋百嫂，你又闹了；你再闹，以后我就不让你来店里吃酒了！蒋百嫂咯咯笑了，她用手指弹了一下桌子，说，我要是陪你睡一夜，你就不这么说话了！店主看上去是个忠厚的人，他讪笑着摇头，说，公安局这帮人也真是饭桶，你家蒋百丢了一年多了，活不见人，死不见尸，他们至今也没个交代！蒋百嫂本来已经安静了，店主的话使她的手又不安分了，她干脆站了起来，抡起坐过的椅子，哐嚓哐嚓地朝桌上的菜肴砸去。辣子鸡丁和花生米四处飞溅，细颈长腰的白瓷酒壶也一命呜呼了。蒋百嫂边砸边说，我损了东西我赔，赔得起！那两位酒客侧过身子望了望蒋百嫂，一个低声说，可惜了那桌菜；另一个则叹息着说，女人没了男人就是不行！他们并不劝阻她，接着吃喝了，看来习以为常了。

蒋百嫂发泄够了，拉过一把干净的椅子，气喘吁吁地坐上去，像是刚逃离了一群恶狗的围攻，看上去惊魂未定。店主拿着笤帚和撮子收拾残局，蒋百嫂则把目光放到了窗外。暮色浓重，有灯火萦绕的屋里与屋外已是两个世界了。蒋百嫂忽然很凄凉地自语着，天又黑了，这世上的夜晚啊！

第三章：说鬼的集市

旅店的女主人让我叫她周二嫂，因为她男人叫周二。我们研究所的萧一姝，是个女权主义者。她在一篇文章中说，中国妇女地位的低下，从称呼中就可以看出端倪。女人结婚生子后，虽然还有着自己的老名字，但是那名字逐渐被世俗的泥沙和强大的男权力量给淘洗干净了。她们虽然最终没有随丈夫姓，但称谓已发生了变化，体现出依附和屈服于男权的意味，她认为这是一种愚昧，是女性的一种耻辱。萧一姝原来叫萧玉姝，只因她丈夫的名字中也有一个"玉"字，便更名为"萧一姝"，她说女人接受由自己丈夫的姓氏得来的名字，就是一种奴性的体现。可我愿意做相爱人的奴隶。可惜没谁把我的名字依附在魔术师的名字上。

周二原先是矿工，一次瓦斯爆炸，他成了七人中唯一的幸存者，面部被严重烧伤，落了一脸的疤瘌。死里逃生的周二再也不肯下井，用工伤赔偿金和老婆开了豆腐店和旅店。周二做豆腐，挑到集市去卖，周二嫂则开旅店。周二每天凌晨三四点钟就要起来赶着驴拉磨，做上几板豆腐。周二卖豆腐，一卖就是一天。即使中午前他的豆腐担子空了，他也不回家，仍混在集市中。跟掌鞋的聊家常啦，和修自行车的忙里偷闲地下盘象棋了等等。周二嫂听说我要搜集鬼故事，就对我说，你不用挨门挨户地寻，你跟着我家周二去集市，一天可以听上好几个鬼故事，那些出摊的小贩子最喜欢讲鬼故事了。周二眨巴着眼对周二嫂说，邢老婆子要在就好了，她说鬼说得好，可惜她也成了鬼了！史三婆也爱说鬼，不过比起邢老婆子那可差远了，不过是《聊斋》中狐仙鬼怪的翻版！

我跟着周二去集市了。

周二个子不高，虽然他有力气，但挑着一担豆腐还是晃晃悠悠的。我跟在他身后，不断地听见别人跟他打招呼，周二，卖豆腐去啊？周二总是回一句，卖豆腐去！也有人跟他开玩笑，说，周二你行啊，白天吃自己的豆腐，晚上吃老婆的豆腐，有福气啊！周二就啐一口痰，理直气壮地说，我白天黑天吃的都是自家的豆腐，又不犯法，你说三道四个啥?!

太阳已经出来了，但它看上去面目混沌，裹在乌突突的云彩中，好像一只刚剥好的金黄的橙子落入了灰堆中。空气中悬浮着煤尘，呛得人直咳嗽。周二对我说，乌塘一年之中极少有几天能看见蓝天白云，天空就像一件永远洗不干净的衣裳晾晒在那里。乌塘人没人敢穿白衬衫，而且，很多人的气管和肺子都不好。我问这附近有几座煤矿？周二龇着牙说，大大小小总有二十几个吧。我说政府不是加大力度清理小煤窑吗？周二一撇嘴说，电视和报纸上是那么说的，实际上呢，只要不出事，小煤窑是消灭不了的！开小煤窑的哪个不是头头脑脑的亲朋好友？那等于给自己家设着个小金库！矿工的命太贱了，前些年出事故死在井下的，矿长给个万把的就把事儿给平了；现在呢，赔得多了些，也不过两万三万的，比起命来，那算什么！人死了，只要给了钱，没人追究责任，照样还有人下井，他们也照样赚钱！

听说周二在井下挖了六年煤，我便问他下井是什么感觉？

周二说，啥感觉？每天早晨离开家，都要多看老婆孩子几眼，下了井就等于踏进了鬼门关，谁能料到自己是不是有去无回？阎王爷想勾你的名字，大笔一挥，你就得留在地下了！妈的！

周二边骂边撂下担子，一家小饭店的女主人吆喝住了他，要五块豆腐。女主人显然没有睡足，头发没梳理，趿拉着拖鞋，穿一件宽大的黄地蓝花的棉布睡袍，呵欠连天的。周二麻利地将豆腐撮进女人递过来的白铝盆中。豆腐肌肤润泽，它们"噗噗"地投入盆中，使盆底漫出一圈乳黄的水。女人忽然哈哈笑了起来，她对周二说，周二哥，你说蒋百嫂像不像这个盆子？它能装土豆又能盛豆腐，能泡海带也能搁萝卜丝，真是软的硬的、黑的白的全不吝！我听说她昨晚又闹了酒馆，把王葫芦叫到家里睡去了！你说王葫芦都满六十的人了，脸比驴还黑，天天捡破烂，一年到头洗不上一回澡，跟他睡，不是睡在厕所里又是什么！

周二听女人这样议论蒋百嫂，有些恼了，他说，你也不要把自己说得那么干净，你家刘争一跑长途，朱铁子不就老来你店里吃酒么，一吃就是一夜，谁不知道?!你们这些女人啊，就跟蚯蚓一样，不能让你们见天光，埋在土里你们安分守己；一挖出来，就学会勾引人了！

蚯蚓勾引的是鱼！那女人大声地辩驳。她受了奚落倒也不恼，只是不再呵欠连天了。她对周二说，我知道你对蒋百嫂好，都说你是蒋三生的干爹，一家人哪有不向着一家人的?!

周二挑起担子，冲女人撇撇嘴，走了。跟着他走的，有被汽车挟起的尘土、陈旧的阳光和我。也许还有匍匐的蚂蚁也跟着，只不过没有被我们注意到罢了。

乌塘有三个集市，周二说我来的集市规模居中，另两个集市，一个比它大，一个比它小。比它大的集市有服装和日用小百货卖，比它小的只卖些肉蛋禽类、蔬菜瓜果。

周二进了集市，就像一只鸟进了森林，自由而快活。他和老熟人一一打招呼，将担子卸在他的摊位上。已经有很多小商贩出现在集市上了，卖糖酥饼和绿豆稀饭以及油条和豆浆的摊位前人头攒动，生意红火。怪不得我要在旅店吃早饭时，周二对周二嫂说，她不是要跟着我去集市听鬼故事么，还不如在那儿吃呢！想吃枣泥饼有枣泥饼，想喝豆腐脑有豆腐脑，想吃水煎包有水煎包！当时周二嫂白了周二一眼，说，你吃惯了集市的早饭，嫌弃我的手艺了！周二连忙赔着笑脸说,哪能呢,你做的饭我这辈子吃不够,下辈子还想吃呢!周二嫂笑了,她拧了一把周二的脸,说,就你这一脸的疤癞,也只能可着我的饭来吃了,别人谁得意你?他们满怀爱意的斗嘴使我想起魔术师,以往我们也常这样甜蜜地斗嘴,可那样的话语如今就像镌刻在碑上的墓志铭一样,成为了永恒。

我到小食摊前吃了碗黑米粥和一个馅饼。有一个食客对着免费的咸菜大嚼大咽着,瘦削的摊主用眼睛白着他,说,不怕齁着啊?食客说,齁着就喝水!摊主说,水也得花钱啊。食客说,喝水便宜。摊主又说,喝多了水找公厕撒尿也得花钱啊。食客被激怒了,他把咸菜罐摔在地上,骂,免费的咸菜你不叫吃,干脆收费得了,别死要面子硬撑着,还叫男人吗?!摊主看着碎了的咸菜罐,居然委屈得落泪了。他穿件蓝背心,戴一条油渍斑斑的绿围裙,黑红的脸庞,看上去像是一只被做成了酱菜的细长的青萝卜,颜色暗淡,散发着一股陈腐的气息。他这一哭,食客倒了胃口,他放下筷子,将一张十元钱拍在桌子上,说,不用找了,就头也不回地走了。与他相邻的卖豆腐脑的说那摊主,你合适啊,这一顿早饭也就三块两块的,你一家伙得了十块,顶三个人吃的了,昨晚一定梦见金鲤鱼了吧?摊主抽搐着脸说,除了金秀,我还能梦见谁?卖豆腐脑的说,金秀又跑你的梦里去了?我看你赶快再找一个算了,她没了三年了,你天天睡凉炕,她当然记挂着你了!要是你娶了新的,她也就过她的阴日子去了,人家在那里也可以再找一个,你不找,也耽误人家啊!

听他们这一番话,我知道这个面容凄苦的男人死了老婆,而且他与老婆感情深笃。我便胆怯地问他,死了的人进了活人的梦中,会是什么样子?魔术师在时,我倒时常梦见他;可他永别我后,我的脑子一片混沌,没有什么具体的影像,他把我的梦想也带走了。

摊主泪眼朦胧地望了我一眼,嘴唇哆嗦了几下,说,死了的人回到活人的梦中,当然是活着时的样子了!她会嘱咐你风大时别忘了关窗,下雪了别忘了给孩子戴上棉帽子。唉,她也真是命苦,死了还得跟我操心!

来了两个身上挂满了石灰点的民工,摊主擦干眼泪,招呼他的生意去了。我回到周二那里,他正在吸烟。我问那个摊主的老婆是怎么死的?周二喷出一口青烟说,他老婆得了痢疾,就到家跟前的个体诊所打点滴。你说青霉素这东西也真是邪性,点了不出两小时,人就没气了!人家说,诊所的老周没有给她做过敏试验,人才死了。我看这女人也是命薄,拉肚子本不是大毛病,拉不死人,非要去诊所,这下好,因小失大,把命都搭上了!

诊所的那个姓周的呢?我问。

他呀,原先是个兽医,这些年得病的人比得病的牲畜要多,他就换下蓝袍子,穿上白大褂,挂上听诊器,开起了诊所!他也有点能耐,治好过一个偏头疼的女人,还治好过几个人的胃病,所以他没出事时,生意还挺红火的!

他一个当兽医的,怎么会拿到为人看病的行医执照呢?我问。

嗨,这世道的黑白你还看不清哇,有钱能使鬼推磨呗!周二吐了口唾沫,说,老周的连襟在卫生局当局长,拿个行医执照,就跟从自家的树上摘个果子一样轻而易举,有什么难的?出了事后,人家花了两万块,就把事平了!就说人不是点滴死的,是心脏病发作死的!

这男人也就同意了?我瞟了那摊主一眼。

不认又怎么着?打官司他打得起吗?反正他老婆已进了鬼门

关，还不如弄俩钱，将来留着给孩子用！周二叹了口气，指着那摊主说，他原来是个挺乐和的人，老婆没了，就变得跟女人一样爱计较了，动不动还哭，哪还有点男人的样子！

老周呢？我心灰意冷地问。

他呀，在这儿混不下去了，早就走了。听说去了芜湖的亲戚家，不干这行了，养虾去了，谁知道呢？周二又叹了一口气，说，在这个集市上，辛酸的人海着去了，你要听鬼故事，随便逛逛就能听到。

我与周二闲谈的时候，已经有两个人买了豆腐走了。但凡做小本生意的，都是些眼疾手快的人，他们能心、手、口并用，嘴上抽着香烟并且与你讲着故事，手上麻利地打理着生意，什么也不耽误。

集市越来越热闹了。推着架子车、挑着货担的生意人越聚越多，先前还空着的摊床也就没有闲着的了。由于这集市有个长条形的顶棚，集市边缘的摊床点染着阳光，而中心地带则相对暗淡些，阳光未爬到那里就断了气。周二把我引向集市中央阴凉处的一个摊床，对一位坐着的袖着手的穿黑衣的老女人说，史三婆，这是我家客人，想搜集鬼故事，你给她讲几个吧！你知道那么多的鬼故事，不讲不就全烂肚子里了么？史三婆呸了周二一口，说，我的故事值钱，讲一个得给我十元！周二说，明天我给你炸包豆腐泡吃，顶了讲故事的钱了！史三婆上上下下地打量了我一番，说，你给哪里搜集鬼故事？我说为自己。史三婆就打了一个嗝对我说，你又不是从阴间来的，搜集那故事做啥？我想与她有个轻松的谈话氛围，就开玩笑说，谁说我不是从阴间来的？我这话没吓着史三婆，倒把与她相邻的卖笤帚的女孩给吓着了，她惊叫着说，史三婆，我一看她的样子就像个鬼，一身的黑衣服，瘦得全是骨头，脸上没血色，你可别让她靠近咱们呀！史三婆笑了，她从容不迫地说，鬼就是鬼，哪能让你看得着呢！你不用怕。史三婆让我到摊床里面去坐，不然我像根柱子似的戳在她面前，影响她的生意。我笑了笑，从通道旁的小便道走到摊床里面。也许是久已不笑了，我的笑不但使自己起了寒意，也让那个女孩打了个哆嗦。史三婆的摊床上，摆着形形色色的灭害剂，有毒鼠强、灭蝇水、驱蚊油、除蟑灵、敌杀死等等。史三婆的鬼故事，就以毒鼠强为背景而开始了。

有个年轻的寡妇，她男人死于矿难的"冒顶"事件。她摊上个好吃懒做又心狠手毒的婆婆，一日伺候不周，婆婆就趁她熟睡时用针扎她的额头。寡妇受够了婆婆的气，就买了两包毒鼠强，炖了一锅肉，打算与婆婆同归于尽。那天下着大雨，电闪雷鸣的，寡妇早把孩子打发到姐姐家去了。她盛了肉，放在桌子上，又取了两个酒杯和两双筷子，唤婆婆喝酒吃肉。婆婆那时正站在窗前把一杯陈茶往窗外泼，听见儿媳唤她，她回身便骂，我知道你有二心了，想今晚把我灌醉，好在我儿子睡过的炕上养汉！寡妇忍着，没有和婆婆顶嘴，想引诱她把肉吃了。这时外面的雷声越来越响，窗棂被震得跟敲锣似的，咣咣响，寡妇突然看见他丈夫从窗口飘了进来，就像一朵乌云。她刚叫了一声丈夫的名字，那朵云就化作一道金色的闪电，像一条绳子一样，勒住了她婆婆的脖子。婆婆倒地身亡，被雷电取走了性命。寡妇明白这是丈夫在帮助她，如果她也死了，孩子谁来管呢？从那以后，这寡妇就守着孩子过日子，没有再嫁。而她的孩子也争气，几年后考上了一所名牌大学。

史三婆的话使我联想到魔术师，他也会化作一道闪电吗？看来以后的雷雨天气我得敞开窗口了，也许我的魔术师会挟着一束光焰来照亮我晦暗的眼睛。

卖筲箕的女孩发现我对鬼故事确实有着与人一样的着迷，她不再怀疑我是鬼了，她接着史三婆，讲了另一个鬼故事。

我表哥在乌塘自来水公司当司机，他有一个朋友叫贾固，在法院工作，是法警。有一年冬天，贾固的车掉进雪窝里，唤我表哥帮他拖出来。我表哥和贾固怕耽误上班，凌晨三点就上路了。那辆车陷在一片坟地里，天落着雪，四周白茫茫的。表哥拖着拖着车，忽然见雪野中闪出一个人影，是个女人，她戴着白围巾，白帽子，脸盘素净，面容秀丽，说要搭我表哥的车进城。在那样一个荒僻的地方，突然出现这么一个女人，我表哥觉得蹊跷，就问她怎么这么早就来到野外？那女人只是笑，并不出声。再问她是人是鬼时，她摆摆手就消失了。表哥吓得腿直哆嗦，他们把车拖出来，再也不敢回头看一眼坟场。表哥跟贾固说，他当法警，一定是枪毙错了人，冤魂才会从坟地飘出来。贾固便把由他亲手毙掉的死刑犯一一过筛子，最后真的找到了那个面容如坟地上出现的女人的照片，她在七年前就被处决了。存档的卷宗说她红杏出墙，杀害了丈夫。贾固认为这案子判得肯定有不公之处，就暗中复查旧案。从此他寝食不安，衣冠不整，渐渐地精神不太正常了，常指着妻子叫老娘，指着馒头叫灵芝。前年冬天，他被一辆运煤的卡车撞死了。表哥说在贾固的葬礼上，他又看见了那个在坟地遇见的女人，她还是那么年轻，戴着白帽子，白围巾，一言不发。表哥想跟她说几句话，可她一转眼就在贾固的灵前消失了。直到今年春天，派出所抓到了一个盗窃犯，他交代出自己几年前因抢劫未果，杀了一个人，而那个人就是那个女人的丈夫。看来她确实是被屈打成招，含冤而死的。贾固杀了本不该被杀的人，她也就取走了他的性命。你说以后谁还敢当法警啊？

女孩讲故事的能力十分了得，而这个鬼故事则让我起了寒意。我夸赞她口才好，史三婆咳嗽了一声，说，她考上了大学，口才自然差不了！我便问她既然考上了大学，为什么不去上？女孩别过脸去，脸上现出凄凉的神色。史三婆说，还不是因为穷？她妈是个药篓子，他爸呢，常年下矿井，落了一身的病，如今风湿病重得连路都走不了，只能躺在炕上。一家两个病号，哪有钱供她上学呢？

那为什么不向社会寻求救助呢？我问。

像她这样上不起大学的孩子又不是一个，救助得过来么？史三婆说，这丫头出来做小买卖，说挣了钱供自己上大学。我看靠她卖笤帚，卖到人老珠黄了也上不起！还不如学那些来乌塘"嫁死"的女人，熬它个三年五载的，"嘭——"的一声，矿井一爆炸，男人一死，钱也就像流水一样哗哗来了！要说什么是鬼，这才是鬼呢！史三婆气咻咻地拎起一瓶灭蚊剂，漫无目的地喷了一下，好像我是只吸人血的毒蚊似的。

女孩泪眼朦胧地对史三婆说，我才不"嫁死"呢！

我问，什么叫"嫁死"？

史三婆擤了把鼻涕，突然指着从不远处走来的一个染着棕红头发的穿花衣的女人说，这媳妇就是来乌塘"嫁死"的。可她嫁来三年了，她男人还活灵活现着！听人说她一个白天都在外面打麻将，晚上回家一看到她男人从井下平安回来了，她就叹气，连饭也不做给他吃。

我大感不解，问，这是为什么？

史三婆鄙夷地看着那个走得愈来愈近的女人，说，你是外地人，当然就不知道"嫁死"是怎么回事了。乌塘不是矿井多，事故多么,这些年下井死了的矿工,家属得到的赔偿金多,一些穷地方的女人觉得这是发财的好门路,就跑到乌塘来,嫁给那些矿工。他们给自家男人买上好几份保险,不为他们生养孩子,单等着他们死。我们私下里就管这样的女人叫"嫁死的"。前年井下出事故时,你看吧,那些与丈夫真心实意过日子的女人哭得死去活来的,而外乡来的那些"嫁死的"呢,她们也哭几嗓子,可那是干嚎,眼里没有泪,这样的女人真是鬼呀!

那个遭史三婆贬损的女人走到摊床前了,她拿起一瓶敌杀死,问,多少钱?史三婆说九块。那女人嘟囔道,不是六块么?史三婆捋了一下额前的头发,说,卖给你就是九块,爱买不买!女人撇下瓶子,说,又不是你一家卖敌杀死!她瞪了史三婆一眼,离开了摊床。我望着她的背影,看着她袅娜的腰肢和裸露着的性感的胳膊,有一种分外寒冷的感觉。

史三婆的生意在九点以后开始兴旺了。看来乌塘夏季的蚊蝇很多。买灭害药的百分之九十都是女人。史三婆没忘了见缝插针地给我讲故事,什么女人死后变成了狐狸,迷死了猎人;什么大姑娘睡在花树下,无缘无故地怀上了鬼胎,这孩子出生后是个混世魔王,无恶不作。可我对这些传说的鬼故事已经不感兴趣了。集市上人影憧憧,谁能想到有一些却是鬼影呢?!炸油糕与麻花的甜香气,与炸臭豆腐干的气息混合在一起;卖瓜果蔬菜的与卖粮油副食的争先恐后地吆喝着,地面渐渐地积了瓜子皮、纸屑、烟蒂、菜叶等遗弃物,当然还有人们随口吐出的痰。

蒋百嫂也出现在集市上了。史三婆告诉我,她男人蒋百失踪后,她就来集市卖油茶面儿了。她是集市中来得最晚的生意人,因为她夜晚老是喝酒后带男人回家鬼混,所以起得迟。她说蒋百嫂的油茶面生意还不错，男人们很喜欢猴在她的摊床前。蒋百嫂仍是一袭黑衣，绾着发髻，嘴里嚼着什么，胳膊上挎着一个木桶，木桶里装着油茶面。她看人时的目光是迷茫的、懒散的，步态微微踉跄，似乎还没醒酒的样子。她穿行在集市中，就像一股凛冽的风掠过湖面，泛起寒波点点，很多人都抬着眼望她，就像看戏中人一样。

第四章：失传的民歌

乌塘的雨是我见过的世界上最肮脏的雨了，可称为"黑雨"。雨由天庭洒向大地的时候，裹挟了悬浮于半空的煤尘，雨便改变了清纯的本色。乌塘人因而喜欢打黑伞。众多的打黑伞的人行走在纵横交错的街巷中，让人以为乌塘落了一群庞大的乌鸦。即便如此，雨过天晴，乌塘还是显得清亮了许多。

周二听说我想搜集民歌，就让我到回阳巷的深井画店去。他说画店的主人陈绍纯，最喜欢唱民歌了。不过他唱的歌有点悲，人们都说那是"丧曲"。他老婆不允许他在家唱，他就在画店唱。回阳巷的商贩，最不喜欢与他为邻了。你这边生意刚开张，那边就传来了他唱丧曲的声音，谁不忌讳呢。所以毗邻画店的商铺，从烧饼铺到狗肉店再到理发店，已经几易其主。如今与它相挨的，是家寿衣店。

周二嫂套上驴车，和蒋三生到火车站招揽生意去了。三生骑在家里的屋顶上，周二嫂喊他的时候，他激灵了一下，差点一个跟头从屋顶跌下来。周二嫂对我说，自从蒋百失踪后，这孩子就不爱呆在屋里，他除了喜欢到旅店玩，还爱坐在自家的屋顶望天。有的时候他在屋顶一坐就是一下午，似乎在张望他父亲归来。

蒋百是如何失踪的呢？听周二说，蒋百在小鹰岭矿采煤，是个性情温顺的人。下矿归来,他爱喝上几盅酒,蒋百嫂因而练就了一手做下酒菜的好手艺。小鹰岭是个大矿,一共有六个作业点,每个作业点都要有一到两个班次在作业,而每班次是十人。矿井出事那天,蒋百早晨时离开家去矿上了,可他傍晚没再回来。从蒋百所在的班次的事故工作面上找到了九具尸体,唯独没有蒋百的。矿长说,蒋百那天根本没有到小鹰岭,下井的是九个人。这么说,蒋百那天是去别的地方了。他虽然幸免于难,但是形迹杳然,没人知道他去哪儿了。大家对蒋百的失踪有多种猜测,有人说他抛弃了蒋百嫂,寻他中学时的相好去了;有人说蒋百被人害了,行凶者早已将他焚尸灭迹。还有更荒唐的说法,说蒋百厌倦了井下生活,到深山古刹做和尚去了。蒋百嫂原先是个羞涩的人,蒋百失踪后,她变了一个人似的,三天两头就去酒馆买醉,花钱大手大脚的,人也变得浪荡了,隔三差五就领男人回家去住。乌塘的许多女人因而敌视蒋百嫂,怕自家男人被她勾引了去。蒋百嫂原来受雇于一家托儿所,给人看小孩子,蒋百失踪后,她就到集市卖油茶面去了。

周二告诉我,派出所曾对蒋百失踪的事,调查过一些人,问他们在矿难的那天是否见过蒋百?结果有两个人见过他,一个是粮库的退休工人老周头,一个是邮局的顾小栓,他们都说蒋百那天早晨穿着蓝色的工作服,戴着矿帽,去汽矿站搭乘矿车。蒋百身后,还跟着他家的狗。它每天早晨忠心耿耿地把蒋百送上矿车,黄昏时再跑到矿车停靠地,欢天喜地地把主人迎回来。所以蒋百失踪后,这狗就不入家门,依然在傍晚时去接主人。矿车一停下,它就凑上前,但下车的人总是让它失望。它以前威风凛凛的,如今却憔悴不堪,乌塘人因而喜爱这条忠实于主人的狗,一些饭馆的老板见它从街巷中走来,常撇一些香肠和牛肉给它。

回阳巷是一条幽长的巷子，深井画店就在这巷子的尽头，果然与一家寿衣店相邻着。画店很小，有一扇西窗，西北角的棚顶打着一个菱形木方，木方下垂下来几条铁链，钩着几幅画。我见过的画店，画都是悬挂在墙壁或者是倚在墙角的，没有像深井画店这样把画吊在棚顶下的，这做派倒有些像肉铺和洗染店了。画店的东北角，是个一丈见方的柜台，一个面容清癯的老人正俯在那儿画着什么。听见门响，他皱了一下眉，但并未抬头。我问他，您就是陈绍纯先生吗？他仍未抬头，而是抽了一下嘴角，微微点了点头。我凑到柜台前，见他正在画荷。那荷花没有一枝是盛开着的，它们都是半开不开的模样，娇弱而清瘦。我只能讪讪地自我介绍，说我想做点民俗学的调查，搜集民歌，听周二介绍他民歌唱得好，特来拜访。我说话的时候，他始终没有望我一眼，所以我觉得是隔着竹帘与他讲话。见他态度如此傲慢，我正想走掉，他突然放下画笔，没容我有任何心理准备，他一歪脖子，歌声就如倏忽而至的漫天大雪一样飘扬而起。我头一回听人唱没有歌词的歌，它有的只是旋律。那歌声听起来是那么的悲，那么的寒冷，又那么的纯净，太不像从大地升起的歌声了。

他的歌声起来得突然，走得也突然，当我还为着歌声的那种无法言说的美而陶醉时，它却戛然而止了。他低声问了句，这样的悲调你也想搜集么？如今悲曲上不了台面，你没见电视中唱民歌的个个都是欢天喜地的？

我说，我喜欢这悲调。我的话音刚落，一个穿着肥大裤衩、着一件油渍渍蓝背心的壮汉满面流汗地推门而入。他胖得两腮的肉直往下坠。他的腋下夹着一幅玻璃框风景山水画。他一进来就嚷嚷，陈老爷，我娘嫌这牡丹不鲜艳，你再给上上色，多涂点红啊粉啊的!

陈绍纯抬起头,对来人说,牛枕,你回去告诉你娘,牡丹涂红涂得重了,那不成了猴子的屁股了吗?我深井画店就是这么个画法,她又不是不知道!她要是不稀罕,我将画收回,钱一分不少还给她,你看行不行?

牛枕将画摆在柜台上,撩起背心一角,揩脸上的汗。他粗声大气地说,哎哟,陈老爷,我娘就认你的画,别人画的她还不得意呢!她瘫了三年了,整天看的是墙,我早就说要给墙挂上几张画让她看,可她嫌碍眼、累赘,今年她是头一回提出要看画,点着名要看你画的牡丹,她年岁大了,眼神哪比年轻人,常把猫看成老鼠,把人看成鸡毛掸子。你画的红牡丹,她看成了粉的;粉的呢,又看成白的了!我又没那两把刷子,不然我就给牡丹上色了。陈老爷,求您了,改天我割一块好肉来孝敬您!

陈绍纯叹了口气,说,再上色,可不就是糟践了那些牡丹么!你留下画吧,明天上午来取。

牛枕像小孩子一样兴高采烈地拍着手,说,谢谢陈老爷!我娘看的牡丹,就得是歌厅中那些坐台的小姐,脸上得擦上二两粉,头发抹上二两油,嘴唇涂上二两口红,浓浓的,艳艳的,不然她是不看的!

陈绍纯说,我看你在集市卖了两年肉,嘴皮子也练出来了。

牛枕说,我不学会吆喝,卖的就是天鹅肉,也得烂在摊床上,如今这世道,叫唤的鸟儿才有食儿吃呢。

陈绍纯对牛枕说,明天来取画,顺便为他在集市买两斤蒋百嫂卖的油茶面。

一提蒋百嫂,牛枕就眉飞色舞地诉说刚刚发生在集市的一件事,蒋百嫂把一个小媳妇的门牙打掉了,这是个来乌塘"嫁死的"外乡女人。那女人买油茶面,蒋百嫂不卖给她,说她的油茶面不能给黑心烂肺的人吃。小媳妇很厉害,她朝蒋百嫂身上吐了口唾沫,说乌塘有一个烂货,她男人失踪后,她熬不住了,连捡破烂的老头都能和她睡上一觉,这个烂货怎配指责别人?蒋百嫂便大打出手,咣咣几拳,将"嫁死的"打得鼻青脸肿,口吐鲜血,掉了颗门牙。小媳妇哭嚎着,打电话报了警。派出所的民警赶到集市后,见是蒋百嫂在惹是生非,就说她,你看乌塘哪个女人像你?闹了酒馆又闹集市,还有一点做女人的样子么?!蒋百嫂一生气,就把一碗刚冲好的油茶面泼到民警脸上,烫得民警跟挨宰的猪一样嗷嗷叫。牛枕说完,哈哈笑了起来。

陈绍纯说,蒋百嫂这回可闯了大祸了,那"嫁死的"小媳妇丢了颗门牙,还不得讹她个千儿八百的?

牛枕说,蒋百嫂有那么多男人供着,赔她个万把的也不在话下!再说了,派出所这帮吃闲饭的找不到蒋百,愧对蒋百嫂,也不敢把她怎么着!

看来在乌塘,蒋百嫂因为蒋百的失踪而成了新闻人物,你走到任何角落,都能听到她的消息。

牛枕走了,陈绍纯依然画他的荷花。他垂着头,凝神贯注。也许在他眼中,我就是这画店的静物。我想也许他画完荷花,就有与我谈天的兴致了。

我走出深井画店时,觉得带着一身的雪花,是陈绍纯歌声中的音符附着在我身上了。太阳在厚薄不一的云中徘徊,遇到云薄的地方,它就浅浅微笑着,而到了云厚之处,它就像一个蒙面的修女,一脸的肃穆。大地也因此忽明忽暗着。我不知道我的魔术师是否在云层的后面,他仍如过去一样在温柔地注视着我么?太阳与月亮之所以永远光华满面,是不是容纳了太多太多往生者的目光?有一缕云,轻飘疏朗得特别像一片鹅毛,它令我想起婚姻生活中那些美好的日子。每当假日时我垂着窗帘放纵地睡懒觉时,已经把早饭热了不知几遍的魔术师就会捏着一片雪白的鹅毛,轻轻地撩拨我的脸,把我叫醒。那片鹅毛是他变魔术的道具,他在舞台上,能用它变出手帕和棒棒糖。我被扰醒后,总是捏着他的鼻子不许他喘气,嗔怪他断送了我的美梦。魔术师就会旋转着鹅毛,大张着嘴吃力地对我说,你睡了一夜,睫毛都是眵目糊,我为你扫一扫还不应该啊?他是把鹅毛当成了笤帚,而把我的睫毛当成了庭院前的栅栏了。他去世后,那片鹅毛被我插在他的指缝间,随他一起火化了,因为再也不会有其他男人用这片鹅毛叫我苏醒了。

我在异乡的街头流泪了。只要想起魔术师,心就开始作痛了。一个伤痛着的人置身一个陌生的环境是幸福的,因为你不必在熟悉的人和风景面前故做坚强,你完全可以放纵地流泪。

我哭泣着,漫无目的地走着。一些行人发现我满面泪痕的样子,现出怪异的神色。有两个人还关切地询问我,一个问我是不是丢了东西。一个问我是不是得了绝症。我回答他们的不是话语,而是绵绵不绝的泪水。我边走边看天,直到那片鹅毛般的云荡然无存了,才注意看脚下的路。过了回阳巷,是紫云街。我很喜欢乌塘街巷的名字,它没有那么大众的名字,比如很多城市都有的"前进路、中山路、胜利街、光芒巷、卫东巷"等等,乌塘街巷的名字,很像一个坐在夕阳底下饱经风霜又不乏浪漫之气的老学究给起的,如青泥街、落霞巷、月树街等。除了紫云街外,我还喜欢月树街的名字。月树街上有几家歌厅,我踅进两间,问这里可有唱民歌的。

世界上所有的夜晚

091

经营者便问我,你想点民歌?他们盛情地从 KTV 包房中取出点歌本,向我推荐《山丹丹花开红艳艳》《走西口》《小放牛》《十送红军》《兰花花》《赶牲灵》等歌,我说我想听那种没有被流传下来的民歌,他们就像打量怪物一样对我说,那你走错地方了。

我确实走错地方了。虽然歌厅的营业高潮还未到来,但偶尔飘来的丝丝缕缕歌声,都是那些滥俗怪诞的流行歌曲。流行歌曲有两类最走红,一种是声嘶力竭地如排泄不畅地沙哑着嗓子吼,一种是嗲声嗲气地软着舌头跟蚊子一样地哼哼。这样的歌声在我听来就是人间的噪音。最后在一家名为"星星"的歌厅,总算听到一首三十年代的老歌《陋巷之春》,才让我获得了某种慰藉。唱它的是一个二十上下的女孩,虽然她模仿周璇的那种清纯甜美有些夸张,但那旋律本身的美好却像一条奔涌而来的清流一般,难以抵挡。我很喜欢它的歌词:

  人间有天堂,天堂在陋巷。春光无偏私,布满了温暖网。树上有小鸟,小鸟在歌唱。唱出赞美诗,赞美青春浩荡。
  邻家有少女,当窗晒衣裳,喜气上眉梢,不久要做新娘。春色在陋巷,春天的花朵处处香。我们要鼓掌,欢迎这好春光。

我坐下来,在光怪陆离的灯影下要了一杯奶茶,听完了这首歌。之后,又回到月树街。

月树街上的行人多了,黄昏已近,人们都在归家,街市比先前嘈杂了。我到一家面馆要了碗炸酱面,吃过后又进了一家茶馆,喝了杯绿茶。茶杯油渍渍的,让人觉得店主是开肉食店的而不是开茶馆的。等我再回到月树街时，天色已昏，歌厅的霓虹灯开始闪烁了，流动的商贩也出现了，他们卖的货色品种繁杂，有卖烧饼和牛肉的，也有卖棉花糖、头饰、背心短裤、果品以及二手手机和盗版书籍的。我买了一摞烧饼，一块酱牛肉，又到一家超市买了一瓶二锅头，朝回阳巷走去。我还想在这样的日落时分聆听几首民歌，再沾染一身雪花的清芬之气。

快到画店的时候，我见与它相邻的寿衣店走出来两个臂戴黑纱的人，他们抬出一只大花圈。那些紫白红黄的花朵被晚风吹得窸窸窣窣响，使我想起魔术师的葬礼。也有很多人送了花圈给他，可我知道他最不喜欢纸花了，我差人将他灵堂所有的花圈都清理出去。我知道有我为他守灵就足够了，我是他唯一的花朵，而他是这花朵唯一的观赏者。

我推开画店的门，见陈绍纯正坐在西窗下打盹，柜台上空空荡荡的，看来他已画完了荷花。店里光线虚弱，可他没有开灯。从他蹙眉的举止中，可看出他知道有人进来了，可他并未抬头，仍旧眯着眼。我轻轻走过去，将酒菜摆在他脚畔，说，该吃晚饭了。

他睁开眼，微微抬了抬头，看了看我，又看了看酒菜，叹了一口气，说，你就真想听我唱的那些悲曲？我点了点头。他再次沉重地叹了口气，说，你搜集这样的民歌，是没有出头之日的，谁听这样的民歌啊。

陈绍纯启开酒，唤我坐在他对面的小方凳上，直接对着瓶嘴饮起酒来。他对我说，他年轻的时候曾经历过一次死亡，有一天他被一挂受惊的马车掠倒，送到医院后，昏迷了二十多天。他说自己苏醒后，耳畔萦绕的就是凄婉的歌声，那种歌声特别容易催发人的泪水，从此之后，他就痴迷于这种旋律。那时他是一名中学语文老师，寒暑假一到，他就去乡村搜集民歌，整理了很多，还投过稿，但是没有一首能够发表。因为那词和曲洋溢的气息都太悲凉了。陈绍纯有一个朋友在文化馆工作，他曾把民歌拿给他看，他大加赞赏。两个人聚会时，常常悄悄吟唱那些民歌。文革中，这位朋友揭发了他，说陈绍纯专唱资产阶级的伤感小调，对社会主义充满了悲观情绪，陈绍纯开始了挨批生涯。他被打折过腿和肋骨，他们还把他整理的民歌撕成碎屑，勒令他吃下去，让这颓废的资产阶级的东西变成屎。他就得像一头忍辱负重的牛一样，把那些纸屑当草料一样嚼掉。陈绍纯说很奇怪，以前他并不能记住所有的旋律，可它们消亡在他体内后，他却奇迹般地恢复了对民歌的记忆，那些歌在他心底生根发芽、郁郁葱葱，他的内心有如埋藏着一片芳草地，他常在心底歌唱着。只是那些歌词就像蝴蝶蜕下的羽翼一样，再也寻觅不到了，所以他的歌是没有词的。而那样的词在那个年代，就像插在围墙顶端的碎玻璃屏障一样，虽然阳光把它们照得五彩斑斓的，但你如果真想贴近它，跨越它，就会被扎得遍体鳞伤。

　　陈绍纯说如果没有这些歌，他恐怕就熬不到今天了。文革结束后，他又回到学校当教师去了，退休后，就开了深井画店。他之所以开画店，就是为了唱歌方便。家人不允许他在家唱，有一回他唱歌，家里的花猫跟着流泪。还有一回他唱歌，小孙子正在喝奶，他撇下奶瓶，从那以后就不碰牛奶了，他只得在外面唱歌。

　　天色越来越暗了，陈绍纯的面容在我面前已经模糊了。他对我说，在乌塘，最爱听他歌的就是蒋百嫂。蒋百失踪后，蒋百嫂特别爱听他的歌声。她从不进店里听，而是像狗一样蹲伏在画店外，贴着门缝听。她来听歌，都是在晚上酒醉之后。有两回他夜晚唱完了推门，想出去看看月亮，结果发现蒋百嫂依偎在水泥台阶前流泪。

陈绍纯的歌声就是在谈话间突然响起来的。他的歌声一起来，我觉得画店仿佛升起了一轮月亮，刹那间充满了光明。那温柔的悲凉之音如投射到晚秋水面上的月光，丝丝缕缕都洋溢着深情。在这苍凉而又青春的旋律中，我看见了我的魔术师，他倚门而立，像一棵树，悄然望着我。没有巫师作法，可我却在歌声中牵住了他的手，这让我热泪盈眶。

我回到旅店时，天已经很黑很黑了。周二和周二嫂在吵嘴，原来周二嫂用驴车带回了一个瘸腿人，此人是个农民，他老婆进城打工，一去两年，音信皆无。他去寻，发现老婆已跟一家餐馆的大厨厮混上了，他跟大厨格斗，被打折了一条腿。他没钱医治腿，又没钱乘车，就一路拄着拐回他的老家去。周二嫂在站前广场遇见了这个衣衫褴褛、神情憔悴的人。她就把他扶上驴车，想让他来旅店睡宿好觉，喝碗热汤。不料周二对她的义举大为不满，说这个人病得快成灰了，万一死在店里，他的家人找来讹上我们，岂不是好心当成了驴肝肺？周二嫂觉得委屈，她说周二，我领回的要是个女人，你就不这么吹胡子瞪眼睛的了。周二气急了，他跺着脚说，你就是领回个天仙，我也只和你睡！

我回到房间，洗了把脸，关了灯，躺在床上。我的枕畔放着一个电动剃须刀盒，这是魔术师的。他在时，我常常在清晨睡意蒙眬时，听到他刮胡子的声音。那声音很像一个农民在开着收割机收割他的麦子。他永别我后，我将他遗落在枕畔的几根头发拾捡起来，珍藏在他变魔术用的手帕中。而这个剃须刀槽盖中，还存着他没来得及清理的被碾成了齑粉的胡须。我觉得那里仍然流淌着他的血液，所以也把它珍藏起来。我带着它出来，就是想让它跟我一起完成三山湖的旅行。对我而言，它就是一个月光宝盒。我抚摸着它，想着第二天仍然可以到深井画店倾听陈绍纯的歌声，便有一种伤感的幸福弥漫在周身。然而就在那个夜晚，陈绍纯永别了这世界沉沉的暗夜，他把那些歌儿也无声无息地带走了。

第五章：沉默的冰山

我是在凌晨跟周二寻找瘸腿人时，得知陈绍纯的死讯的。

周二如以往一样早起，套上驴来拉磨。他正往磨眼中填泡好的黄豆的时候，为客人烧洗脸水的周二嫂慌慌张张地闯进磨房，对周二说，不好了，那个腿坏了的人不见了！住店的大都是周二嫂的老客人，譬如运煤的司机，拉脚的小贩或是收购药材的商人，周二嫂就把大家都吆喝起来，帮助她寻找那个失踪的人。

周二嫂带着一行人朝西南方向寻找，而我和周二则奔向东北方向。天虽然亮了，但不是那种透彻的亮，街巷中几乎不见行人，它们灰暗、陈旧得像一堆烂布条。空气比白天要清爽一些。周二边寻找边和我嘟囔，说周二嫂就是这么个爱管闲事的女人，她要做的事，你若是不依，她倒不和你频繁地吵闹，她治理周二的办法就是在每日的餐桌上只摆上两碟咸菜和一盘馒头。周二在集市混了一天，最惦记的就是晚餐的烧酒和可口小菜，所以他轻易不敢拗着周二嫂行事。他说如果找不回那个人，周二嫂肯定会把酱缸中长了白醭的咸菜捞出来对付他。我宽慰周二，一个拄着拐的病人，他又能跑多远呢？谅他是不会出城的。

然而这个人确实消失得无影无踪了。凡是他能去的地方，比如公交车站、火车站、桥洞、居民区的自行车棚、垃圾箱、公园甚至公厕，我们都找过了。我对周二说，也许周二嫂他们已找回他了，正喝着热汤呢，于是就折回旅店。岂料周二嫂一行也是失望而归，这一大早晨撒出去的两片网均一无所获,周二嫂泪眼朦胧的。她责备周二,一定是昨晚她和丈夫吵嘴的话被那人听到了,他一想到男主人不欢迎他,就知趣地在夜半无人注意时悄悄离开。万一他死在半路上,周二就是杀人凶手。

周二不敢插言,唯唯诺诺地听着。最后他说,他走不远,我再去找。

我和周二又回到街上。周二说,驴白白拉了磨,今早的豆腐做不成了,这一天的生意算是白搭了,我也去不成集市了。昨天我和谢老铁下的半盘棋还撂在那儿,想着今天下完,下一步棋该怎么走我昨晚都想好了,咳!

我宽慰他,没准一会儿就能找到那人。周二忍不住埋怨道,你说一个大男人,脸皮怎么就那么薄啊,听了两句难听的就开溜了,还趁着夜色,真是属老鼠的,这不是成心要我和老婆闹别扭嘛,妈的!

街巷中渐渐有了行人,天也亮了。在主干街道中,已出现了穿着橘黄背心扫街的环卫工人。我们向她们打听是否见着一个爬行着的人,她们都摇头说没见过。我们走过百货商场,走过医院,走过粮油店,从辉来街进入宽成街,又从宽成街插入月树街。灰蒙蒙的太阳升起来了,向阳的建筑物忍饥受冻了一夜,如今它们吮吸着阳光,看上去光洁而滋润。车声起来了,人语也起来了,街市也就有了街市的样子。我们顺着月树街自然而然来到回阳巷,远远的,就见深井画店不断有人进进出出。周二对我说,画店一定出事了,陈老先生从来不这么早开张,画店也不会在一大早来这么多人的。

我们加快了步伐,快接近画店时,周二碰到一个歪嘴的熟人,他说话有些含混不清,他告诉周二,陈老爷子死了,是让一幅画框给砸死的，如今正给他穿寿衣呢。周二拍了一下腿，说，陈老爷子怎么这么倒霉！歪嘴人说，听说他是让牛枕家的画框给砸死的，砸到脑壳上了！可能人老了，脑壳跟鸡蛋壳一样酥了，不经砸！歪嘴人说完，擤了一把鼻涕。

没有阳光跟着我们走进画店，因为深井画店在回阳巷的阴面。有四个人正抻着一块白布站在柜台里，从里面传来窸窸窣窣的声音。其中一个人低沉地对周二说，别过来，正穿着衣服呢。周二和我就像两根柱子似的无言地立在那里了。过了一刻，有一个人直起腰来，是一张老女人的脸，她吩咐那四个撑着白布的人，把白布蒙在陈老爷子身上，看来死者衣裳已经穿好了。几个人纷纷走出柜台，蹲到窗前的一个脸盆里洗手，仿佛他们刚刚做完一件不洁净的事似的。洗完手，几个人直起身来吸烟。周二问那个老女人，顾婆婆，陈老爷子是几时没的？顾婆婆深深吸了一口烟，说，今儿一大早我出门泼洗脸水，听见他家的店门被风吹得哗哗响，像是没闩的样子，我就过来看看。那门真的没闩，我进去一看，陈老爷子躺在地上，人早就凉了，他的脑袋旁横着个画框，框没散，玻璃碎了，镶在里面的画也好好的。我认出了那是牛枕他娘要的牡丹。他这是要把画挂在钩子上，失手了，把自己给砸死了。顾婆婆又深深地吸了口烟，说，俗话说得真对呀，该着井里死的，河里死不了！一个镜框，要是砸只蚂蚁，未见砸得死；砸个大活人竟这么轻巧，只能说明他该着这么死么！

顾婆婆话音才落，牛枕一脸丧气地进来了。大家见了他都不说话，他也只是反复说着"这可怎么好"一句话。顾婆婆吸完那支烟，将烟头扔掉，进了柜台里面，很快把那张肇事的牡丹图取了出来。她就像公安人员让罪犯认证一件血衣一样，将它摊在地上，对牛枕说，这是不是给你娘画的？

　　牛枕抽泣了一下，点了点头，眼里泪光点点。

　　那牡丹图果然比昨日看上去要鲜艳多了，红色的红到了极致，粉色的粉得彻底，看来陈绍纯老人已经重新修饰过了这张牡丹图。顾婆婆又点了一棵烟，对牛枕说，你说镶着这画的玻璃碎了不知多少块，可这张牡丹图呢，连个划痕都没有，真是奇了！

　　周二见牛枕看着画的那种哀愁欲绝的表情，就劝慰他说，如果陈老爷子不将画框悬在房梁下，而是像布店摆放布匹那样一匹一匹地竖在柜台上，就不会出这样的事了。顾婆婆也说，陈老爷子也是怪，画又不是鱼干肉干，非要吊起来做什么，这下好，等于自己捉来个吊死鬼，被小鬼索了性命！

　　想到那些至纯至美的悲凉之音随着陈绍纯离开了这个世界，我流泪了。这张艳俗而轻飘的牡丹图使我联想起撞死魔术师的破旧摩托车，它们都在不经意间充当了杀手的角色，劫走了人间最光华的生命。有的时候，生命竟比一张纸还要脆弱。

　　顾婆婆就是与画店比邻的寿衣店的店主，她絮絮叨叨地对大家说，陈老爷子昨夜又唱他的丧曲了，唱了大半宿，她为了给张顺强家扎一对还愿用的纸牛纸马，闭店时快到午夜了，可陈老爷子还在唱歌。顾婆婆还说，她去陈老爷子家报丧时，陈老太婆好似睡着，被叫醒后听说她男人没了，一声都没哭，反倒打了一个呵欠，说，唱那种歌儿的，有几个好命的？她的儿孙们闻讯后也不显得特别悲戚，他们相跟着来到画店后，还争论这画店将来该做什么。大儿子说要开玩具店，小儿子说要开音像店，没谁掉眼泪。看他们那架势，用不上三天，他们就会把陈老爷子推进火葬场。

　　画店又涌进来几个人，他们拿着黑布、挽幛和几刀烧纸。其中一人的面容酷似陈绍纯，看来是他的儿子。顾婆婆问，你们就在画店布置灵堂啊？那个像陈老爷子的男子说，唔，我妈说了，不往家拉了，我爸喜欢画店，就让他从这儿上路。说完，他从兜里摸出五十元钱给顾婆婆，说这是赏给她的穿衣钱。顾婆婆显然对这个钱数不满，她谢也没谢，微微撇了一下嘴，将钱掖到裤兜里，说她店里没人照应，如果有事再去叫她，就出了画店。

我和周二也走出画店。周二走在前，我在后。我们出门时，牛枕还在哀愁地垂立着，看着那张牡丹图。周二回头对我说，看来牛枕今天跟他一样倒霉，他卖不成豆腐了，牛枕也别想着去集市卖肉了。

由于街巷的宽窄和深度不同，阳光投射下来的影子是不一样的。有的街道宽阔平坦，街两侧的建筑物又低矮，阳光的进入就活泼、流畅，街面上的光影就是明媚而柔和的。但如果是幽长而逼仄的小巷的话，再赶上巷子旁的房屋密集而挺拔，阳光的到来就颇为吃力，落在巷子中的光影就显得单薄而阴冷，回阳巷的阳光就是这样的。走在这样的小巷中，我越发有一种凄凉的感觉。周二见我失神，就不再回头与我搭话，他仍然不断地向行人打听挂拐人的下落，大家对他的回答总是说不知道。从周二疲沓的步态上，能明显感受到他的沮丧。

我们回到旅店，周二嫂已经心平气和地忙着早饭了。原来她碰见了一个运煤的跑长途的司机，他在离乌塘有五六里路的金平庄碰见了一个挂拐的人，他看上去比单脚立着的稻草人还要单薄，金平庄的一个养鸡户正张罗着给他搭便车，让他回家。周二嫂明白这个倒霉蛋碰上了好心人，心中也就安宁了，对周二的态度也和悦了，问他早餐想吃什么咸菜。周二一见周二嫂云开日朗，连忙回磨房做他的豆腐去了。赶不上上午的集市，他下午去也来得及。

周二嫂告诉我，通往三山湖的火车已经通了，问我什么时候离开乌塘。我对她说不急。她问我民歌和鬼故事搜集得怎么样了，我便把陈绍纯的死讯告诉她。她听了一惊，说，这老爷子身子骨挺硬朗的，竟然死在一张画上，这就是命啊。她说他儿子的名字还是陈绍纯给取的呢，文革结束后，陈绍纯还给上头写了信，建议恢复老街巷的名字，回阳巷和月树街这些一度被废弃的名字，又重新回到街市中。按周二嫂的说法，陈绍纯是乌塘最有文化的人，她说就冲陈绍纯给她儿子取了名字的情分上，她一会儿也要买上几丈白布去吊孝。她还说蒋百嫂要是知道陈老爷子死了，一定会难过的，她喜欢他的歌儿。

周二嫂感受到了我的抑郁，她说我做的事跟采山货一样，山货的出现是分年份和气候的，搜集民歌和鬼故事也是。赶上这个年月听民歌的人少了，采集起来当然就困难，她劝我不要太难过。她说这两年蒋百嫂没少听陈绍纯的歌，她在夜晚酒醉回家后，也常哼上几曲，估计都是从深井画店学来的，这样我完全可以从蒋百嫂那里挖掘陈绍纯掌握的民歌。她的话使我死寂的心又燃起一簇希望之火。不过周二嫂对我讲，去蒋百嫂家里不那么容易，她早晨起得晚，没人敢这时敲她的门，她也不喜欢客人去；白天呢，她在集市卖油茶面；晚上她倒是回家的，但没个定时，或早或晚，而且如果赶上她喝醉了，带回家的就不仅是一身酒气，可能还会有一个男人，这时候更不便打扰她了。

我说没关系，我可以慢慢等待机会。

周二嫂笑着说，我可不是要拖你的腿，想让你在我的旅店多住几天啊。

我哪会那么想你呢，我说，你对那个没钱的瘸腿人都那么好。

一提起瘸腿人，周二嫂又叹气了。她说那个人实在可怜，一夜能拐到金平庄，幸亏夜里没下雨。不过晚上寒气大，天又黑，他不知遭了多少罪！说着说着，她的眼睛湿了。她告诉我，乌塘还有一个爱唱歌的人，她专唱婚礼上的歌，叫肖开媚，在城东开了家婚介所。她劝我不妨去见见她，也许她唱的歌对我也有用。

吃过早饭，我就步行到城东去找那家婚介所，还真的好打听，一找就找到了。不过肖开媚不在，只有一个嗑着瓜子的肥胖女人守在那里。她对我说，肖开媚今天有活儿，开鞋店的老杨的儿子结婚，她主持婚礼去了。我问肖开媚是否会在婚礼上唱歌，那女人竟然操着一口港台腔对我说，当然啦，她是去唱喜歌去的啦。乌塘的新媳妇，肖开媚要是不去给唱上几首喜歌，她们是不会入洞房的啦。她问我是不是也来预约婚礼的，我摇了摇头，她就兴高采烈地说，那你一定是登记找男友的啦，你喜欢医生吗，医生握着手术刀，又挣工资又拿红包，还不显山不露水的，安全！我这里刚刚登记了一个，他老婆得癌了，他让我先帮他物色着，他老婆是晚期癌症，挺不上几个月了。你喜欢警察吗，有个刚离婚的警察，带着个八岁的男孩，想找一个容貌说得过去的，我看你够标准啊！她一边喋喋不休地说着，一边取来一个花名册，哗啦哗啦地翻着，为我物色着人选。那一刻我觉得她就是拿着生死簿子的专门勾人魂魄的阎王爷，而我正不知不觉地踏入了地狱之门。从这样的环境中飞出来的喜歌，肯定透露着铜臭之气，不会让人的内心产生真正的喜悦。在我看来，真正的喜悦是透露着悲凉的，而我要寻找的，正是如梨花枝头的露珠一样晶莹的——喜悦尽头的那一缕悲凉！

我失望地离开婚介所，漫无目的地回到街巷中。见到街角有人卖金鱼，就凑上去看两眼；见到一个乞丐从垃圾箱中往出翻腾东西，也凑上去看两眼。天色有些昏黄，丝丝缕缕的云彩看上去就像是一片荒草。我进了一家录像厅，厅里光线微弱，汗腥味很浓，像是误闯了鱼虾市场。录像是循环放映，画面上是一个女人酥胸半露，同时与两个男人调情的镜头。我看了两眼，就乏味了，歪在破烂不堪的椅子上睡着了。这一觉竟然睡得比在旅店还要沉迷。等我醒来，电影已转为枪战片，一队穿迷彩服的士兵与一队穿便服的人在丛林中激战正酣，哒哒哒的枪声和火光交替出现。我觉得肚子饿了，晃晃悠悠地步出录像厅，一看手表，已是午后一时了，便就近踅进一家小吃店，要了一碗米饭，一盘地三鲜。在等菜的时候，听见两个面色黧黑的食客在议论刚刚发生的一件事情。说是那个唱喜歌的肖开媚今天上午主持鞋店老杨的儿子的婚礼时，被矿工刘井发给打了。肖开媚介绍了一个外乡来的女子给这矿工，谁也不知道她是来乌塘"嫁死的"。刘井发和她过了两年，总不见她怀孕，让她去看病吧，这小媳妇反而污蔑刘井发，说他的种子不好使。刘井发起了疑心，砸开了小媳妇终日上着锁的箱子，结果发现了好几张关于他的人身意外伤害保险单，刘井发将她暴打一顿，要休了她，小媳妇倒也不在乎，她说自己结婚前就戴了环，根本就没想给他生个一男半女的。刘井发认为婚介所的肖开媚一定是和小媳妇串通好了，介绍了这么个毒蝎女人给他，就揣上一把斧头，闹了老杨儿子的婚礼，在肖开媚的背上砍了十几斧子。如今肖开媚被拉进医院急救，刘井发被警车带走，搅得婚礼没点喜庆的气氛，老杨哀叹自己卖鞋招来了"邪气"，连新媳妇敬的喜酒都不吃了。

咳，你说这新媳妇带着个环和人家结婚，等于往肚子里放了一张网，那刘井发撒下的鱼苗再好，也是个被擒的命！其中那个长着对招风耳的食客说。

另一个吃东西时发出响亮吧唧声的食客说,我要是娶了这样的媳妇,就把她捆上,让她天天跪在门槛上,每隔五分钟喊我一声"爷爷",不喊就揍,我就不信弄不服帖她!他进而分析煤矿事故多的原因,那是由于地下是阎王爷居住的地方,活人天天下去采煤,等于掘阎王爷的房子,让他不得安生,他当然要大笔一挥,取出生死簿子,把那些本不该壮年死去的人的名字一一勾上,提早带走他们。所以死在井下的矿工,总是三五成群。

招风耳说,现在行了,下井的一班是九个人,上头不是有文件吗,超过十人以上的死亡事故才上报,死九个人,等于是白死!

王书记也真是命好,小鹰岭煤矿那次事故,要是蒋百也在井下,刚好是十个人,一上报他就得倒霉,还不得来个行政记大过处分?哪有日后被提拔的份儿!妈的,蒋百也真是甜和他!你说蒋百究竟去哪儿了,我估摸着他那天还是下井了,只不过没找到尸首罢了。不然他家的狗怎么天天还是去汽矿站迎他?狗从哪儿把人送走,自然是在哪儿等主人回来的!

他们接着慨叹被不明不白抛弃了的蒋百嫂,慨叹糊里糊涂没了爹的蒋三生,慨叹采煤不是人干的活儿。本来他们的饭已吃完了,慨叹来慨叹去,他们觉得世事难料,就说不如趁着休班,一醉方休,明天下了井,能不能回来,还两说着呢。我这才明白,他们也是矿工,难怪他们的脸那么黑呢,好像每一道皱纹里都淤积着煤渣。他们要了一斤烧酒,两个小菜,开始了新一轮的吃喝。在这种时刻,我也特别想喝上一点酒。我吆喝来店主,要他为我拿一壶酒,添上一碟五香花生米和一碟咸鱼。店主吃惊地看着我,半晌没有反应过来,他大约没有见过一个女人会来这里要酒喝,所以当他朝灶房走去的时候,不由自主地嘟囔道:又一个蒋百嫂——

两个矿工无所顾忌地聊着天,他们一会儿讲邻里间的事儿,一会儿又讲亲戚间的事儿和夫妻间床上的事儿,非常地放纵,又非常地快乐。我呢,对着几碟小菜独斟独酌着。小吃店的卫生状况很差,苍蝇络绎不绝地在杯盘碗盏间飞起落下,赶都赶不及,只好对它们听之任之,也算有生灵陪着我这孤独的酒客。

时光在饮酒的过程中悄然流逝了。裹挟在酒中的时光,有如断了线的珠子,一粒粒走得飞快。不知不觉间,天色已暗淡了,那两个矿工是什么时候走的我竟一无所知。我飘摇着向外走的时候,店主吆喝住了我,说,哎,你还没付账呢!看来我把这小吃店当成了自己的家。我掏钱买单的时候,店主问我,你不是乌塘人吧?我点了点头。店主把零钱找还我的时候,说,世上没有蹚不过去的河,遇事想开点!

我觉得自己轻飘得就像一片云。如果我真是一片云就好了,我能飞到天上,看看我的魔术师是否在云层背后,手持魔杖对我微笑?我叫了一辆人力三轮车回旅店。路过暖肠酒馆时,我看见了蒋百嫂的背影,她一定又去吃酒了。而她家的狗,正在路边有气无力地啃着一簇野草。

我回到房间倒头便睡,一条波光荡漾的大河出现在梦中。我站在此岸,望着对岸的青山,忽然看见一只鹰从青山中飞起。我的目光追随着这只鹰,它突然就幻化为一朵莲花形态的彩云;当我对着这云的娴雅之美而惊叹不已时,彩云又变为一只鹿,让人觉得天上也有丛林,不然这鹿缘何而生?正当我想要仔细察看鹿身后的天空是否有丛林时,它却变幻为一条摇头摆尾的鱼。而天空下面的青山,却依然是青山。我对着青山冥想之时,一阵哭闹声撕裂了我的梦境。睁眼一看，天已黑了，去拉灯，灯却依然黑着脸，像是与什么人生了气，不肯绽放笑容。我摸黑走出房间，见走廊尽头有一支蜡烛坐在花盆架上，它勃勃燃烧着，投下一带颤动的乳黄的光影。这光影于我来讲仿佛是一片片凋零的落叶，我小心翼翼地踩着它走过，踩出了一脚的苍凉。

正当我要走出屋子，想看看外面究竟发生了什么事时，背后传来了脚步声，回头一望，原来是周二擎着一盏油灯从磨房走了过来，他大概刚泡完豆子。黄豆不被泡软，是上不了磨盘，做不成豆腐的。

我问周二是谁在外面哭闹，听上去撕心裂肺的，怪瘆人的。周二叹了一口气，说，能是谁啊？是蒋百嫂！她醉了，又赶上停电，她就闹，非说要用炸药包把供电局给崩了！

周二对我说，蒋百失踪后，蒋百嫂似乎特别怕黑暗，逢到停电的时刻，她就跟疯了似的四处奔走呼号，绝不肯在家里待一刻。周二嫂为此买了很多包蜡烛送她，可是她并不喜欢烛光，嫌它身上不带电。给她送油灯呢，她非说油灯睁的是鬼眼，不怀好意地看她。周二嫂就买来一盏电瓶灯送她。按理说电瓶灯发出的光与电没什么区别，可蒋百嫂仍是嫌弃它，说它把电藏在自己的肚子中，不能传输给别的电器，是个废物。邻居们都知道蒋百嫂受不了没电的时光，所以一遇停电，周二嫂不管手上忙着什么紧要活儿，都要立马放下，去安慰蒋百嫂。蒋百嫂在停电时刻暴躁不安，而一旦室内电灯复明，她就奇迹般的安静下来了。

周二把油灯摆在门口的鞋柜上，陪我出去看蒋百嫂。街面上没有车辆驶过，也没有行人，路灯一律黑着脸，只有两束锐利的手电筒光在蒋百嫂身上闪来闪去，使她看上去像个站在水银灯下拍夜景戏的演员。

周二嫂说,你回屋吧,蒋百嫂,夜里凉,你要是感冒了,谁心疼你啊?你回了屋,电也就来了。

蒋百嫂跺着脚哭叫着,我要电!我要电!这世道还有没有公平啊,让我一个女人待在黑暗中!我要电,我要电啊!这世上的夜晚怎么这么黑啊!!蒋百嫂悲痛欲绝,咒骂一个产煤的地方竟然还会经常停电,那些矿工出生入死掘出的煤为什么不让它们发光,送电的人还有没有良心啊。

我从未见过一个女人为了争取光明而如此激愤,而这光明又必须是由电而生的,这让我困惑不已。蒋百嫂哭叫着,周二嫂和另外两名妇女则好言劝解着,打算把她架回屋子,可她像头被激怒的公牛一样,没有回去的意思,不断地往前挣,声言要买两吨炸药,把供电局炸成一片废墟。正当大家一筹莫展之际,路灯就像长了腿似的跳了一下,电闪闪烁烁地来了。蒋百嫂打了个激灵,立刻安静下来了。

路灯亮了,居民区的灯也亮了。光明中蒋百嫂虽然也是一脸的悲凉,但她已恢复了理智。她对周二嫂等人说着对不起,然后领着一直在旁边打着哆嗦的蒋三生回家。

蒋百嫂走后,我随着周二和周二嫂回旅店。周二一进门就奔向油灯和烛台,忙不迭地"噗噗"将它们吹灭。周二嫂说,蒋百嫂确实怪,一停电就跟疯了似的,任谁也劝阻不了,除非是电回来了,她才恢复平静。我觉得这其中一定隐藏着什么秘密。周二说,能有什么秘密呢,男人就是女人的电,缺不了的;离了这个电,再好的女人也干枯了!说着,十分自得地冲周二嫂挤着眼睛,似乎在提醒她,她身上的活力是他赋予的。周二嫂"呸"了周二一口,说,喂你的驴去吧，要不它明天早晨哪有力气拉磨！周二哼着小曲，乐陶陶地去磨房了。

在这样一个夜凉如水的夜晚，我特别想和蒋百嫂聊聊天。我没有征求周二嫂的意见，独自出了旅店，走进一家食杂店，买了两瓶二锅头，一包花生米、一袋酱鸡爪以及几个松花蛋，敲蒋百嫂家的门去了。

蒋百嫂的家门外挂着一盏灯，还吊着一串风铃，所以轻轻敲几下门，风铃就会跟着鸣响。那风铃很别致，一只彩色的铁蝴蝶下吊着四串铃铛，它们发出的声音非常清脆，看来蒋百嫂把它当门铃来用了。

开门的不是蒋百嫂，而是蒋三生。他见了我有些躲躲闪闪的。我问他，你妈在家吗？他先是说在，接着又说没在。他好像刚哭过，脸上的泪痕隐约可见。他立在那里，像个小门神，没有让我进屋的意思。

我认定蒋百嫂就在屋里，就说要进屋等她。蒋三生毕竟是个不谙世事的孩子，他噔噔地跑到一扇屋门前，说，是在周妈妈家住店的人，我说了你不在，可她还要进来等你！

我已经不请自进地跨进门槛了。一股香气扑鼻而来，是幽微的檀香气味，看来蒋百嫂在焚香。屋子素朴而整洁，陈设看上去规矩、得体，与我事先想象的零乱情景大不相同。有一点让我觉得奇怪，明明有两扇屋门，进门的小厅里却摆着一张小床，一看就是蒋三生的，蒋百嫂为什么不让他住在屋子里呢？

我把酒菜放在小厅的圆桌上。蒋百嫂推开一扇蓝漆门，提着一把黑沉沉的大锁头，赤红着脸走出来，反身把门锁上。她再次转过身来时连打了几个寒战，好像她刚从冰窖中出来。也许是刚才这一场哭闹消耗了她太多气力的缘故,她看上去有些疲惫,发髻也松垂了,几绺发丝像树杈那样斜伸出来,而她的唇角,漾着一点红,想必先前她暴怒之时不慎咬破了它。她有些木然地面对着我,久久无话,只是不断地伸出舌头舔拭唇角,微蹙着眉。那血迹被吸干后,慢慢地又洇了出来,好像她的唇角是个火山喷发口,金红的熔岩要不断涌现。

你找我有事么?蒋百嫂哀哀地看着我。

那天我来乌塘,在暖肠酒馆,你邀我喝酒,我不识相,今天特地带了酒来,想和你喝上几盅,说说话,也算赔罪了。我看着她背后那扇上了锁头的门说。我从没见过一个人在自家屋内还得上锁,那里一定隐藏着秘密。

我听周二嫂说,你是来搜集鬼故事和民歌的。蒋百嫂吁了一口气对我说,我不会说鬼,更不会唱民歌。

今晚我不想听鬼故事,更不想听民歌,我说,我只想跟你喝酒。我盯着她满怀哀愁的眼睛,说,今天晚上太冷太冷了。说完这话,我确实觉得寒冷,忍不住打了一个哆嗦。

那好吧。蒋百嫂指着桌子上我带来的酒菜说,厅里凉,去我的屋里喝吧。她吩咐蒋三生把我带来的东西拿到里屋的地桌上。蒋三生答应着,麻利地将酒菜兜在怀里,奔向里屋,那样子活像一个甩着长尾巴的小松鼠抱着松塔快乐地前行。

檀香的气息越来越浓了,我故做轻描淡写地对蒋百嫂说,从那屋里飘出来的香气可真好闻啊,我在佛诞日常去寺庙烧香,闻到的就是这种气味。

蒋百嫂淡淡地说,那里面供着祖宗的牌位,所以时常要上上香,说完,她率先朝屋里走去。

在跟着蒋百嫂朝屋里走去的时候，我在她身后悄悄贴近那扇蓝门，我听见一阵"嗡嗡"的轰鸣声，好像里面有什么机器在工作，这更令我疑惑重重。供奉祖宗，环境应该是清净的，为什么还会有这样的声音发出？

蒋百嫂的屋子也是整洁的，屋子的布置以蓝印花布为主，比如窗帘、床单、缝纫机以及电视机上，挂的、铺的、苫的都是蓝印花布，看上去素雅而美观。我很难想象蒋百嫂会在这样的屋子里和形形色色的男人鬼混。

蒋三生已经把吃食搬到窗前的桌子上了。那是一张一米见方的方桌，左右各摆着一把椅子，桌上放着两双筷子，两个白瓷酒盅，还有半瓶喝剩的酒、一袋青豆以及半袋牛肉干。看来蒋百嫂常在这里邀人同饮。

三生，你睡去吧，没你的事了。蒋百嫂说。

蒋三生答应着，乖乖回到门厅去了。

我问蒋百嫂，怎么给儿子取了这么个名字，听上去老气横秋的。

蒋百嫂说，我头一胎流产了，流下的是对双胞胎，照算命人的说法，我算是有过两个孩子了，他出生，排行就是老三了，当然得叫他三生了。

哦，流了产的孩子也算数啊，我说。

那不也是从自己身上掉下来的肉么，当然算数了。蒋百嫂问我，你有孩子吗？

我摇摇头。

蒋百嫂问，你没结婚？要不是你不会养活？再不就是你男人不行？

我笑了,说,都不是。停顿了一刻,我告诉她,我正想要孩子的时候,我爱人离开了我,他不久前去世了。

蒋百嫂叹息了一声,哀怜地看了我一眼,说,咱姐俩原来是一个命啊。

我心中想,难道蒋百并不是失踪,而是死了?

蒋百嫂大概意识到失言了,她将我让到椅子上,说,我男人失踪了快两年了,没有一点音信,我这不也等于守活寡么?

见我没有附和,她又机智地引入先前的话题,说她怀的那对双胞胎之所以流产,是被丈夫给吓的。那年矿上发生透水事故,蒋百那天也下井去了,听到消息后,她认定蒋百已别她而去,一阵哭嚎,不想动了胎气,白白葬送了一对双胞胎的性命。其实那天出事的现场,并不在蒋百的作业点。蒋百安然无恙地回来了,可她的肚子却像一片破网似的瘪了。她慨叹做矿工的孕妇,肚里的孩子随时可能成为遗腹子。

蒋百嫂坐下来,她家的电话响了。电话被蒙在床单下,铃声乍响时,感觉床下有个妖怪在叫,吓了我一跳。蒋百嫂撩开床单接起电话,喂了一声,有些不耐烦地说,我在集市站了一天,腰疼,闩门睡了!说着,气咻咻地搁下听筒。我猜这或许是哪个男人想来这里讨便宜,反倒讨了个没趣。

蒋百嫂坐到我对面的椅子上,启开酒对我说,要是诚心跟我喝,得连干三盅。我答应了。她熟稔地斟酒,瓷盅里的酒荡漾着,不能再多一滴,也不能再少一滴的样子。三盅酒落肚,只觉得从口腔直至肚腹有一条火光在寂静地燃烧,身上热乎乎的,分外舒展。蒋百嫂指着我的脸笑着说,这世上爱涂胭脂的人真是傻啊,酒可不就是最好的胭脂么!你瞧你,一喝上酒,黄脸就成了桃花脸,要多好看有多好看!

一喝上酒,我们就比先前显得亲密了。她问我,你男人是干什么的?怎么死的?我一一对她说了,蒋百嫂挑着眼角说,魔术师不就是变戏法的么?你嫁个变戏法的,等于把自己装在了魔术盒子里,命运多变是自然的了!

我是一个不愿意在人前流泪的女人,但在蒋百嫂面前,我泪水横流,因为我知道她的心底也流淌着泪水。蒋百嫂一盅一盅地斟着酒,我一盅一盅地啜饮着,我就是一堆冰冷的干柴,而这如火苗一样的酒,又把我燃烧起来。我絮絮叨叨地叙述魔术师离开我后,我怎样一次次在家里痛哭,怕惊扰了邻居,我就跑到卫生间,打开水龙头,将脸贴近它,让我的泪水和着清水而去,让我的哭声融入哗哗的水流中。我还讲了魔术师的葬礼,来了多少人,别人送的花圈又如何被我清理出去,甚至他将被推进火化炉前,我对他最后的乞求,乞求他把自己变活,以及我留在他冰冷的额头上的最后一个热吻,都对她毫无保留地倾诉了。很奇怪,蒋百嫂对我的这番话并没有抱之以同情,相反倒是一阵接着一阵的冷笑,好像我的哀伤不足挂齿,她这种冰冷的态度让我不寒而栗!

蒋百嫂沉默着,她启开另一瓶酒,兀自连干三盅,她的呼吸急促了,胸脯剧烈起伏着,她突然"哇——"地一声大哭起来,说,你家这个变戏法的死得多么隆重啊,你还有什么好伤心的呢!他的朋友们能给他送葬,你还能最后亲亲他,你连别人送他的花圈都不要,烧包啊,有的人死了也烧包啊。你知不知道,有的人死了,没有葬礼,也没有墓地,比狗还不如!狗有时候死了,疼爱它的主人还要拖它到城外,挖个坑埋了它;有的人呢,他死了却是连土都入不了啊!

她这番话使我联想到蒋百,难道蒋百已经死了?难道死了的蒋百没有入土?不然她何至于如此哀恸?

蒋百嫂彻底醉了,她一会儿哭,一会儿笑,一会儿诉说。她拍着桌子对我说,乌塘的领导最怕的是她,如果她想把领导从官椅上拉下来,那就跟碾死一只蚂蚁一样容易。他们现在戴的是乌纱帽,可只要我蒋百嫂乐意,有一天这乌纱帽就会变成孝帽子!

蒋百嫂唱了起来,她唱的歌与陈绍纯的一样,是哀愁的旋律。不过那歌里有词,而歌词反反复复只是一句:这世上的夜晚啊——,听得我内心仿佛奔涌着苍凉而清幽的河水。她唱累了,摇摇晃晃地扑向床上,睡了。是午夜时分了,我毫无睡意,只是觉得头晕,如在云中。

蒋百嫂哼着翻了一下身,她的黑色棉线衫褪了上去,露出了腰肢,我看见她的腰带上拴着一把黄铜大钥匙,我认定它属于那扇上了锁的蓝漆屋门的,便悄悄走上前,取下那把钥匙。

我掂着那把钥匙走出去,小厅的灯关了,看来蒋三生已经睡了,依稀可见小床上蜷着个小小的人影。我镇定一番,打开那把锁,推开屋门。扑向我的是檀香气和光影,屋子吊着盏低照度的灯,它像一只蔫软的梨一样,散发出昏黄的光。这屋子只有七八平方米,没有床,没有桌椅,四壁雪白,拉得严严实实的窗帘也是雪白的,有一种肃穆的气氛。北墙下摆着一台又高又宽的白色冰柜,冰柜盖上放着一只香炉,一盒火柴、一包檀香以及供奉着的一盘水果。冰柜的压缩机正在工作,轰鸣声在寂静的夜里听上去像是一声连着一声的沉重的叹息,我明白先前听到的嗡嗡声就是这个大冰柜发出来的。蒋百嫂为什么会在冰柜上焚香祭祖,而却不见她祖宗的牌位?我觉得秘密一定藏在冰柜里。我将冰柜上的东西一一挪到窗台上，掀起冰柜盖。一团白色的寒气迷雾般飞旋而出，待寒气散尽，我看到了真正的地狱情景：一个面容被严重损毁的男人蜷腿坐在里面，他双臂交织，微垂着头，膝盖上放着一顶黄色矿帽，似在沉思。他的那身蓝布衣裳，已挂了一层浓霜，而他的头发上，也落满霜雪，好像一个端坐在冰山脚下的人。不用说，他就是蒋百了。我终于明白蒋百嫂为什么会在停电时歇斯底里，蒋三生为什么喜欢在屋顶望天。我也明白了乌塘那被提拔了的领导为什么会惧怕蒋百嫂，一定是因为蒋百以这种特殊的失踪方式换取了他们升官进爵的阶梯，蒋百不被认定为死亡的第十人，这次事故就可以不上报，就可大事化小。而蒋百嫂一定是私下获得了巨额赔偿，才会同意她丈夫以这种方式作为他生命的最终归宿。他没有葬礼，没有墓地。他虽然坐在家中，但他感受的却不是温暖。难怪蒋百嫂那么惧怕夜晚，难怪她逢酒必醉，难怪她要找那么多的男人来糟践她。有这样一座冰山的存在，她永远不会感受到温暖，她的生活注定是永无终结的漫漫长夜了。

我悄悄将冰柜盖落下来，再把香炉、火柴、果盘一一摆上去。我锁上门，把钥匙拴回蒋百嫂的腰带上，走出她的家门。这种时刻，我是多么想抱着那条一直在外面流浪着的、寻找着蒋百的狗啊，它注定要在永远的寻觅中终此一生了。我很想哭，可是胃里却翻江倒海的，那些吞食的酒菜如污泥浊水一般一阵阵地上涌，我大口大口地呕吐着。乌塘的夜色那么混沌，没有月亮，也没有星星，街面上路灯投下的光影是那么的单调和稀薄，有如被连绵的秋雨沤烂了的几片黄叶。我打了一串寒战，告诉自己这是离开乌塘的时刻了。

第六章：永别于清流

我已经把脸涂上厚厚的泥巴，坐在红泥泉边，没人能看见我的哀伤了。比之乌塘，三山湖的阳光可说是来自天堂的阳光，清澈雪亮如泉水。涂了泥巴的身体被晒得微微发热，我觉得自己就是一块被放到大自然中等待焙制的面包，阳光用它的文火，<u>丝丝缕缕地烤炙着我</u>。泉边坐着一些如我一样浑身涂满了泥巴的人，他们也在享受阳光和清风，我无法看见他们脸上的表情，大家脸上的表情，都被那浓云一样密布的泥巴给遮蔽了，所以我不知道他们是哀愁呢还是快乐。

原来的红泥泉被划分为两个区域，男女各半，只要望见一群涂了泥巴的人中青烟缭绕着，那一定是男人所在的地方，这群泥人喜欢手里夹着香烟，边抽边享受阳光。后来红泥泉的生意不如其他的温泉，经营者分析这是把男女分开的缘故，于是两个区域又合二为一，男男女女可以混杂在一起。果然，生意又渐渐回潮。原来之所以将男女分开，是由于许多男宾客连短裤都不穿，说是泥巴已将私处严严实实裹上，短裤实在是多余。而一些随意的女宾客，也喜欢裸露着乳房。男女混杂之后，规定是入红泥泉的客人必须要穿背心和短裤，但违规者大有人在，经营者权当看不见，听之任之。其实柔软的红泥已经是上帝赐予人类最好的遮羞布，客人的选择不是没有道理的。一群泥人坐在红泥泉边的情景，让我联想到上帝造人的情形。这种能治疗很多疾病的红泥，淤积在碧蓝的湖水深处，柔软细腻，一触摸便知是经过了造物主千万次的打磨、淘洗，又经过了千百年和风细雨的滋润，才酿得如此的好泥。

坐在泉边的，有许多对恋人。虽然身裹泥巴不方便讲话，但从他们手拉手的举止上，完全能感受到他们的脉脉深情。情侣们的目光,也就跟这光芒四射的阳光一样,火辣辣的。我是多么地羡慕这样的目光啊。如果魔术师坐在我身边,他也会拉着我的手的,可他却被一头跛足驴给劫走了。我在心底轻轻呼唤他的名字,泪水奔涌而出。泪水使脸上的红泥更加润泽,融入红泥的泪水已经被调化为最养颜的膏脂了。

我通常上午时将通身涂满泥巴,坐在红泥泉边释放泪水,午后再去真正的温泉浸泡一两个小时。从温泉出来,换上便装,即可一身清爽地在三山湖景区闲走。

我喜欢逛卖火山石的摊床。那些火山石形态不一,被开发出的产品也就各不相同。那些嶙峋峥嵘的因其妖娆之气而被做为盆景;细腻光滑的则被凿成笔筒和首饰盒;而纹理如蜂窝一样粗糙的,十有八九被当作了磨脚石。在卖磨脚石的摊床前,我遇见了一个七八岁的男孩,与其他赤膊、光头的男孩不同,他戴一顶宽檐草帽,穿着长袖衫,长裤,袖筒宽大,而且衣着的颜色是藏青色的,看上去老气横秋,他袒露于脸上的笑容,便有一种受挤压的感觉。他在摊床前招揽生意,而进行交易的,是一个面色黧黑的站在少年身后的独臂男人。男孩不像其他的生意人,采取的是花言巧语的吆喝或是围追堵截的兜售,他用变戏法的办法引起游客的注意。只见他手里握着一枚温泉煮蛋,把玩片刻后,这鸡蛋忽然幻化为一块磨脚石,当游人对着磨脚石惊叹不已时,他又把鸡蛋飞快地变回掌心中。游人喜爱这男孩,就是不买磨脚石,也要买上两枚鸡蛋,清瘦的独臂人的生意也就比其他卖火山石的摊床要好得多了。

经过摊床的次数多了,我知道独臂人姓张,男孩叫云领,他们是一对父子。因为其他的生意人跟他们说话时,对独臂人爱说,老张,你行啊,你家云领在前面变戏法,你后面收着银子!而对男孩说的则是，云领，你这小东西这么会变戏法，在三山湖可惜了，你该进大城市去！当然，也有人用鄙夷的目光瞟着男孩，撇着嘴说，手脚这么快，别出落成个贼！

云领变的戏法，明眼人能一眼望穿，他的那两条腕口紧束的宽大袖筒，因为预先放置了鸡蛋和磨脚石，沉甸甸地下垂着，仿佛里面藏着猫。但我喜欢看他带着一股大人的神色展览他的招数，他能让我想起魔术师。我三番五次地去，接二连三地买磨脚石，旅馆房间的旅行袋中，聚集了太多的火山石，好像我是个采集矿石标本的考古学家。

有一个下午，我又去了云领家的摊床。他显然对我已熟识了，见了我唇角浮出一缕笑容。那笑容很像晚秋原野上的最后的菊花，是那种清冷的明丽。我带了一条五彩丝线，先向他展示那丝线的完整，然后将它轻轻抖搂一下，丝线就断为两截了；当云领目瞪口呆时，我轻轻倒一下手，丝线又连缀到了一起。云领咽了一口唾沫，回身看了一眼父亲，很无助的样子。独臂人警觉地看着我，拈起一块磨脚石对我说，你天天来我家的摊位，这个白送给你，算是我的一点心意。我接过火山石，掂了掂，把它又还给独臂人。

云领不再变戏法了，他定定地盯着我，问我怎么也会干这个。好像我抢了他的饭碗，他的神情中带着浓浓的委屈和隐约的愤怒。我想告诉他一个魔术师的妻子做这点小把戏算不得什么，可我没有说。我鼓励沮丧的云领接着做生意，我不过是想逗逗他玩而已。独臂人这才对我和颜悦色，他送给我两枚泉水煮蛋。我拿着鸡蛋刚散步到另一个卖火山石的摊床前，云领追了过来，气喘吁吁地站在我面前，什么也不说，满怀乞求的样子。我问他，你爸爸让你讨要这两只鸡蛋的钱？他摇了摇头。我又问，你想让我再买几块磨脚石？

他依旧摇了摇头。他犹豫了许久，才吞吞吐吐地问我住在哪座旅馆，说他散了摊儿后想去找我。我笑了，问，你想跟我学魔术？他的眼睛立刻就湿润了，他急切地问，你真的是魔术师？我笑着摇摇头，他似乎有些失望。不过当我告诉他我住的旅馆的名字和房间号码时，他还是显出热情，我说完后，他重复了两遍，以求记牢。

夜幕降临，泡温泉的人少了，去娱乐的人多了。三山湖景区的咖啡屋、餐馆、酒吧、按摩屋、歌厅、台球室和保龄球馆灯影灿烂、人声鼎沸。在景区的西北角，聚集着一群放焰火的游客。大多的游客来自禁放焰火的大都市，所以三山湖设置了这样一个自由放焰火的娱乐项目，深受游客喜爱。夜幕如一块巨大的沉重的画布，而在半空中明媚升腾变幻着的焰火则如滴滴油彩，将这块本无生气的画布点染得一派绚丽，欢呼声和着焰火的妖娆绽放阵阵响起。我远远地看了会儿焰火，就回客房等待云领。

云领不是自己来的，当敲门声响起，我打开房门后，发现站在昏暗走廊里的，还有独臂人。他们见了我并不说话，只是笑着。大人和孩子的笑都不是发自内心的，所以那几团笑容让我有望见阴云的感觉。我将他们让进屋门。

云领的装束与白天一模一样，连草帽还戴在头上，看来这草帽并不是为了遮阳的。而独臂人则换下了白汗衫和蓝裤子，穿上了一套黄绿色的套装，这使瘦削的他看上去格外像一株已经枯黄了的草。云领比独臂人显得要大方一些，他不请自坐在窗前的沙发上，还欠着屁股颠了几下，大约在试探沙发的弹性。已经被无数客人压迫得老朽的沙发，发出暗哑的叫声。独臂人呢，他大约觉得沙发是奢侈品，他打量了它半响，最后还是坐在了梳妆镜前的一把硬木椅子上，而且坐得很端正。我倒了两杯白水分别递给他们，独臂人慌张地站了起来，连连说他不渴，将水接过来后放在了梳妆台上；云领呢，他痛快地接过杯子，托在掌心旋转着，问我，你能把白水变成红水吗？我说不能。云领笑着说我能，他的手抖了一下，那杯水就是红色的了，不知他眼疾手快地往水里投了什么颜料。独臂人训斥儿子，云领，你不是来学习的吗？怎么这么不谦虚，白白糟践了一杯水！云领说，这是食用色素，药不死人，怎么就不能喝呢！说完，咕嘟咕嘟地将那杯水一饮而尽。

独臂人呵斥云领的那番话，已经让我明白他们来这里的意图了。果然，独臂人恳求我，希望我能教云领几套新的招数，因为他下午时见我能把五彩丝线断了又连接上，一看就身手不凡，是大地方来的魔术师。而云领会的招数，客人已经不觉得新鲜了。说完，他用那唯一的手从裤兜里掏出一百元钱，将它放在梳妆台上，说，就当是学费了，你别嫌少，你要是愿意，明儿再去我的摊子拿几块磨脚石！

到了这种时刻，我只能如实告诉他，我只会这点小把戏，真正懂魔术的是我丈夫，可他不久前去世了。独臂人"啊啊"地叫了两声，说着对不起，我没有想到会是这样。他继而问我，魔术师是怎么死的？我告诉他是一辆破烂不堪的摩托车撞死了他。独臂人叹了一口气，说，这就是命啊，像云领他妈，一条小狗就要了她的命！

独臂人对我说，以前他和妻子一直在三山湖景区做工，他为客人放焰火，妻子则受雇在发廊工作，她剃头剃得好。来三山湖度假的都是些有钱人，他们不仅带着情人来，有的还抱来自家的宠物，非猫即狗。那些狗没有个头大的，一个个娇小玲珑，有的头上还扎着蝴蝶结，拾掇得比小女孩都漂亮。有一天，发廊来了一个抱着小狗的女宾客，云领他妈给她剪头发时，它还安安静静地待在主人怀里,可当她为客人喷摩丝时,小狗以为主人受到了威胁,跳起来咬了云领他妈的手,把手背给咬破了。女宾客倒也不是个吝啬的主儿,拿出二百块钱,让云领他妈去打狂犬疫苗。发廊的老板娘对云领他妈说,一只小狗,天天又洗澡,比人都干净,能有什么病菌啊,这钱不如分了算了。于是,老板娘留下一百,云领他妈拿回一百,觉得捡了个大便宜。那伤口好得很快,结痂后又长了新皮,可是几个月后,妻子突然间变了个人似的,她整天暴躁不安,常常和客人大吵大闹,只要拿起剪刀,想的就是给客人剃光头,老板娘辞退了她。原想着她回到家后就会安静了,可她照例闹个不休,她最不能看见水,一见了水就会哆嗦在墙角。家人把她送到医院,诊断是患了狂犬病,没有多久,人就死了。独臂人说到这儿,声音哽咽了,云领大约也跟着难受了,他说要撒泡尿,跑到卫生间去了。

独臂人说,云领很忌讳别人说他妈妈死了,他总说她去了另外的地方了。他从不去妈妈的坟上,说是妈妈没有待在土里。这两年阴历七月十五的夜晚,他总是提着一盏河灯独自出门,说是单独去会他的妈妈,别人不能跟着。他去哪里放河灯,连他这个做父亲的都不知道。想必他走了很远很远的路,因为他回来时,总是午夜时分。独臂人说,后天又是七月十五了,云领那天晚上又得出门了。咳,我真不放心他一个人走夜路。

云领从卫生间出来了,他红着眼圈,似乎刚刚偷偷哭过,可脸上却做出无所谓的表情,他耸着肩,抱怨这家旅馆的卫生间小,没有其他湖畔山庄的大,做出一副见多识广的样子。我问他为什么晚上还要戴着草帽,他此时露出了真正属于儿童的天真笑容,说,我寻思你能教我变戏法呢,你看——

云领摘下草帽,只见草帽的底部嵌着个镶着纱布的胶圈,将密封的胶圈轻轻一掀，就可看见藏在里面的红绸带、白手帕和火山石打磨出的项链等物件。不用说，这是他为变戏法而设置的一道机关，是他的魔法的后花园。

独臂人对云领说，阿姨不是魔术师，这下你死了心了吧？天晚了，阿姨该歇着了，咱回家吧。

云领答应着，将草帽扣回头上。我将梳妆台上的钱拿起，还给独臂人，他有些不好意思地接了，攥在手心中，说，明儿你去我那儿再选几块磨脚石，带回城里送人去吧。

我对独臂人说不必了。我转向云领，请求他七月十五放河灯时将我也带上。云领看了看父亲，又看了看我，最后盯着自己的鞋尖又看了半晌，才对我说，你要是给你家魔术师放河灯，我就带着你。我说当然了，我不会给别人放河灯的。云领又说，你别穿高跟鞋，路很远。我点了点头。云领就对父亲说，那你今年得多做一盏河灯了。

七月十五的夜晚，我早早就吃过饭，换上旅游鞋在房间里等云领。站在窗前，可望见升腾着的焰火。焰火是人世间最短暂又最光华的生命，欣赏它的辉煌时，就免不了为它瞬间的寂灭而哀叹。七点左右，云领来了，他仍然穿着藏蓝色的衣服，不过没戴草帽，这使他看上去显得高了一些。他挎着一只腰鼓形的竹篮，篮子上放着一束紫色的野菊花。我想河灯一定掩映在野菊花下。

月亮已经走了一程路了，它仿佛是经过了天河之水的淘洗，光润而明媚。我跟着云领走出三山湖景区，踏上一条小路。

明月中的黑夜就不是真正的黑夜了，不仅小路清晰得像一条闪着银光的缎带，就连路边矮树丛中的各种形态的树叶也能看得清楚。我问云领要走多远，他说到了地方你就知道多远了。我又问他,你爸的胳膊是怎么没了的?云领说,他不是在景区给游人放焰火么,我妈走了的第二年,有一个南方来的老板非让我爸手托着大礼花给他放,那天是那个老板的生日。礼花有一个纸箱那么大,值一千多块钱呢。我爸帮他放这个礼花,他给二百块钱。哪知道这礼花跟炸药包一样劲大,一点着火就把我爸掀了个跟头,焰火上天了,我爸的一条胳膊也跟着上天了。从那以后,他才带着我卖火山石的。

我叹息了一声,听着云领的脚步声,看着月光裹挟着的这个经历了生活之痛的小小身影,蓦然想起蒋百嫂家那个轰鸣着的冰柜,想起蒋三生,我突然觉得自己所经历的生活变故是那么那么的轻,轻得就像月亮旁丝丝缕缕的浮云。

穿过一片茂密的树丛后,云领问我听到什么没有?我停下来,谛听片刻,先闻几声鸟语,接着便是淙淙的水声。云领对我说,清流到了。

据云领讲,清流是离三山湖最远,也是最清澈的一条小溪。他妈妈曾对他讲,一个人要是丢了,只要到清流来,唤几声他的名字,他的魂灵就会回来。

月光下的清流蜿蜒曲折,水声潺潺。这条一脚就能跨过去的小溪就像固定在大地的一根琴弦。弹拨它的,是清风、月光以及一双少年的手。云领放下篮子,撩开野菊花,取出两盏河灯,又取出火柴,一一将它们点燃,将一盏莲花形的送给我。他对我说,他妈妈喜欢吃南瓜,所以他每年放的河灯都是南瓜形的。云领先把几枝野菊花放在清流上,然后怕我搅扰了他似的,捧着河灯去了上游。我打量着那盏属于魔术师的莲花形的河灯,它用明黄色的油纸做成,烛光将它映得晶莹剔透。我从随身的包中取出魔术师的剃须刀盒,打开漆黑的外壳,从中取出闪着银光的剃须刀,抠开后盖,将槽中那些细若尘埃的胡须轻轻倾入河灯中。我不想再让浸透着他血液的胡须囚禁在一个黑盒子中,囚禁在我的怀念中,让它们随着清流而去吧。我呼唤着魔术师的名字,将河灯捧入水中。它一入水先是在一个小小的旋涡处耸了耸身子,仿佛在与我做最后的告别,之后便悠然向下游漂荡而去。我将剃须刀放回原处,合上漆黑的外壳。虽然那里是没有光明的,但我觉得它不再是虚空和黑暗的,清流的月光和清风一定在里面荡漾着。我的心里不再有那种被遗弃的委屈和哀痛,在这个夜晚,天与地完美地衔接到了一起,我确信这清流上的河灯可以一路走到银河之中。

从清流返回的路上,我和云领都没有讲话。月亮因为升得高了,看上去似乎小了一些,但它的光华却是越来越动人了。我们才进三山湖景区,就望见独臂人像棵漆黑的椴树一样,候在月光下。我谢过这对父子,回到旅馆,换下旅游鞋,清清爽爽地洗了个澡,将装着剃须刀的盒子放在床头柜上,半倚床头,回味着这次旅行。突然,我听见盒子发出扑簌簌的声音,像风一样,好像谁在里面窃窃私语着,这让我吃惊不已。然而这声音只是响了一刻,很快就消失了。不过没隔多久,扑簌簌的声音再次传来,我便将那个盒子打开,竟然是一只蝴蝶,它像精灵一样从里面飞旋而出!它扇动着湖蓝色的翅膀,悠然地环绕着我转了一圈,然后无声地落在我右手的无名指上,仿佛要为我戴上一枚蓝宝石的戒指。

松鸦为什么鸣叫

——陈应松

(2004年获第三届鲁迅文学奖,载《锺山》2002年第2期)

松鸦为什么鸣叫

陈应松

忽然下起了大雪。伯纬已经踏上了雪线之上的公路。传说过去翻过皇天垭，再翻过韭菜垭，便有一条通往房县的古盐道，伯纬没有走过。那得走上几天，要经过杀人冈、打劫岭、百步梯、九条命——这是实实在在的地名；九条命是九个背盐工的命，而韭菜垭六十年代发生的杀死七个人事件却是并不遥远，两个房县挑夫杀了来神农架踏勘的林业部和省林业厅的技术员们（有的才大学毕业，刚刚结婚），那两个挑夫就是沿着那条藏在原始森林的路，挑着抢劫来的钱财往房县逃窜的。现在，那条路已经掩埋在荒无人迹的深山老林中，眼前的这条大道取代了它。深厚的冰，还有路边石崖上的冰瀑，这一线，那一堆。雪花大且夹杂着生硬的雪霰。从这里四下望去，整个皇天垭露出了森严的气象，遥不可及的山头和山坳间蒸腾着深蓝色的雾气，连枫杨树也因恐怖而竖起了干瘦的枝条。只有落叶松在舞蹈着，展开玉色的裙子；看久了，它们会成为一群树精。伯纬发现，公路上有影影绰绰的人正在冒雪砌护路的水泥墩子。

这是好事情。伯纬甩了一记羊鞭，怕羊群在人群和沙石堆里走散了。还有一些临时工棚。他很高兴。他看了看那些已经砌好的护墩，先用石头，再周边用一个框子灌水泥砂浆。因为那些木框子就摆在路边，很大很大的一个，简直像些棺材。不过伯纬掂量这样的墩子是否能阻挡得了出事的汽车。小车马马虎虎，大车一样会把它们撞飞了坠下山谷。

山上没有草，雪线之上的山头，雪把草都覆盖了，羊没啥可吃的。他赶着羊下了山，他要把这儿的情况告诉家人。

"山上全在砌护路的水泥墩子。"他对他的老婆三妹说，对女儿、女婿和孙子说。

"羊还在叫嘛。"他的老婆三妹从厨房里出来，吃力地睁着被冬天的火塘熏得红肿糜烂的眼睛。没有谁理他，没有谁在乎他说的这件事：砌护路墩。

他坐在火塘边，开始抽烟。从野外拉屎回来的狗顶开门进来了，伯纬还以为是一只因为饥饿窜进来的羊呢。狗的身上沾满了浮雪，爪子是湿的。伯纬呆呆地吃了几口烟，闻到一股焦煳味。是狗，把自己的毛给烫了。

"如果护墩这么修下去……"可是他的心情并不那么乐观，尽管那些影影绰绰的人和零乱的工地给了他整个冬天的惊喜。雪会越壅越厚，羊的叫声会更难听。砌墩子的工人们会龟缩在工棚里然后将那些石头和砂料遗留给翻浆的春天，成为一桩有头无尾的工程……然而事情总在变化。但他已经老了。他吧嗒着烟，吧着吧着，一颗牙齿吐了出来。

早先的伯纬还是十分完好的，光溜的面孔像刚刚换了皮的红桦，两只手十个指头一个也不少，牙齿整齐、耐看，单眼皮，没有多少心思，劲很大。这是二三十年前的概况了。有一天，他研究着皇天垭通往村里的那个挂榜岩。油光泛亮的挂榜岩上面传说是一部天书，说谁研究出来了谁就可能招为皇帝的驸马。这儿的人总爱谈论皇帝，但是他们不知道离皇帝有多远。千百年来，这个傻笑话还真让一些人上当。清朝同治年间，举人坪的三个红、白、黑举人，硬是在这里坐死了。伯纬这天终于看出了点门道。他看清楚了至少有两个字,一个是草写的"路"字,一个是草写的"缘"字。于是,伯纬跑回村里对人说:

"那上面我认出了两个字!"

村头的皇榜庙已经改成队部了,上头有许多毛主席语录和"大办民兵师"之类的标语。门口总是坐着一些老人和面相疲软而实质凶恶的狗,还摊晒着一些腌制的猪头皮,一些药材如升麻、扣子七、淫羊藿、头顶一颗珠等。狗和大胆的山猫、松鼠在那个小石潭边饮水。这时候,几个老人就笑他,并唆使狗朝他狂吠,他们看不顺眼他,以及他身上不知从哪儿弄来的绿军装。他们说:"伯纬,你认得几个字?"他们手头拿着手抄的歌本如《七姐思凡》《黑暗传》,嗤笑这么一个敢胡说的不知天高地厚的年轻人。"草写的?草字不合格,神仙不认得。是怀素的草书呢还是张旭的草书?嘀嘀,哈哈……""如果你也把字都认出来了,皇天垭不知要出多少状元。"

第二天出坡之前,背着大挖锄的伯纬又偷偷地去了挂榜岩,那两个字——"路""缘"清晰地向他迎来。的确是这两个字。满壁都飞动着这两个字:路路路路……缘缘缘缘……

二十多岁的后生娃子伯纬背着挖锄并不在乎村里那些人的嘲讪。这没有什么。他若是没认出来,他也不会相信这种鬼话。

皇天垭村从山下牵来的路像一条汪亮的绳子,看着那条小心翼翼、大弯大拐的路,人们的眼睛有时会无缘无故地湿润起来。小路爬上了坡上的人家,可它不声不响。溪水跌跌撞撞地把路冲断了,而溪水却依然发出那种不卑不亢的、干干净净的声音。紧接着,路又蹿上了悬崖。一个在路边耕地的农民和他的牛一起摔下了悬崖。那一天晚上,伯纬哭了一整夜。他问自己:"莫非我失恋了?"其实伯纬没有女人，没有接触过。

过了几天，伯纬就要到红旗岩修路了。

这完全是一种巧合。

公社要人去房（县）—兴（山）公路建设指挥部修路，每村至少要出两个壮劳力。队部的庙台上，正在议论伯纬和另一个地主子弟王皋去修路放炮炸石头的事，几个老先生恶狠狠地说，让伯纬去修路，让石头砸死他。

早先，神农架可没有这样恶毒的人，现在这种人出现了，他们就像伐木队的恶狠狠的斧头，见什么都想砍一刀，其实他们并无什么恶意。他们看见伯纬和王皋背着行李卷儿离开村子时，打着招呼说："去京城啦？你娃子真有福气，果然要当驸马了。"

伯纬和王皋懒懒地沿着山脊的小路走，这是一次寂寞的旅程。要过很多山，要过很多河。要不停地脱鞋，卷裤腿。要认方向，还要砍树砍藤子才能找到路。

天黑的时候他们只找到了一个岩屋（就是岩洞），只好在岩屋里铺了被子过夜。中午的糁子已经吃完了，再没有吃的，汗在身上作祟，山里全是野兽的嚎叫。伯纬燃起了火，王皋掏出一瓶辣酱来拧开盖子，递到伯纬面前，对他说："你吃这个吗？"伯纬知道王皋一天都没有拿出来肯定是珍贵的，他就在黑暗中把辣酱倒了一点在口里，真香，辣，辣得香。又趁黑暗往口里倒了一些，呱叽呱叽地嚼着。伯纬说，你妈做的？王皋说，三妹做的。三妹是他新婚的妻子，吴三妹。伯纬说，嫂子的辣酱做得这么好！看着看着就要辣出汗了，就要浑身通泰了，王皋却突然哭起来：

"咳咳，这回我死定了。"

"你如何能说这种话,怎么死定了?"

"他们不是说要砸死伯纬吗?"

"砸死伯纬又不是砸死你。"

"反正我死定了……"

山里的风像一把雕骨的刀子,卡在石头缝里的松树和冷杉,发出了野狼般的荒吼。伯纬发脾气了,他记得他那一天怒火中烧,狠狠臭骂了一通王皋,击退了鬼怪,以后才捡了条命。而鬼怪附了王皋的身。

"……你是在说屁话,伙计!你饿昏了头么?你趁早闭住你的臭嘴,好好睡觉!"

王皋说:"我总觉得我这次是去死的,我真的有这种感觉。可我不能反对,谁叫我是子弟呢。"又说:"兄弟,如果我死了,就剩下一把骨头,你能够用双手把我捧回去吗?"

"好,好。这行,这没有问题。"

"如果你跌了一跤,把我的骨头弄散了呢?"

"够了!散了我捡起来不就得啦!"伯纬冷汗直冒。

"假如都掉下了悬崖呢?"

"我实在忍无可忍了,伙计!"伯纬说,"我把你背回去不就完啦,我死了卯朝天,我不找你。睡一会儿不行吗?你看月亮到哪儿了!"

"那我们起个誓吧。"

"睡一会儿不行吗?!"

第二天继续赶路。走到第三天,到了工地。

报到后,两人就分到工程四队去炸岩了。

炸岩就是炸岩。男人炸岩,女人刷边坡、挖水沟、铺路面。炸岩早晨背了炸药、雷管、钢钎、八磅锤出去，晚上带一身硝烟味回来。全在悬崖上吊着过日子。

王皋怕，他是个胆小鬼，怕炸药又怕悬崖，他曾经说过，我吓也要吓死。上了工地，系安全带、领雷管的时候，先是两条腿发颤，然后全身哆嗦。"我能不能唱一个歌呢？"他唱了许多的歌。王皋有一副好嗓子，可他唱歌就像打摆子。王皋本来想凭他的嗓子去宣传队的，但因为他是子弟，去不了，没人要。刚开始的几天王皋连唱都不敢唱，后来，他的胆子大了，开始唱歌了，先唱《好不过毛泽东时代》，又唱《做人要做这样的人》，再唱："妹妹住在对河坡，喂条黄狗恶不过，别人来了动口咬，哥哥来了顺毛摸，狗儿也爱有情哥……"这是偷偷地唱的，只与伯纬在一起时；神农架的情歌也像丧歌，是如此的哀伤悲切，味儿深厚，但不悠长，好像随唱随忘那歌中情感似的，好像不让人知晓，一个人偷偷唱给自己听似的。

伯纬找后勤组弄了个炸药箱装东西，上把锁就是很好的衣物箱了。王皋不要，王皋宁愿趁休息时去山上砍树，找木工组做了个箱子。他的那一瓶酱，自上工地就不给伯纬吃了，放在自己的木箱里，躲着伯纬偷偷地戳几筷子。

四队是专在崖上打点炮的，就是在崖上打了落脚点，炸宽了，让二队来放坑炮，也就是打竖井。四队干的是下地狱的活。四队差不多全是子弟，还有不少从宜昌来的劳改犯。因此工地上就流行一个歌子："洋二队，土四队，不土不洋是三队，久经沙场数一队。"

王皋学会了这首歌，就天天拉长喉咙唱这首歌。他一定是在感叹自己的命运。有一天晚上，睡在另一头的王皋蹬醒伯纬说："我梦见了死人，全是死人。"

伯纬说:"你是醒着的呐。"

"我梦见河里伸出好多手来,拉我们崖上放炮的人。要死人了。"

"你分明睁着眼睛说梦话。"

"我一眯着就全是那些手,肯定要死人了。"

"我看你要发疯了。"

"我估计也差不离……"

第二天,在竖井里放炮的二队,炸飞了六个人。对面的崖壁上到处贴着炸飞的肉,树上挂着炸飞的膀子和腿。

四队跟二队隔着一点距离,听到地动山摇的爆炸声王皋就吓软了。两人在悬崖上一个掌钎,一个甩锤。掌钎的王皋把钎就吓掉了,掉进了万丈深渊。那些炸飞的人伯纬他们都见了,看见一些人的肢体飞到对面崖上去,有一个脑袋——就一个光秃秃的脑袋,往崖上飞去,好像要啃那儿的一棵倒挂香柏。伯纬定眼看,那脑袋果真啃住了香柏,没有身子,切切实实的一个脑袋。接着,松鸦就铺天盖地来了。这些松鸦,它们先前藏在哪儿呢?说来就来了。

松鸦的叫声又嘈又乱,还有那些嗡嗡作响的爆炸回声。王皋的钢钎又掉下了崖,两人只好荡绳回到半山的一个凹处。

"伯纬,我们还活着吗?"

伯纬就听见王皋用几乎是被石头埋齐脖子的声音沙哑低细地说。王皋的手抠在一个石缝里,另一只手抓着伯纬背上的绳子。

"你唱,你现在正是号丧的好时候。"

"我不想唱了,活着比死了还可怜。"

峡谷里黄烟不散,一股股浓郁呛人的火药味让人忍不住咳嗽,风好像也突然没有了,风也炸蒙了,松鸦们的翅膀在烟雾中扑腾,看得到它们灵巧的头，黑色的羽。渐渐地，硝烟散去，更多的松鸦正在石壁上寻找那些血腥和碎肉，它们四处乱撞，哇哇哇哇，你可以听出是一种慌慌张张的狞笑，一种不能自持的幸灾乐祸，哇——哇——

他们静静地、无望地听着。看着那棵香柏上的头掉下去了，一群松鸦利箭一样地跟着，笔直地插入峡谷深处。

伯纬那天听见王皋自编了一首用"哭嫁歌"唱出的歌子：

神农架山高坡又陡，
羊肠小道难行走，
一年到头修公路，
修到何时才出头……

伯纬说："你还不如唱'狗儿也爱有情哥'。"

这时候，伯纬看见王皋的腿不颤了，正拼命地伸出一只手往悬崖边挤！

王皋想干什么？王皋前面有一块花布，挂在悬崖边的一蓬匍地蜈蚣上。在这样的时刻出现一块花布，在这么荒僻之处，在上不沾天，下不沾地的地方。伯纬想阻止王皋去得到那块来历不明的花布，可是王皋的手上已经攥到了那块花布。是从哪儿飘来的呢？王皋兴奋地说一定是头上砌护坡的女工掉下的，而伯纬想，说不定是咬着香柏的那颗人头上飘下的呢？

没有血迹，所以他高兴，也不发抖了，大嚷道："给三妹做件小褂子还有多的。做娃娃服最好。"娃娃服就是女人们当时穿的一种胸衣。

王皋把花布揣进了怀里，这天回到工棚，王皋就把花布悄悄放进了箱子。

追悼会和誓师大会是经常开的，不过像这一次这么多棺材还没有过，还出动了直升飞机，听说是从武汉飞来的，停在山顶把一些伤员运走了。王皋见死了这么多人，就不敢晚上出去尿尿了，找后勤班弄了根废板车内胎，剪断，从床边的棚壁上挖个洞，通到外面。这一下屙尿方便了，可是没两天，那日晚上屙着屙着，尿漫上了床铺，王皋在半夜时分大喊："是哪个坏蛋搞了破坏呀！"原来，有人开了个玩笑，在外头把他的废内胎打了个结。又过了两天，王皋打开箱子时，那块花布不见了，成了块桦树皮。王皋当时愣在那儿半天，脸白了，气急了，对伯纬说：

"我碰上了岩包精。"

那一天王皋就恍恍惚惚的了，丢三落四，上工去的时候竟然没穿鞋子，队长要他领五个雷管他领了八个。那天他的任务是挑竿炸石。就是竹竿上挑一包炸药，在隐蔽处贴悬崖炸，炸出石窝子能踏脚后，再去打眼。王皋用竹竿挑了炸药，荡下绳子就下去了。他点上了火后炸药不响，他以为自己未把引线点燃，从岩边伸出头去看竹尖上的炸药，头一伸出去，炸药响了，他的半个头也没了。

伯纬那天在崖顶作业，他伤了风，又腹泻，与一些姑娘运石渣。死人的事是经常发生的。工地大了，死个把人不稀奇。但死的是王皋，这就不同了。晚上他对木工班两个专门做棺材的师傅说："王皋的棺材就不做了，我背他回去的。"

他把事情的原委一说，指挥部就准了他几天假，要他把王皋背回去。

因伯纬与王皋打伙同睡，他留下了王皋的棉絮，拆了包单子，将王皋一裹，用麻绳捆得严严实实。这之前，木工班的师傅给王皋雕了半个木头脑袋安在他头上的缺损处，再用一条劳保毛巾一缠，也看不出缺损了什么。就这样，伯纬背着王皋的尸体就上路了。

　　太阳牛卵子热，农历九月的太阳为何还如此浓烈呢？不过你只有爬山，背个百把斤的东西才会觉得太阳还存在并且有夏季的企图。其实太阳是不动声色的，是你冒犯了太阳。只要你坐下，山风一吹，又凉了，背脊上、胯子里的汗变成了恶作剧的凉水，就是这样。

　　烘热的秋天是因为山要成熟，山要把东西蒸熟，只剩下最后一把火了，或者火烧完了，要焖一焖，要等它跌气，东西就能端上桌了。所以伯纬有时歇下来摘"猫儿屎"吃时还是发涩，五味子又酸，苦李苦，唐梨像木渣。能摘到一串好五味子，他就连籽带皮都吞进去。

　　进了河谷的时候，他数了数，至少有七八只松鸦跟着他，在他的前后左右怪叫。它们闻到了死尸的腥气。伯纬不敢肯定，这些松鸦是不是从他启程时就跟上了，盯上了，还是在半路上招惹了它们？伯纬望着它们，比它们的叫声更响亮更悠闲地说着话："别开洋荤！我不会把王皋给你们吃了！"

　　九月，连老林子都是明亮的，空气里流溢着干燥的、带点酒味的气息，像谁的酒坛打破了。山楂和红枝子、蔷薇都成熟了，一串串地打着他的脸，它们喧宾夺主的气势把空气都映红了，并且让人精神抖擞。第一天走得还算轻松，说轻松，是因为王皋已不能说话了，这使伯纬觉得他背的并不是一个人，而是一捆山货，药材啦，苞谷啦，门方啦。想怎么背着怎么背，横着，顶着，扛着，夹着，都可以。过去背门方时，一根至少有一百八十斤，可小小的王皋满打满算不过一百一十斤甚至更少。第一天下坝店，过响水河谷，再走庙垭，邱家坪，到了赵家屋场——不知不觉已经近晚了。他才想到，他得喝水，他得吃东西，烧两个苞谷也可以，最主要的是，抹了汗睡觉。

这怎么睡呢？他在赵家屋场的山脊上看着那山坡上的两三户人家。没有炊烟，狗正在远远地朝他吠叫。我总不能背个死尸进门讨歇吧。我把他藏在人家菜园边，放在老林里？半夜被野兽啃了那我不白背了，我怎么好跟王皋家人交差呐！

正在犯难的当儿，他看见了不远的石崖下有一汪水，在暮色中泛着美妙的白，他先不想那些，就走下石崖去水坑里喝水。他埋头喝了一气，直喝得打出嗝来，再洗脸，洗身上的汗，人就轻松多了，恰好水坑边有人点种的矮苞谷，掰了几个，半生不熟，汁儿也是麻涩的。吃到后来，吃出点味来了，竟把个肚子撑饱了。再下面，有一个牛棚，他把王皋背起来，钻进去，找了些干草塞在自己的背下，一躺就睡着了。

年轻的伯纬一觉睡到大天亮，醒来时霜色镀银。他迷迷糊糊地不知自己在哪儿。回头看到那捆被被单裹着的东西，想了半天，才想起是被炸死的王皋。

"王皋！王皋！"

他赶快看王皋被野物啃吃了没有，翻来覆去后，总算松了一口气，心想，今晚一定放到人家里去，保险些。

早晨，依然照晚上的办法，吃苞谷，喝水，然后准备翻猴子垭。

再想背起王皋，背不动了。

我昨天背得动，而我今天就背不动了？伯纬十分诧异。我还是我,为什么我今天就背不动了呢?这样的问肯定会把他问得挺起腰杆来。背了几步,又背得动了。

天是晴的,而且是大晴天,晚上好像下了一场小雨。

"王皋,你不要吓我呀,我是把你背回去的,你不要耍鬼板眼,我晓得你喜欢开玩笑的。你再一用劲,老子就把你丢下崖去,让你喂老熊了。我把你丢下去,哪个晓得,给你妈讲,给三妹讲,说是把你埋在半道上了,死无对证,你把我有什么法!"

这样一说,王皋就不在背上作怪了,服帖了。趁着晨风背了三里地,就闻见了臭味。

昨天的七八只松鸦还紧紧跟着他,而且老飞在他的前面,好像知道他该怎么走。伯纬说:"叫吧,叫吧,让你们饿死吧!"他放下王皋休息,发现被单里的王皋发胀了。"怪不得这么死沉的。"他说。

上猴子垭的路有时候陡,有时候平,有时候还有那么点儿下坡。喘口气的下坡,迂回的下坡,死尸在背上就很轻松,还有弹性,伯纬就会感谢他。再上坡,又沉了,伯纬就吼了:"不要作法,啊!"伯纬想到兜里有王皋的一个酱瓶子,瓶子里还装着由花布变成的桦树皮,他是把它紧紧盖着的,现在他想把它打开——当然是在看到对面坡上有两个人干活的时候,他把树皮取出来,为了压邪,在皮上吐了口涎水,插在捆王皋的绳子里。

"王皋,我晓得你哪个都不怕,就怕岩包精。"这么说着,浑身的皮肤有点发紧。他把桦树皮又抽出来,放在地上,狠了心,咬破了一块指甲皮,挤出两滴血,滴在桦树皮上。

没有什么变化,没有现原形。他对桦树皮说:"我是不怕鬼的,你只管管好王皋这王八日的,他怕你。"

他这下狠狠地把桦树皮插进了绳子,拍拍王皋,扛起他来。分量的确轻了许多。

路时阴时阳,时阴的地方一色的高山栎和刺叶栎,青枝绿叶,长得比春天还好。时阳的地方混杂着灌木和小乔木,落叶的,不落叶的,浆果,核果,坚果,什么都有,都在加紧与太阳勾结,圆满自己的野心。

只有令人头晕的死寂留给了山路。伯纬就对王皋说:"伙计,你唱点什么好?"

尸体没有任何动静。莫非他要激将?于是戳着包单子,说:"几只鸦雀也比你唱得好。至少,它不会像你总是吓得屁滚尿流的。"

想到了什么,伯纬哈哈大笑起来。伯纬换了个肩继续说:"我不喜欢你唱鸡娃子的洋二队土四队,洋二队又怎么样?死的人比咱们多。我还是喜欢你唱'狗儿也爱有情哥'……狗子也爱有情哥?那是想舔他的卵子……你个哑糊苔,唱出这样的歌来,我唱一首,包比你的有味。"

伯纬突然扯起喉咙就向山冈上喊了起来:

> 十八姐儿二十岁的郎,
> 一夜摇断九张床。
> 打一张铁床摇断榫,
> 开一个地铺蹬倒墙。

伯纬喊得青筋暴暴,声音是直的。伯纬发现泪水沿着他的面颊往下淌,伯纬腾出一只手来揩泪。伯纬稳稳地踩着石头。伯纬下陡坡了，伯纬说：

"王皋，你一句话，就让我今天要背你。昨天我也在背你，明天也要背你。明天背得到家吗？王皋，我答应的事我做了，我不骂你，算我倒霉了，臭得稀烂也要把你背回去的……"

伯纬越想越伤心，把王皋往地上一扔，指着他说："我臭了你会背我回去见我的爹娘？为什么我硬把你丢不下？听听吧，听听天上是什么在叫吧，已经两天了，我又没有枪。我用石头吓唬不了它们。你死了，我疯了。我前世欠了你八斗，还是欠你五吊？……你还是个饱死鬼咧，你鸡娃子跟标致的三妹睡了，你还是个子弟都跟她睡了，我贫下中农没摸到女人一根毛。你鸡娃子今天给我老实交代，你跟三妹摇断了几张床？……"苍蝇出现了。他看见了苍蝇，在松鸦混乱持久的叫声中。那些个顶个的苍蝇，跟吸花蜜的蓝喉太阳鸟差不多大。他重新背起了王皋。从东南隘口吹来的风简直像一千头怪兽，横扫千军，把身体的热量一下子掏空了，人歪歪欲倒。怪模怪样的巴山冷杉吐出了怪模怪样的啸叫声：呜——呜——，头上的那些松鸦也在怪叫着斗风前行。它们因为无处下口被激怒了，加上这阴森的风，让它们突然变成一些可怜的小飞虫，没有吃食，疲惫，绝望，不耐烦了。伯纬前倾着身子，他都抗不住了，背上还压了个死尸。他想今晚在这个鬼地方非得借宿了，不然他会冻死。前两个月那么炎热的天几个四川来的采药人，就在凉风垭遇冰雹冻死在山洞里。神农架的夏天冻死人并不稀奇，何况现在已经到了深秋。只有绕一里路到杨爹的家里去。杨爹一个人住在东坡，刖木为火，挖芋为食。听说他有个儿子，但谁都没见过。

一颗亮星出来了，猛一抬头，又看见了一轮满月。天空呈挨黑前的蛋青色，单调寥阔。天的确要黑了，还没有见着杨爹的屋影。

就听见"嘣"的一声,麻耳草鞋的耳子断了,鞋散了。他把王皋放在一个坡上,四处去寻葛藤,用藤子把草鞋绑在脚上。走了几步,不对劲,硌人,比石子硌得还疼。只好停下来。一只有鞋,一只赤脚,伯纬欲哭无泪,走不了。此时冷月隐藏在冷杉林间,像一只鬼鬼祟祟的豹猫。伯纬对搁在树干边的死尸说:"王皋,碰上老虎,我只好把你扔下了。"嘿,这时他瞅见了王皋脚上的一双鞋,是解放鞋,指挥部给死者发的寿衣寿鞋,不管三七二十一,就去扯他的鞋,"嘿嘿嘿,伙计,借我用一下,我背你,又不是背我自己,费鞋。"扒了王皋的鞋,两人互换了,让王皋穿上那双破草鞋,自己套上新解放鞋。耶,夹脚,蜷起趾头凑合,踏在地上舒坦,摸夜路也不怕鹅卵石子了。

一条疯狂吠叫的狗也无法阻挡他去拍杨爹的门。杨爹的门没有关,他一头闯了进去,并麻利地把王皋塞进了门旮旯里,神不知鬼不觉。

杨爹在吃什么或者已经吃完了,他放下筷子打量着进去的伯纬。他是一个五十岁,也许六七十岁的荒废了的老头儿,头发荒了,眼神荒了,动作也十分荒凉,牙齿外露,微笑,不停地咀嚼。

"喔。"他说。

"我从红坪来。"伯纬对他说。

于是伯纬坐下了,看着他的碗。碗是破的,筷子一支红,一支白。他的衣裳是破的,手也是破的,结着血痂,还有许多泥渍。他站起来,有点步态不稳,用巴掌的下部揩着鼻涕,同时唤狗。狗来舔他的碗,舔干净了,他收了碗放到窗台上,摇摇晃晃地钻进床铺睡下了。

没有灯。伯纬只好把火塘的火加大,吹火,又从墙角的一个畚箕里抓了几个洋芋埋进火里。

"你就这样睡了吗?"伯纬朝他说。

那个人没有说话,好像在整理床铺和衣裳,发出木板压榨的痛苦响声。

"我莫非今晚要坐一夜?我也要睡觉!"

他赶紧翻洋芋吃,生的熟的半生半熟的就那么吞。然后找盆子洗脸,也不管主人的毛巾有多腻多脏了。他舒舒服服地洗汗,发觉狗盯着王皋!

"喊!喊!"他用毛巾小声而严厉地赶狗。

门没有闩,他索性把门大打开了,用手示意狗出去。

狗并不出去,哑哑糊糊地望着他,又朝那被单里捆着的东西淌涎汁。伯纬想着怎么把狗赶开,他跨出门坎,在台阶上故意褪下了裤子蹲下。这一招很灵,狗以为伯纬要拉屎了,赶快跟出去候在伯纬身边。伯纬瞅准时机,冲进屋里,把门关上,狗被关在门外了。

他摸索着上了杨爹的床,试试探探地挤出了半边被窝。他睡着了。突然,在洪荒烟云的梦中舒服解乏的伯纬感到身上的某一个部位焦辣火疼,醒了,抽着冷气想想哪儿不对劲,是卵子,喔,是卵子。可恶的杨爹把他蹬醒了。他听见那老头结结巴巴地说:"你你你好臭……好、好臭……"

我好臭吗?伯纬完全清醒了。他妈的,我好臭?黑暗中,他也闻到了一股从哪儿飘来的臭味。伯纬只好坐起来,因为蛮横的杨爹将他快要蹬下床去。

这样的哑糊苕还能闻出臭味来,证明他过去是打猎的,鼻子跟狗一样灵敏。他抱着双膝,狗不停地在外面啃门,并发出求救的呜呜声。杨爹的耳朵是聋了,要不然,狗一进来,什么都完蛋了。

他听着狗啃门的声音，缩在床头的一角，再试着重返被窝。睾丸疼，眯糊了一会，天发白了。他只好下床，喝了一瓢凉水，揣了一大兜洋芋，背上王皋，开门就走。

晨鸟的啁啾不一会被远远近近的松鸦声代替了。松鸦又与他会合了。这一口气走了几里地，穿过了阴魂岭、八人刨、锅厂河，又上了狼牙尖。嫣红的晨光全贴在狼牙尖上，灿烂夺目。因此群山向阳的一面该白的白了，该红的红了，该黄的黄了，该绿的绿了，袒露出它们坚硬的气派来。而在背阴的一面，一切似尚在沉睡中，被梦魇陷得很深很深。

"喟喟，"他对王皋笑着说，"我为你鸡娃子背了黑锅，害得老子差一点没得后代了。喂，听见没有，你说怎么补偿我吧，我没有别的要求，我不要你整十盘八碗，也不要你提烟提酒，借你的三妹陪我焐一夜脚……不同意？不表态？……嘿嘿，小气鬼，一瓶酱都舍不得的，还舍得把老婆给别个睡……"

天又变了，下了一场呼呼啦啦的雨，天又晴了。但是雾气上来了，两米开外不知是人间还是地府。他在寻脚下的路，扑通一跤，跌了个嘴啃泥。在雾中摸那个长长的包裹，不见了。

雾越来越浓，一时半会摸不到那个人了。他喊："喂，王皋，你躲在哪儿了，你还有心思给老子躲猫迷！"

伯纬的膝盖不听使唤，破了，流血。雾慢慢消散了，他顺手就扯到了几根地锦草，又掐了几片南星叶，放在嘴里嚼烂，敷在膝盖上。血止住了。他又用一片南星叶盖住伤口，找了根藤子系住，再去找王皋。

王皋掉到悬崖下去了。

不过不是直陡的，又有树可以攀爬。就往下趔去，从一蓬华钩藤刺蓬里扯出了王皋,扛起,往上爬。这一趟损失了伯纬的许多气力,上了崖人就虚脱一般冒黄豆大的汗珠。而松鸦的叫声现在变得更凄厉了。在这没人的老林中莫非它们要作法了唤什么东西来加害我?

伯纬一定要甩开它们,伯纬发了狠,要走得比松鸦还快,要甩开它们,甩开它们!

老林的阴影只会越来越淡天空会豁然开朗。他的腿有劲,像风钻一样要钻透恐怖的老林。

他跑,他拼了命。有时候把命赌上了,风就呼呼地向后面倒去,再沉的东西都没了分量。看不见任何东西:鬼、怪、老林子、野物、陡坡和河水。

松鸦在前面等着他。松鸦在出一个隘口的树林上叫得正欢,还有杜鹃的叫声,斑背噪鹛的叫声,长着红尾巴的林鸲的叫声。可是,它们的叫声为何如此狂乱?

他的眼睛在换肩时被王皋那破烂的身子挡住了,前面好像有个影子,一过性的揪心感觉让他抬头就直击到一头红鼻子的老熊!

"我的命苦哇!"他轻轻地叫了出来。

老熊站着。他也站着。他跑不能跑,动不能动。他背着那么沉的一个死人,可他不能动。他知道,他爹就是个老猎手。他爹反复告诉过他,见了熊你千万不要动弹。熊是不吃死人的,它不会吃王皋,它想吃的是背王皋的人,活趔趔的伯纬。可你不动,你只管盯着它也是有用的,野兽都怕人,没有不怕人的野兽,包括老虎。只要你不去先伤害它,它是不会主动攻击你的。爹曾经碰到过一群野猪,硬是一双眼睛把它们盯跑了,但老熊服这个吗?你盯着它,它是个熊瞎子,屁用!

144

伯纬还是要盯,不动,像一根树桩。熊也盯着他,熊站着就像个人,像个绅士,老林中的绅士。现在,绅士要走了吗?绅士没走,小眼睛眨巴地望着伯纬,温和、淳朴、憨厚,暗藏杀机。

伯纬快疯了,他的腿正在被什么东西掏虚了,肩上的那个死人像一堆石头压着他。他要成为那个死者的垫背人,与那人一起到地府同游。

阳光从老熊的背后射过来,毛茸茸的影子就落在伯纬的脚前。它在移动吗?慢慢地,那个影子与他拉开了距离。红尾的林鸲正在啄一只松鸦,也许它也太紧张了,而松鸦的叫声让它讨厌。老熊在一棵被人伐倒后已经腐烂的大铁桦上斜斜地站着,歪过头朝伯纬最后看了一眼,就窜进了一片冷杉林中。

伯纬依然一动不动,脚下像生根了一样。后来,腿一软,王皋把他压趴在地上。

伯纬送回了王皋的尸体,路就打通了最险的红旗岩,看着看着将要翻过皇天垭了。伯纬高兴了,春节也不回家,就在工地上值班。

晚上大家吃肉喝酒,喝多了酒,到了十二点,远近的村子里都响起了"出行"的鞭炮声,工地上没鞭炮,伯纬高兴,就摸出两个雷管出去甩。开了门出去,那天晚上下起了大雪,冻了凌,他一脚没踏稳就摔倒了,两个雷管在手上炸了。

伯纬在黑暗中绝望地喊:"完了!"他爬起来围着工棚跑,双手疼痛,跑了一圈又一圈,手上的疼甩不掉,十个指头都被炸得筋筋吊吊了。值班的人跑出来寻他,拉他,拉不住,他疼,他说:"娘,给我拿点毒药来喝吧!"

一辆指挥部的汽车到三点多钟才把他运走。这辆苏联嘎斯车的师傅大家都叫他阎王爷，专门收尸的。工地上死了人，都是他的车拖，且只有他敢走夜路，冰多厚雪多深他都敢走。伯纬一上了他的车就被他吼了一顿："我说你别号丧了，我跟你说，哭也要三个小时走，不哭也要三个小时走。那还得看车况和路况。"

伯纬不能不哭，这样的时刻一双手都没有了会不哭？傻子哑糊也要哭。哭到医院，四肢就冰凉了。伯纬醒过来是因为医生撬他的牙齿。他听见医生说没有血输，都在过春节。撬他的牙齿是让他吞一种强力养血丸，一颗又一颗，吞了一大把。那时他已经在手术台上了。一个医生说："这下麻烦了，这人醒过来了，又得费麻药。"于是要他坚持住，便往他鼻子里灌麻药。边灌医生边问："还疼不疼？"伯纬说疼。另外的医生就用一个铁夹子夹他的脖子，不让他摆头。灌麻药的医生又问："你的手是怎么搞的？"伯纬回答说是雷管炸的，医生问："你结婚了没有？"伯纬说没有。医生又让他数数字，一、二、三、四、五、六、七……三十三、三十四……大概数了不到五十下，伯纬就被麻翻了。

伯纬再醒来他看到的世界很有点异样了。这源于他的手，他的两个手五花大绑，伸出四只角来，那就是手指，其他的手指没有了。这些手指还是嫁接的；嫁接了五个，有三个没活。谢天谢地，活了的是右手的两个，一个能动，一个上部分能动，实际上是一个半，这是后来的情形。他看到了他的哥、嫂、爹。伯纬血流尽了，血管细得像头发丝，全瘪了。给他吊点滴，只好在脚踝那儿切开一条口子进针。

伯纬不让进针，蹬那个针头，喊道："让我死，死了好些！"他的哥和爹把他按不住，叫来两个年轻力壮的医生，把他捆在病床上。医生说:"不进针你感染了烂死。""那也比活着好!"他在绳子里哀鸣。捆了他五天,把他捆服了,脸上渐渐有了一点人的颜色。针允许打了,也咽粥。

吴三妹提了十二个鸡蛋来看他。六个没煮,六个煮了。没煮的要他早晨喝生的,说是补血的。吴三妹说:"是我妈让我来看看伯纬兄弟的。"伯纬躺在床上嘀咕说:"只怕是你妈让你上街来换盐的吧。"吴三妹说:"绝没有这回事。"说到后来,她就哭了,她站在伯纬的床前,拿着他包得像一株包菜的手,只是哭,又不说话,这让伯纬难受,伯纬也就拍着床沿号啕大哭,谁劝都劝不住。他说:"谁说王皋不是享福去了,我这哪还叫人哪!不就是一只鸟了吗?只能用嘴啄食了,我又没有鸟嘴那么硬那么尖,鸟吃那么一点点就饱了,我若再每天吃那么几大碗,谁给我吃啊!"

家里人说:"我们养你。"那是宽他的心。

伯纬能端碗了。在手术台上医生就给他的左手残掌设计了一块平掌,然后用两个残指一卡,还行。

伯纬用勺子吃饭。伯纬穿橡筋裤。伯纬拿勺子拿一次掉一次,苞谷粥溅得他满脸都是。他后来笑了,他说:"我像猫子舔食。"

伯纬出院回到了村里,村里人一见他那一双手,白净的脸上也没有了阳气,都说,伯纬要到宜昌讨米去了。

"伯纬怎么还没有走呢?"

他们后来看到伯纬上了山。他不是去修路的,他在砍竹子。

他砍了竹子,他研究砍刀。他最先研究的是砍刀,怎么抓住它,怎么用力。好歹砍了一捆,放在爹的屋山头。

砍刀的柄细些,能抓住它了,跑不掉了,还没让血痂掉壳,又去抓斧头,用斧头砍树。

伯纬在清晨的山上嘿嘿地砍树,砍得木屑四散飞溅。有人看见了,那些下地的人,看到的是伯纬在砍树,而不是别人,伯纬用什么攥斧头呢?他们左看右看横直看不懂,雾气和树枝挡住了他们,可的确是伯纬在砍树。一棵树倒下了,期期艾艾地让葛藤左牵右绊,倒了很久,总算倒下了。

伯纬扛着犁上了山。伯纬还能拿犁?莫非还能甩响牛鞭?牛鞭是在夕阳下山的时候响的,牛铃也响了,那是伯纬赶着牛回来了,犁尖上缠着新鲜泥土的气味,这表示,他耕过了。

他像一个什么也没发生的人,一个出坡、吃烟、喝瓦罐茶,然后回家弄点小酒喝喝,吃饱了,在门槛上抽袋烟睡觉的地道农人。他能干,残指、残掌、腕儿、肘、膀、腋窝,都帮他重新认识农具,一桩桩,一件件,漫长的认识,用血,用茧,用咬牙切齿。

他每次出坡都背一捆竹子下来,还背一捆茅草下来。

有一天他突然说:"爹,我们分家吧。"

他爹他哥吓了一跳。"分家?你自己吃?"

"我当然自己吃。"

他要在屋后的坡上搭一间茅屋。家里只好给他搭了,全是他自己从山上弄来的料。然后,爹和哥给他一床被子,一张床,五个碗,一口锅,还有一个吹火筒。后来爹把自己烫酒的小铜壶也给他提来了,说是他变天时手疼,喝点酒活血止疼。

他开始刨洋芋自己打火做饭。可他抓不住洋芋。他练了很多天,还是抓不住。上山又把裤裆挂破了,不想给嫂子去补,自己补,可他抓不住针。他把很大的工具都征服了,但征服不了洋芋和针。洋芋是生命中的生命噢,可是我奈它不何;没有针,我的体面就没有了,我不能强作镇静,出坡,到人家里吃酒,揣着手在裤兜里晃来晃去,我还是个叫花子。伯纬捧着针线,泪水簌簌地往下落。

三妹的公爹用儿子王皋的死亡补助款烧了一窑木炭给已经到了皇天垭的修路指挥部。第一窑没事,第二窑刚点火时,支书派人来给他的窑里丢了三枚雷管,然后说他家开地下工厂,没收了他家的房子,把他全家赶到村里一间四壁透风的锯木场里。

已经到了四月,可山上的雪还没有化,从垭口那儿吹来的风依然是雪风,不仅仅是半夜凶猛,有时白天也狂暴,锯木场里陈年的锯末被吹得满天都是,背阴的地方依然滴水成冰。三妹和公爹婆婆及弟妹们一大帮子,还有王皋的一个哑巴叔叔,都挤在锯木场里,盖着单薄的被子甚至是稻草。

伯纬见了三妹,看着她已经出怀了,鼻子和眼睛冻得通红,偎在稻草里,就对三妹说:"到我窝棚里避避寒行吗?"

他于是扶着手脚麻木浮肿的三妹到了自己的茅屋里。

开春了,挨了几次批斗又要不回房子的三妹公爹一家,要搬到巴东去了。巴东来的亲戚有十几个人,十几个脚篓来搬锯木场的东西,桌椅板凳,犁耙锅灶,还有两张矮床,一口三妹与王皋结婚时嵌玻璃的红漆柜子。十几个人要背着那么大的东西翻山越岭,要从鸦子口进去,要走大龙潭、小龙潭,过巴东垭、三十六把刀,再过长江。

三妹的哑巴叔叔来喊她,咿咿呀呀地比划说:"东西都走了,你也要走了。"

四月莫非是搬家的季节?映山红在山岭上一下子全绽开了,推开腐叶枯枝,推开藤蔓浓雾,翻出了春的衣物,要晒一晒两百天漫长的冬季了。

三妹跟着王皋的哑巴叔叔走了,一步一回头,身上背着小巧的花篓,花篓里装了些伯纬给的洋芋。那是他自己种的。

可是到了晚上,三妹又出现在伯纬小屋的门口了。

"你怎么又转来了呢?"伯纬从火塘边拿着一把正砍柴火的斧子站起来迎接她说。

"我给你把洋芋都刨了,我给你煮洋芋吃吧,伯纬。"三妹的袖子上别着一根针。针到了女人的手上,熠熠闪光,楚楚动人。

三妹留下来了。

那天晚上没有被子,两人只好滚在一床垫絮里。伯纬说:"没一床被子,我过意不去。"

"这好,"三妹说。

"我也不会花言巧语,"伯纬说,"有一颗米,我掰半颗米给你和娃儿吃。我会凭良心的。"

"那就把你受累了。"三妹抹着泪说。

伯纬上了山,他要刨地种苞谷。他背着盛种的袋子,背着挖锄出门。三妹拉着他的手说:"这一双手怎么挖得出土?"

伯纬说:"我总要让你和娃儿有饭吃。"

那一天,伯纬烧了一块火田。他把看中的坡地四周砍出了一道防火墙,然后点火烧山地上的灌木、下木和葛藤腐叶。三妹跟着伯纬去了,她的镰刀下面也割倒了一些能引火的葛藤和枯枝。那一天把天都烧穿了,那一天的火真大。那一天三妹露出的歌喉让伯纬都惊住了:

　　　　口衔种子手扒窝,
　　　　上山种下苞谷坨……

伯纬说:"三妹,你唱得好哇。不过我还是喜欢听王皋唱,王皋总是发抖,可他发抖唱的歌最好听。那叫什么……那叫颤音。"

三妹说:"王皋的歌是我教的。"

"我早就知道了,"伯纬说,"不过还有一个歌你教不了:洋二队,土四队,不土不洋是三队,久经沙场是一队……还有一个:神农架山高坡又陡,羊肠小道难行走,一年到头修公路,修到何时才出头……"

"公路已经到挂榜岩了。"

公路的确修到挂榜岩了。炸石的声音轰——轰——,从山隘口腾起的黄烟和碎石,一直溅到了他们的坡地边。伯纬边挖树蔸边说:"那都是我们修过来的。"他往手掌上吐了几星唾沫,三妹看到,伯纬的掌心全是血,他压根儿就没有掌心。

"你还能不能唱一点什么呢?"等炮声止息了,伛着腰挖地的伯纬对三妹说。

在地的另一头的三妹大声说:"生个儿子长大以后让他来养你,给你还债。"

伯纬抬起头,他听清了。"难道不是我的儿子?难道不跟我传宗接代么?"

"你是个好心人,伯纬。"三妹说着说着就哭了。

晚上挂榜岩那儿的锤声叮叮当当,三妹就在锤声里生了,生了个妮子。

妮子瘦得像根筋,除了眼睛像人,其他都不像人。

秋上,伯纬从山上背回了七八百斤苞谷,卖了给妮子去治病。在镇上治了五天回来,一家三口没了吃的。伯纬又背着背篓给道班去背碎石子。伯纬用在风雪中背上坡的石子换回了苞谷,磨了粉,做成了糁子糊糊,给差一点拉痢疾死掉的妮子吃。伯纬的手指已经扣不好扳机了,就挖了几个陷阱逮野物。他在山上的窝棚里守了三天三夜,总算逮住了一只青麂子。那一年的冬天青麂是怎样掉进他的陷阱里去的,简直是个神话。冬天里,麂子加糁子,还有什么话可说呢。

第二年春天,又烧了一块田。一场雨下来,火田里生出了一大片油亮亮的油菜。哪儿来的油菜呢?又没下种?这就怪了。嫩油菜掐了菜薹,再长成菜籽,收割了换油,三妹的肚子还是瘪的。

运木材的大汽车轰轰隆隆地开进了山了,又开出山了,一车一车带着树脂死亡芬香的大木头碾压着新开的碎石公路,好像要从山上栽下来一般往香溪河开去。一天,伯纬家的一条母狗也跑上公路,去看热闹,一下子压伤了屁股,两条后腿就没劲了,拖着爬了回来。

狗快死了,后来又活了,支着两条前腿。母狗有两只小狗,因母狗的后腿萎缩,哺乳的奶也干瘪了,两只小狗还是去吮,伯纬见了就踢小狗,说:"就往裆里钻!"还踢那条母狗:"生这么一窝,好像就你能耐。自己都快死了。"狗被踢得嗷嗷叫,大的,小的。

那时三妹抱着妮子正在择野葱,看母狗被伯纬踢得拖着后腿去了屋后的蜂箱处。三妹哀哀地说:"伯纬,我对不起你,给你生不来娃子,我们娘俩走吧。"

三妹说风是雨,就去堂屋的石磨柄上收衣服,从猪草堆里拿背篓把哇哇大哭的妮子往背篓里塞。伯纬冲进去一把抢过来妮子,说:"三妹,你多心了。我从来没有嫌弃过你们。你走,走到哪里去?你若走了,我还有什么滋味?"

妮子要上学了，伯纬决定把她送到离家五里之外的学校去住读。学校在狼牙岩下，有一栋紧靠岩壁的房子，有一溜统铺，睡着二十几个住读的孩子，有大有小。学校门口有一条河，孩子们在河里舀水喝，洗脸，寒冬腊月也是。到了星期六，伯纬就赶着一头山羊去接妮子。那山羊是三妹从她娘家牵来的。原因是一次伯纬挖洋芋，残破的双手攥锄柄使不上劲，薅到了自己的脚，烂掉了一个趾头，三妹就不再要伯纬出坡了，她自己出坡干男人的活，让男人放几只羊，就这么从娘家牵来了一头种羊。

伯纬放羊，腰里用背叉子插一把开山刀，还拿了一把手锄子，砍柴加挖药材，细辛啦，柴胡啦，蛇菰啦，独活啦。伯纬的羊越放越多。最多时达二十只，吃了，卖了，死了，总在十多只。他总是喜欢把羊赶到山顶上去，在皇天垭的口子上，看公路和公路上的汽车。有时候，往山下走的时候，车轮子就悬在他头顶。车是这山里唯一的活物，假如没有云彩，没有野兽，这静静的山冈上，公路就像趴在那儿喘气的蛇，没有一点生机，被人抽了筋。如果喇叭响来了，车来了，车满满当当地瞎响，嘀嘀、嘀嘀，路就活了，山也活了。羊开始惊慌地叫，嘴里含着青草。伯纬喜欢公路。他常常掰着自己那几只不能动弹的手指，摩挲着，想着它们与眼前这条公路的关系。在下雨的时候，雾气蒙蒙，他在想，王皋会不会从那隘口走下来，浑身湿漉漉的，说："要点炮了。"

公路已经安静了，不再有炮声。可是，有一天，下雪的一天，轰的一阵声音，过去炸石松动的石头大块大块地垮了下来，砸到了一辆安徽来这里拖木材的汽车。车跑得太凶，太沉，把路也压坏了。进山的是空车，出山的是重载，一车一车的松、杉、桦、栎，都是做枕木，做榨木的料，还有香果木、麦吊杉、青檀。有一个团的军人在这里砍树，团政委转业回家时，不仅带了好香柏家具，还带走了两公斤半麝香。一只大公香獐子只产一两麝香，小的产十钱，也就是说，他要射杀近百只香獐。运木材的车源源不断，总会砸到车的。山的身子炸松散了，神也散了，抟不住，只好往下狠狠掉。

伯纬看见在风雪中清理路基的工人，只清理了一些小石头，腾出一条路来，让其他的汽车可以勉强行走，更大的巨石和压在石头下的车，就那么撂在公路上了，雪往上落，撕扯下来的树和树根也哀哀伤伤地横竖在那里，雪一个劲落着，神农架的雪就是那样，没有一点声响，却很严厉，但是到了晚上，你听吧，那树林里冰凌炸裂的声音简直像鬼魅，对这个世界是不留情面的。那是因为树枝和树干不堪紧缚，穿透冰雪而拼命呻唤。

但是现在没有声音。快过年了，伯纬想到快过年了，他一个人站在那里，手握着羊鞭，去看那还未全被雪掩埋的石头和石头下瘪了的解放牌汽车。是解放牌。一车上好的山毛榉，根根水桶粗。喔，他看不见那个人，驾驶室的那个人（只有一个吗？），可他看见了一只可怜的手！那手是在呼救吗？那手从车窗里伸出来，从一块深褐色的巨石缝里伸出来，是手，还是树枝？人的手，上面全是比石头更深的紫黑色血！他看见了那人断断续续的身子，或者说是衣裳。现在雪越下越紧，好像雪知道了，不想让伯纬看清这一切。这不好，看这样的惨事毕竟不好，快过年了，不吉利。

可那只手！

他也曾经有一双鲜血淋漓的手！也是在年关里，在一个雪如飘絮的时辰。

伯纬赶着羊群回家了，他魂不守舍，进门就对三妹说："给我烫一壶酒。"

当伯纬在半个小时后提着空酒壶回来,他的老婆三妹才问他到哪儿去了。他告诉了她公路上的一切。

"那你说了什么呢?"

"我说,我说师傅,你冷么,你是安徽的车,安徽定没有我们神农架冷的,你喝点酒暖暖身子……我还说,我说了些什么,让我想想……噢,我说了我们这儿有酒规的,我敬你一个(杯),我就先喝一个,再给你一杯,然后你再回杯,回一个……回你就免了,我自己来,我斟满,神农架的人喝酒从不耍赖。我一杯,他一杯,看着看着酒壶就空了。"

"你是疯了吧?"三妹看着冻得鼻子发红的伯纬,他成了雪人。

"你说什么,你竟敢说我疯了?!你这个狗杂种,你敢说我疯了!"伯纬喷着酒气。他骂人了,他指着三妹的鼻子,他从来没有骂过她的。后来三妹看见伯纬在那儿愤怒地流泪。

过年的那些天,伯纬都要提着一壶酒去公路上,洒在伸手可及的驾驶室内外。刚开始几天,他都能看见一只松鸦在岩石垮塌的山崖上叫着,在一棵落光了叶子的火漆树上,孤零零地叫。叫得人心里全是些阴暗、黏稠的东西,不知哪一天,他再抬头看时,树上什么也没有了。他对那个人说:

"山上越来越寒。快开春的这段时辰,总是最冷的。你喝几口去去寒气。"

有一天他说:"不是供销社卖的火酒,我不喝那个,自家酿的,地封子酒,度数低,不打头……冬天来的客少,酒还是有的,喝不完。这么寒冷的季节,哪个到咱们神农架来呀……"

又有一天他说:"想你的亲人快来了吧,我反正会供你的酒喝,一直等他们来。要说错，修这路我也有错，我这双手还不是修这条路炸坏的！那时候天寒地冻，咱们也赤膊下河，筑路基呀，取河道下铁笼呀，靠啥，靠几口酒，所以，有酒了你也别怕了，阴间阳间我看差不多，一杯酒，什么都能对付过去……"

春节在那种持久的高寒中悄悄地过去了，太阳出来过几天，但山上的积雪不为所动，仍然占据着显眼的地方，掩盖了山区的真相。

吊车开上山了，死者的弟弟也来了。他们把死者挖出来后，发现驾驶室那儿一股浓郁醇厚的酒气，还有碗、菜饭。后来他们问明白了，这是一个叫伯纬的残疾人干的。他们把伯纬从看热闹的人里拉出来，大家看到，死者的弟弟一膝向伯纬跪下，在泥水中向伯纬磕了几个响头，说：

"我哥总算没冻着，他天天有酒暖身子。"

那些人看见死者的弟弟从手上捋下一块表来，硬要给伯纬戴上，说是一点谢意。在推推搡搡中那块表硬是戴在了伯纬的手腕上了。伯纬说：

"这块表对我们乡下人也没有啥益，你们搞工作的人才用得上，又金贵，我是受之有愧。"

死者的弟弟在运走他哥哥的遗体时对伯纬说："我是不会忘记你这个好心人的。"

神农山区的山好像渐渐地矮了。那不是矮了，是因为参天大树都砍光了。没有砍光的是一些不成材的歪脖子树和小树秧子，路袒露出来，看得清清楚楚，在山壁上，在河沿上，先是拖木材的车，后是拖门方的车，再是拖棍棒子的车，拖木炭的车，再就是拖树枝的车了，再呢，没有了。大车少了，小车却多了起来。那些小车呢，先是吉普，后是切诺基，还有拉达，再是桑塔纳，后来，沙漠王子也出现了，奔驰也出现了……名堂越来越多了，还夹杂有许多小轻卡，拖点人、货的，还有个体户不知从哪儿弄来的破客车，摇摇晃晃，叮叮哐哐的。在夏天，山还是绿，绿得想再长成一个森林的样子，暴雨还是下，泥石流，也有把什么都晒枯的干旱。冬天的雪却小了，也推迟了。但是，在雪线之上，在皇天垭，风雪年年依旧。雨雪霏霏的日子车一样地横冲直闯，在厚厚的油光凌上，各式各样的车轮依然有人驱动，开过去，开过来，你追我赶，去房县，去兴山，甚至去更远的宜昌和汉口。吱吱的刹车声令人心惊肉跳。赶着一群羊的伯纬看着那些刹声中的车轮擦着悬崖，心想，现在的司机咋就胆子越来越大了，吃了豹子胆么？其实并不是的，那是因为钱。但当官的呢？坐桑塔纳和红旗、奥迪车的呢？也是因为钱吗？坐在山石上的伯纬想不明白：他们为何这么匆匆忙忙？他们是在赶杀场？——这当然是在公路上有人翻车，又听说死了几个之后。

　　有一天伯纬赶了头羊去镇上卖，在十八拐路边上，一个司机停了车在烧黄裱纸。一问，是这儿翻车死了一对年轻男女，在此合埋了一个长坟，司机说，车开到这里不烧纸，你的车上坡就熄火。司机告诉他，所有跑这条路的司机，经过这里总要带点纸烧的，你不烧，那小两口就作法，把你的车熄火，这叫留下买路钱。有的师傅不晓得，一到下雨夜，往这一带走，总会见一男一女拦车，你让他们搭车，他们就嘻嘻哈哈爬上去了，搭一段就喊停车停车，说到了。荒郊野地，两边都是老林，到哪儿啦！你若不让他们搭车，你的车不是抛锚就是滚下山去。

这个故事越传越完整，细节越多，谁谁见到过，谁谁不让其搭车，赔了小命。可是，伯纬经常在这一带转悠，有时也到夜里，却从未见到过那一男一女。坟上的草长得老高了，上面的打破碗碗花开过花了结絮，结絮了开花，坟上遗了松鸦、夹鼻乌鸦的粪便，藏着蓝喉太阳鸟小小的暖巢。就是在阴雨霏霏的扰人季节里，看走神了也没见到过那两个冤死鬼的魂影。

但是车祸却实实在在地多了起来。司机们烧多少堆纸也不管用。

有小翻的，有大翻的；有滚下几百米悬崖，有被树挡住了的；有死了的，有没死的；有伤了的，有没伤的。

有一天下雨的黄昏，一个农妇搭乘一辆解放军的军车，上面装有一具棺材。农妇披了雨布站在车厢里，车行至十八拐，天已经全黑了，农妇听说过这儿鬼魂的事，心情异常紧张，紧盯着车上那口水淋淋的棺材，突然，那棺材盖子移动了，从里面伸出一只手来，搭便车的农妇当即吓得掉下车来摔死了。其实棺材里是个活人，运棺材的那老头，下起雨来，没处躲雨，就钻进棺材里，后来，他伸出一只手来，想试试雨是否停了，他哪知道又上来了一个搭便车的人，结果把人吓死了。

可是，据司机们说，你要翻过皇天垭，不管你紧不紧张，耳朵里就会突然像打鼓一样，下坡时更厉害，头就大，像一团气化开了，眼睛看哪儿呀，脑壳就一团气儿，虽然一过性的，可方向盘一闪失，车轮就离了路，往下一栽，你还能知道是死是活？一切都靠天安排了。

海拔三千米的垭子，有人说是高山反应，大脑膨胀，也有人说，这儿的磁场可能扰乱了你的整个生物电波，也有人说，皇天垭是鬼垭子。

"轰——咚——咚……咚——轰——喀——轰……"

这不绝如缕的翻车声是在妮子满十六岁订亲的夜里。伯纬喝了些地封子酒,一觉醒来,清清楚楚地听见了山上传来的恐怖声。第一下,滚下去了,第二下、第三下、第四下,是撞在石头上,再打翻滚,再被树或什么撕开了(或者劈开了树),再滚,再没声息了,躺进了山谷。从前后发生的响声判断,车滚下了两百到三百米。

那时候三妹并没有睡觉,在收拾着亲戚们吃过的酒席后的残局。伯纬坐了起来,虽然是一个严冬,窗子紧闭,但跳闪的油灯似乎带来了汽车坠岩时卷过来的风。

他在黑暗中坐着,他比较熟悉了汽车翻滚下的声音。如果你听到闷雷似的"轰隆……轰隆"声,持续不断,忽大忽小,那就是装运木材的车,一车的木筒子散落后滚动的声音,宛似一列在老铁路上行走的闷罐火车;而尖锐的响声来自小车:"咻——哗——叭——轰喳——哐当——"个体户的旧客车摔下去的声音是最不中听的:"轰——哐——哐咙——哐嘟——"间或夹杂着一种咻儿咻儿的奇怪嚣声。伯纬通过声音,知道车是在哪一个地段上出事的,哪儿的石头与树抗拒车子毁灭性的冲撞会发出什么样的怒吼。他知道,任何石头和树木,你若招惹了它,它是会发出声音的,它们都有自己的个性,伯纬对山上的东西都摸透啦。车子和山石、树木的对抗时常会发出不共戴天的声音——人的喉咙在这个时候是微不足道的。面对灾难的沉默,是人的最软弱之处。也许是因为太远,他听不到。反正,只有当你走近现场,你搜寻,找到那些一息尚存的人之后,才能听清楚他们在微微地呻吟,命若游丝。

伯纬因为听这样的声音,脖子伸长得像桉树。他下了床,穿好衣服。他从房里出来,对厨房里的三妹说:"我去看看。"

"我怎么没有听见?"三妹知道他要去干什么,这么说。

伯纬已经往坎下去了,他在猪圈里拿了一把竹子,又上来,在火塘里点燃。竹子烧着的声音,噼噼叭叭地响。

过去,车出事的不多,垭子口还有个小小的养路站,现在搬走了。所以,如果他不去看,也就不再有其他人看了。

他听见了松鸦的叫声。那是从呓语到清啼的过程,含糊的、直觉的叫和十分清醒的、充满了暗示的叫声、应和声是不同的。在黑夜中昏睡的松鸦们除非闻到新鲜的、浓烈的血腥,不然它们是不会在这样的时刻惊起的。

天空真是出奇的好,星星出奇的多,月亮出奇的亮,山也是出奇的静。在这荒僻而神秘的高山上,月亮的光似乎煞住了整个世界向更深的寒冷坠去的脚步。冷是冷点,如果没有松鸦的叫声,人心决不会打战,至少对于从出生起就在这儿生活的伯纬来说是如此。

在去现场的途中,他会突然蹦出一个感觉:什么事都没有发生,是一个惊梦罢了。当汽车完成了它的死亡之旅后,总会有一个沉寂的间隙,那时候,受伤的人连呻吟都还没有学会,疼痛还没有开始出现,也许膀子断了,肝脾裂了。

他从几块陡峭的苞谷地抄小路上了垭子口,他很容易就找到了汽车摔下去的地方。他用残损的手高举火把,大喊道:

"喂,有人吗?有人没有?回答我一下!"

确切地说,是松鸦的叫声把他引向这样的悲恸之地。在这里,至少有一群松鸦,因为无数的夜晚从嗜血的梦中醒来,练就了一双夜鸦的眼睛。

因为举着火把,所以他的视野极其有限,在一路往岩坡趟下去时，寻找那岩缝里、灌木丛、葛藤刺棵中的人影是一桩难事，他只好走一步喊一声：

"有人吗？人呢，你们在哪里？"

在看到谷底下的汽车之前，他找到了一个男的。喝多了酒的伯纬现在知道他在干什么了。在这之前，他还在给客人敬酒，他面前的酒杯加上自己的门杯一共有十几个，一个杯子要喝两杯才能还回去。所有的人认为他入赘的女婿以后一定会孝顺的。"就跟自己的儿子一样，"他们这样说。这是恭维他。他的乱糟糟的脑子在听到翻车时早就平静了下来，对于没有亲生儿子的遗憾一上床便忘了。现在，他忽然想起这个事来，想到自己的家伙不行。他看到了那男的家伙——那人没有裤子，私处缩得像棵枯蘑菇；头上、大腿上血糊汤流。

"还有没有人？"伯纬问那个男的。

"还有。一个女的。"那个还活着的男人说。"噢。那我先下去找女的好吗？"

"你能不能给我找条裤子，我的裤子，想办法把我包包吧。"那个男的用很沙哑的烟喉咙在他后头求情说。

包包当然指的是下身而不是伤口，看来，羞耻心在这种时候也是很重要的。伯纬只好又转过身来，放下火把，思考着怎么把他包起来，天很冷，他的伤口的血已凝固了，赤身露体的确不妥。于是他与那个人商议，能否先把那人的工作服脱下来包包。那人答应了。可是当他去脱那人的衣服时，那人说："膀子断了。"

有一件毛衣，但伯纬隔衣已摸到了刺楞楞的骨头，的确膀子断了。伯纬只好脱下自己的棉袄，包住了那人的下身，并要他不要动弹，免得疼痛。伯纬说："我找到下面的那个了我再来背你，要得啵？"

　　伯纬探到坡底并不是一件轻松的事，虽然摔下去的汽车把好些树都压断了，但冬季那些坚韧的刺藤把下脚的空间几乎全堵住了，手上的火把弄得不好会引燃那枯黄的茅草、落叶，引发一场山火。为什么偏偏是在夜晚呢？他想，莫非真有岩包精和树精？还有那作法的阴魂？

　　一辆汽车庞大的躯体卡在岩缝里，它的前端耷拉在一个险隘。菩萨保佑，一个朝天的车门口仰面躺着一个女子，好家伙，爬上石头又爬上车子去看时，女子也光溜着下身。

　　"喂！"他喊。

　　火星落在那个女人身上，他欠下身去看时，女的好像已经死了，脸煞白煞白。

　　他俯身去抱那个女的，还年轻，长头发，模样儿也不错，就是死了，软的，脸上有血，屁股、下身都有血。而且那女的浑身的骨头都似乎断了，像小时候他爹给他做过的翻筋斗的小木人。死了，就好说，他用手腕去夹那个女的，然后移到腋下，把她拖下石崖。他正在喘口气时，上面的那个男人却喊了起来：

　　"我的裤子，还有被子！"

　　喔，还有一床被子，在驾驶室里。湿漉漉的，有血腥味，全是血。那个女的爬出车门时一定没死，后来死了。他在那女的腋窝里触到了一丝热气，但那已经属于死亡了。

　　真是麻烦，他拖出被子，又要背那个女的，又去翻寻男的裤子，的确没有。没有就是没有。他抱上被子，扛上女的，又拿着所剩无几的火把，爬上去。看到那男的已经靠着一棵树站了起来，吓了他一大跳。

"没有裤子?"那男的气呼呼地问。

"没找到。"伯纬说。伯纬心里说,你就不问问这女的死了没有。他背着那个女的,把被子给了那个男的,让他顶着,伯纬问:"你可以走?"

"走吧走吧。"那男的说。

这人是人是鬼?他为什么这么不耐烦?他们是那一对……

伯纬感觉到了那女人的重量。他又背着死人了,那个男的顶着一床被子在向上移动,看上去像一个怪物,这使伯纬心里一阵阵发寒,虽然汗珠子从头发深处往外冒。

"车子是怎么了咧?"他问,他拼命问。

那个顶被子的男子却不再说话。刺和树枝总是挂他的裤腿。究竟是刺条还是鬼的手扯他?

好在,他们终于爬上了公路,那个男的没要他扶一下。在他拼命问话时他听见肩上的那个女人这里响一下,那里响一下,全是骨头断裂摩擦的噪音。他坐在公路的中央,他说:"我这就去捡树枝。"

他在公路边捡树枝了,那个男的用被子紧紧捂住自己。后来火升起来了,照亮了,照亮了一切,路、树、被子、死人和他自己。还有天上哪儿的鸦鸣,都照亮了。寒风劲吹。他说:"会有车的,会有车的。"他坐在那儿,口舌干燥,现在,他开始回味那些血腥味,他所见到的男人和女人的血腥味。他想喝水,或者吃花椒。

他拼命地想吃花椒时,车来了。是一辆手扶拖拉机慢慢吞吞而且声音宏大地开过来了。多好的声音啊,越大越好。对,最好是手扶拖拉机。他张开双臂,站在路中央,大喊:"出事了!出事了!"

手扶拖拉机像是从天而降,活生生的师傅开着它。他终于看见

松鸦为什么鸣叫

163

手扶拖拉机停下来了,只是机器还在隆隆地响,师傅问道:

"又出了什么事?"

"翻车了。"

伯纬先把那个女的搬上车厢。车厢里只有几根门方,然后和司机一起把那个男的抄抬上车。那男的从被子里扔出伯纬的上衣,说:"能不能把你的裤子借我用一下?"

反正是一条破裤子,里面还有件绒裤,伯纬就把外面那件沾了泥巴和血水的裤子脱下来给了那男的,并对他说:"车我给你照看着。"

伯纬把火堆移到靠山崖的避风处,又找了些树枝来烧。不知不觉,天就亮了。

他正靠着石头打盹,就听见了羊叫。那是自己的羊,他的老婆三妹赶着羊上了山,手上挥舞着鞭子。

早晨没有一点雾,天空很干净,现在透过山下的林隙可以清楚地看见那辆摔下去的汽车。

"你的裤子呢?"三妹问他。

"我给了那个男的。"伯纬说。

"他未必没有裤子?"

"没有裤子,那男的还活着,女的死了,两个都没有裤子。他们的裤子可能还在车里。"

一转眼,家里多了两个人,女婿和外孙。因是招婿,外孙成了孙子,跟伯纬姓。伯纬很高兴,有了把谱系传下去的人了。伯纬赶羊上山,也要把孙子牵着,"憨娃,跟爷爷捉叽溜子(蝉)去。""憨娃,跟爷爷打老虎去。"伯纬没有手,就两只不能动弹的怪头怪脑的指头,牵着孙子,赶着羊群上了山。孙子哭,不愿跟他,要跟着出坡的爸爸妈妈和婆婆,伯纬不干,伯纬就爬上树去捉叽溜子,但是女儿和女婿早把孙子抱走了。

伯纬总能把孙子抢过来。他才不管他哭不哭呢。"你再哭,红毛大野人就来了!"他吓唬孙子说。有一次,孙子在山上摔了一跤,额角跌破了,脸上被石头划了好深一条口子,伤愈之后,脸上就有了条亮疤。老婆和女儿女婿就一定不让孩子出门了,于是伯纬也不出门,缠着孙子要给他讲古:"……盘古的爹是哪个?是江沽,江沽咬死了浪荡子,尸分五块,落在水中,长起一座昆仑山,也把江沽包起了,像个鸡蛋壳,一万八千年江沽就变成了盘古。江沽的爹又是哪个?是幽泉,幽泉的爹是哪个?是混沌,混沌的爹呢?是混元,混元的爹就是黑暗……黑暗老母空中转,身怀有孕一万八千年……"后来他唱了起来,唱的是《黑暗传》。"你晓得岩包精么?岩包精能把树皮变成花布……""红毛大野人其实就是山混子、岩包精、树精……有一天,一个打猎的人进山打猎,下好大好大的雪,雪地上有几十双小娃儿的脚印,到了一个悬崖那里,脚印不见了……"

他太喜欢他的这个孙子,每当这时,羊圈里的羊就会饿得直叫唤,没有人放出去吃草。

这样是肯定不行的,家里的人执意要他天亮后就出去放羊,家里的活有老婆三妹做了,包括带孙子,坡上的活有女儿女婿做了,包括打猪草。开山刀、手锄子、背叉子,他都放下了,他只是放羊。再说,山上如今已没药可挖,连柴胡都挖光了,升麻还有一些,党参、头顶珠是少而又少了。独活和杜仲都家养了,他家就栽培了一亩多地的独活,杜仲树已有十七八棵。他干些什么呢?他在山上，羊吃着马胡骚，有时候也啃一些带刺的小叶淫羊藿，他一个人在山上，他想给谁说点什么，唱点什么，山始终不说话，羊也始终不说话。

他好几天都无缘无故地盯着皇天垭子的垭口。垭口像一张巨大的嘴巴。有一天早上他终于看见垭口动了，像山的两片嘴唇动了，垭口里伸出一条舌头——一簇密匝匝的树。山说话了，山发出了"嗷——"的低吼声，又像是打呵欠。山懒洋洋地开始说话了，那哪叫说话呀，也就是活动活动。他对山垭子说：

"老哥，你终于开口说话了。"

这不过是一种错觉。他在期待什么呢？

羊发展到三十多头了。他总是让羊吃马胡骚和淫羊藿，在垭子下的油桐包那里，背阴的地方大片大片的淫羊藿无人采挖，他让羊吃了这些东西不分季节地交配，跟人一样，羊就发展得很快。

这一年到了腊月，伯纬就熏了十六只羊胯子，也就是杀了四头羊。冬天的野花椒籽遍山都是，这种花椒籽压羊腥味很好。他想给在松香坪工作的哥和嫂嫂送两只羊胯去，还有羊骚、羊肝和羊肾什么的，给哥补补。另外，他打了一斤野花椒籽。他准备停当了，背着羊胯走到了公路上。

他想搭个便车，不花钱的，于是他选择了车招手。小车是不敢招的，那上面坐着干部，不会停下来带他这个又脏又破又残的农民，他招手的是货车。

他总算在寒风中截上了一辆拉木地板的货车，货车也在他身边停下来，司机把头从车窗里伸出来，伯纬看到，正是那个穿走了他一条裤子的男人。他又开上了一辆新东风。

"我到松香坪去。"他对那个司机说。

司机指着驾驶室的人:"都坐满了,下次再带你。"

说完,车就开动了。伯纬缩着被冻硬的鼻子,他被丢在路边。明明还可以坐一个人嘛。他浑身的气都不顺畅。他无意间回头看到了垭口的那张大嘴,他对高远的垭口伤心地说:"我其实知道这伙计姓嵇,他是个鸡娃子!"他那"子"字的弹舌音滑溜溜地向上走着:"鸡娃子——"他大喊。"你还穿走了我一条蓝卡叽裤子咧,你们两个都不穿裤子,搞什么哟!鸡娃子!"

给哥嫂送羊胯子的那一趟,他来去共花了四块钱,坐的小"面的",挤死人。主要的是,他实在想不通那个姓嵇的救了他一条命为何搭个便车也不让,这是神农架山区的人吗?他想到他那冻得像枯蘑菇一样的下体,还有隔着衣服也能摸到的断骨头,现在他又攥上方向盘了。假如它又断了呢?从山头轱辘轱辘地滚下去,我还会半夜爬起来背他们吗?

夜里,老婆三妹锉牙齿的声音比呼啸的风声还大。伯纬听见的却是垭口说话的声音,山吼了。它在吼什么啦?老婆什么也不知道,山开口说话的事,还有那个嵇师傅不带他一程的事,他已经不能在家里说这些了,他们烦他。

然而皇天垭又翻了两个车。是不是垭子开口就要吞掉一个车呢?一个大车,一个小车,小车是白天翻的,大车是半夜翻的,大车在半夜翻下了挂榜岩,只有结结实实的一声,没有铺垫,也没有余音,咚!一声山塌下来的声音,伯纬一听就知是从那陡壁直上的挂榜岩往下掉的,四百米的崖,伯纬想,人和车都报销了。

这太可惜了,我又得去背尸吗?

伯纬看了看堂屋的火塘里还有余火,还可以点燃一把竹子。他慢慢地坐了起来。被子里和被子外的气温是不同的,而屋外呢?

他在穿衣裳时把锉牙的三妹弄醒了。她在黑暗中问:

"你又听见了什么?"

"我总是睡不着。好像挂榜岩出事了。"

"那我陪你去。"

"算了算了,挂榜岩出事,神仙也白搭,我看看就回。"

在火把照耀的雪野,人好像是去进行一次犯罪似的,给人的感觉总是鬼鬼祟祟,畏畏缩缩。尤其是一个人。他咯吱咯吱地走在冻住的雪上面,到了公路,老远就看到一个黑影朝他走来。

那个黑影拖着沉重的脚步,还有长长的影子,穿得十分臃肿,看起来就像个独行的野人。野人穿过公路的镜头已经被许多人看见过了。伯纬喊:

"喂,你是哪个?"

"我的车翻了,我跳了车。"

"你怎么样?要不要我送你到医院去?"

那人说:"我还好,就是不晓得车咋样了。"

"你人还活着么,你人跑出来了,好,你到我家去把衣裳烤干,去喝口茶?"

他让那人走前面,他举着火把在后头跟着,又回头看了看没有什么东西跟上来,才为那人指路。从阎王爷的腋窝下跑出的这个司机还惊魂未定,脸上像涂了石灰一样,烤火时嘴里还发出咝咝的寒战声。

"过十八拐,你没有烧纸么?"伯纬问。

"我烧了。"

"你是怎么跳出来的?"

"我完全记不清了。"

伯纬烧旺了火,让那人烤得鞋底发出难闻的橡胶味,又给他冲了一杯糖水。三妹也起床了给那人烧苞谷吃,并对那人说:"我还是第一次看见我们当家的带个活人回来。"

那人抓住满头的脏发说:"不是我跳得快,现在不早成肉饼了?"

那人吃了两个烧苞谷,打了几个嗝,停止了寒战声,站起来跺跺脚,"我现在还能走,这不晓得托了哪个的福,我这就回镇里去报警。我想请你们帮我保护一下现场。"

那人丢下二十块钱,在走出门槛时又被伯纬塞回了他的口袋,"阎王爷不敢要你的命,我就不敢要你的钱,我去帮你守守便是了。"

伯纬跟那个人一起出去,三妹塞给了他一壶酒。在挂着冰瀑的挂榜岩下面,车子已经四分五裂了。他依然先点起火,把酒放在火边,再去捡拾一些捡得动的东西,比如坐垫啦,挡板啦,轮胎啦,腾出一条路来好让其他车通过。然后,伯纬就坐下来拢了拢衣裳喝酒。

他品着并不太浓烈的苞谷酒,自己酿的,刚好够自己要的那个劲儿。他就想到有自己的酒喝是一桩极幸福的事,自己种下的哪一颗苞谷变成了现在的酒汁儿,自己种下的、掰下的、搓下的,又蒸熟的、发酵的。总之不会像那个人一样深夜了从阎王手里挣脱后还要一个人摸黑走十五里路去报案。其实一个人只要苞谷酒,你就会省下许多事儿,要那么多东西做什么,要车,要执照,要汽油,要大把的票子,要木材通行证,最后要了你的命……

火星飞舞在空中像一些四处飘散的萤火虫,到处闪烁着它们的趣味。伯纬抬头看看天空,星不多,气温寒冷,皇天垭的那张大嘴巴闭住了,黑魆魆的,它忽然好像暗示给伯纬:今天没有松鸦闹事。

噢,真的,一声那种不祥的叫声都没有,它们的翅膀和嘴巴也都像垭口的那张嘴给冻住了吗?冰瀑是凝固的气势,而岩上的树白森森的,没有鸟禽飞动的迹象。噢,没有见一滴血。就是这样的,今天没有见一滴血,于是,他感觉到十分清闲起来。坐在火边还是冷,公路上的积雪并不厚,但结成了硬壳;在火边的冰凌烧化了,又冻住了。伯纬只好站起来,围着火堆,然后又围着汽车的残骸跑圈儿。他还摔了几跤,不过他笑了。像他这个年纪,滑倒了以后是会笑的。

他后来在火堆边做了一个梦,梦中见到了他的爹,在老林的一间茅屋前晒衣裳。爹已经死去很多年了,后来又看到有一只毛冠鹿用白色的嘴唇舔舔他,醒过来一看,他的老婆三妹在往他手里塞糁子。但是没有羊。

"人家都在忙年,我看你忙什么。"三妹说。

"嗬嗬,我忙什么。"伯纬嚼着老婆做的喷香的糁子,掺了蜂糖的。蜂糖是自家的蜂糖,还有一丝儿山里的百草香味儿。

不久,那个司机带着交警和保险公司的人来了。伯纬把他晚上捡的一堆东西交给那个人,然后说:"那我走了,我还要去放羊了。"那人说:"你先莫走,你也是一个见证人。"又对保险公司的人和交警说:"我就是碰见他的,我还到他家喝了杯糖水,他老婆还给我烧了苞谷吃。"

伯纬对交警和其他几个陌生人说:"这个师傅是我看到的命最大的人了,嘿嘿。"

那人不让伯纬说话，一说就捣拦他："算了算了。"

伯纬只好沉默了看那些人拉尺、拍照、记录。其中有一个对那司机说："你吃了人家的苞谷，我们今天吃什么呀，喝皇天垭的西北风？"

伯纬这下找到了说话的机会，他说："到我家去，到我家搞饭去吃。顺便跟我孙娃儿照一张相好么？"

那些人就跟着伯纬去了他家。

伯纬家从来没来过这么多有头脸的客人，穿制服，背照相机。伯纬和他的家人赶快刷羊胯子，用斧头砍，下锅，煮洋芋。

热气腾腾的羊胯子就放在火塘上，用一个铁架子架着，苞谷酒搁在一张矮桌子上。围着火塘的一圈人筷子碰筷子，吃得有人冒汗了，脱衣了，话多了，脸上的酒血也不自觉地走窜起来了。

"……那可真是吓死我了，"那个交警说，"我在十八拐的下头走了一整夜，我想抄小路翻过垭子的，明明快到公路上了，又往回头走，心里想，走错了，可脚偏要往回走，直来，直去，直来，直去。那时我在派出所，有枪，我就记起我有枪，掏出来，连开了三枪，人就清醒了，上了公路。"

他讲的是他几年前的一次半夜迷路。

死里逃生的司机说："一翻皇天垭我就会听到敲锣打鼓的。"

他们问伯纬见到过什么稀奇事没有，伯纬说："我住了几十年，啥都没碰到过。"

后来他们问到他的那一双手，就谈到修这条公路死了多少多少人，有多少多少稀奇古怪的死法。伯纬没说什么，只是搓着一双残手给他们敬酒，他说：

"你们多喝点，这是掺了蜂蜜的酒，又不打头。"

保险公司的人说:"一进你的屋就有一股蜂糖酒的香气,你还是蛮能干的啊。"

伯纬笑笑说:"反正就这一坛子酒,你们今天要把它喝完。"

果然,一坛子为过年准备的蜂蜜酒喝了个底朝天。交警趁着酒兴在屋外为伯纬的家人照了几张相,说是在春节前一定洗好了捎过来。

伯纬想坐个便车去县城卖两头羊,那些人便牵羊的牵羊,撵尾的撵尾,把他带到县里去了。

过了几天,来了两个保险公司的人,没有给伯纬捎来他想要的照片,是来调查那晚车祸的事的。那两个人因为不愿意走这严寒中的路,其中一个加上被伯纬的狗咬了一口,一肚子火气,手上拿着爬山的竹棍,进屋了还没放下。倒是喝了伯纬女儿泡的茶水,没说上两句话就问伯纬:你是什么时候看到那个人的?你是何时见到那辆摔坏的车?你在车摔下来之前没有见到那辆车吗?车是不是早就停在挂榜岩上了?你真的不认识他?你总是半夜出来走动,一摔了车你就起来救人?是一碗糖水?两个苞谷?他当时的情况怎样?他的心情轻不轻松?你是几点几分离开的?你替他守车没要他一分钱?出事现场你看见破坏没有?

伯纬接待这样的两个没有好言语的人。他悄悄跑进厨房对三妹说:"不要做饭给他们吃了。"三妹的刀正放在一块羊排骨上。但是,他出来后还是听到他的老婆把刀剁下去了,且发出很响的响声。

"他是骗保摔车。"那两个人对伯纬说,"你也没有什么好怕的,问一问,你照实说就行了。"

"我当然不怕。"伯纬掰着自己没有知觉的半截指头,"我怕什么，我又没做坏事，我怕什么。我只晓得车翻了，我应该去帮别人一把。我从来就是这样，不管是夜里是雪天。"

"嗯，"那两个人说，"就是这样的，你不知道，这当然不怪你，你一番好心，可是被坏人利用了。"

他们向他解释骗保摔车是怎么一回事，他们讲着保险行业的一些名词儿，让伯纬听不顺耳。后来留他们吃饭，他们走了，对伯纬说："请你把你的狗抓住，我还得赶快回去打狂犬疫苗。"

三妹是真心诚意地想留那两个客人吃饭，她张开两只油腻腻的手出来送客。送走了客，她埋怨伯纬应该把两个人留下来。

"他们把我当犯人一样在盘。我还惹了一身臊咧，好心当作驴肝肺了。"

"我在听，他摔了车，别人还跟他赔车？"

"那当然。"

"有这么好的事？"

"人家一年投保了两三千块钱，他们为什么不赔？"

"现在不是说不赔吗？"

"不赔总有他的道理。不过莫非硬要把人也摔死了就是真翻车，否则就是假翻车？"

"那哪个搞得懂。"

"莫非他真把坏车摔了？"

"他吃多了么？"

"真骗保，那要坐几年牢。"伯纬抽了一口烟说，"刚从阎王手里逃脱，又要到公安手里去了。""为什么会出现这种稀奇事呢，这年头？"三妹问道。

她看见伯纬正在吃力地摇头，被烟火熏得像枣子的眼睛泪汪汪地一片。

"你总是见到一些鬼事。你早晨起来的时候把眉毛往上抹三下，火气就升起来了，你爹妈没告诉过你么？"

伯纬是第一次听到往上抹眉毛就能避邪秽，于是他就听从了三妹的建议，早起的时候往额上抹眉毛。

松鸦的叫声在这一天还是出现了。公路上汽车来往如梭，似乎没有任何出事的迹象，可松鸦开始叫了，而且叫得很凶。一种短促的声音"哇"，那就是松鸦，而叫得很长的，叫得更恐怖的："哇——"是寒鸦或者秃鼻乌鸦，这一带，在松林、巴山冷杉和刺楸的密枝上，多是那种听起来寂寞而微微发寒的松鸦声，而且，它们的样子并不怪诞，你也很难发现它们，除非哪儿有了血腥或者即将有血腥。还有另一种声音——你若在床上不愿离开被窝时，听到好像捏着鼻子叫"要"或"娘"的鬼鬼祟祟的声音，是松鸦中的母鸦和雏鸦。它们在早晨的叫声，如果是晴天，晨光明晃晃地照在山崖或树枝上，天空的衬景显现出一种光溜溜的靛青之色的话，这些鸦声还多少给早晨带来一些活气；如果声音渐飞渐远，在另一片老林扒子里鸣叫的话，那就像隔山说话，没有事的，只当是一种平常的鸟叫，只当是一个人踏空了一块悬石，让它滚落下去；如果是在雨雾天呢，在将雪不雪的日子，在浓密的冰雪冻得人欲生不能，欲死也不能的时刻，松鸦的叫声，它们轮换地变幻各种腔调的表演，就暗含着一种命运的诡谲，好像你的一切都早已捏在了谁的手里，所有该发生的，都是上苍安排好了的。

没有事。

伯纬抹了抹眉毛，只是朝漫天的云霞打了三个喷嚏。牛在石坎边的水洼里舔水。水太冰冷，是它用蹄子把冰砸个洞才能舔到的，它不敢狂饮，只能一点一点地舔食。猪在垫圈沤肥的枯草中瑟瑟发抖，把它们的嘴拱在更深的草叶中。狗在跳跃着，追逐并凌辱家里饥饿的猫。那猫连在那早晨伸懒腰的机会都没有，哀哀地叫着，想说话，想伸冤，有时竟能说出一两个与人一模一样的单音来。

女婿和女儿都到田里挖冬花去了，三妹正用腿夹堵着调皮的孙子给他喂一种很稠的苞谷糁子。他们坐在火塘边，浓烟朝门外飘去。

"你听见什么没有？"三妹问。

"我昨晚睡得死。"伯纬故意岔开说。

"早晨唉！"三妹不耐烦地说，"你抹了眉毛没有啦？"

伯纬打开羊圈把它们赶了出来，趁这难得的好晴天去把它们喂饱。羊群沿着山壁挨挨擦擦地前行，遗下光亮的羊屎。从翻起一层层外皮的红桦林间往里走，然后，这些羊群追着山脊的影子上山。羊们喜欢太阳，它们总是在山巅痴痴地对着太阳看上几个小时，白髯飘飘，像一些仙风道骨的老者。

的确没有什么事，公路上的阳光像银带子一样四处飘摇着，比别处的阳光显得更集中。

"快过年啦。"他在说。他向更高的难以翻越的皇天垭口子说。

垭子的大嘴没有说话。

"老哥。"他又说。

有两辆车向那张大嘴爬去，像两只小金龟子蠕动。

什么声音也没有。

他记起来，在他出来的时候，他听见三妹在给他说："你去多了，那儿就出事。"

他妈的，鸡娃子。我未必是个灾星！

他躺在已经化完了雪并被风吹干的阳坡上，有些草还真柔软，紫羊茅啦，老鹳草啦，蓝韭啦。

"可我喜欢公路。"他说。他自言自语地说。他看着自己晒在阳光下的手，那不是手，是个树蔸子。

他现在是在山上，在人迹罕至的山上，冬日的苞谷地里只有一些茬子，没有人，一棵野唐梨上有什么在晃动，不是人在摘果，是两只毛猴子。一簇丛生的粗榧间飞出一只山凤，遗失下两支蓝色的长羽。

可是天麻黑的时候松鸦的叫声又像烟雾一样呛过来了，很凶。他听见了汽车喇叭不停的叫声，是小车的。他刚把羊赶回圈里。他对惊慌出来观察的三妹说："我没有到公路上去。"

他现在要去了，谁阻挡都阻挡不住的。这样的时候谁都不敢阻挡他。他是那么的麻利，取竹子，点火，拢在残指上，精神亢奋，双耳赤红，连脚下的力士鞋也系得紧紧的，落地轻轻的，醉了，不醉，都是这个样子。

喇叭叫得急，是因为失去了控制，翻在了八字槽槽底。槽是个泄洪的槽子，只长着些小树，挡了几下，响声不大，也就轰轰几声便翻下去了，都是一眨眼间的事。

伯纬站在公路边朝下看，他在想车为何走到这边来了呢，除非它是上坡。上坡又为何开出了公路？那么慢，未必是个没出师的学徒小伙子？

松鸦在头顶上叫，它们还没来得及睡觉呢，那一定是死了人。在早晨它们就嗅出来了，它们为何有这么好的鼻子？如果它们能通知人们这儿今晚有血光之灾，那又会怎样呢？可怜它们不会说人话。司机和车上的人们也听不见，他们从老远来，自我感觉良好，匆匆路过，谁知道哪儿会要他们的命。

死了一个，伤了两个。

伤的两个一个是司机，一个是局长。司机被伯纬从喇叭长鸣的瘪车子里拉出来时，指着高处挂在了一棵榛子树上的人说："那是我们局长。"

说话的司机从一开始伯纬就没见到他的嘴脸，也没见到鼻子和眼睛。伯纬把他从车里拖出来就是这个样子。他的鼻子眼睛和嘴巴全被撕下来的头皮盖住啦。

伯纬说："你叫马山槐，你经常走这条线，我知道你的名字。"

"我是马山槐。你放羊吗，你就是在这条路上……放羊的那个瘸手啵？"

"我是不是身上有羊臊味？"

"嗯嗯。"

"你的鼻子好灵。"

"你帮忙把我的眼睛弄出来。"

伯纬正准备去弄他夺下的头皮，那个挂在榛子树上的人就喊了："你们在说什么，看我的姑妈怎么样了。"

伯纬说："您的姑妈已经没气了。我是先背您姑妈呢，还是先背小马？"

小马说："背局长吧。"

那局长在朝槽下面的他们发脾气了："背什么呀，给我搞杯茶来，我干死了，我血都流光了。"伯纬嘿地笑了一声说："这到哪儿弄茶去，凉水都没有。"

局长说："看看我的杯里还有没有。"

伯纬说："杯子在哪儿？摔破了没有呢？"

那个懒得说话了的小马指了指汽车。伯纬又高举了火把到四轮朝天的车里去找,一个杯子压在那个局长死去的姑妈屁股下,他的姑妈好重,好像故意压着不让他取那个杯子。取出来了,划了他的手,是个破的。

这时,那个局长却在黑暗里瞎叫起来:"救命哪,救命哪,救命的为何还不来?"

伯纬拿着那个杯子说:"我在给您找杯子,是个破的。"

那个局长喊他,要他去,但伯纬不好离开小马,小马明明比他的局长伤重些。他见得多了,他知道谁的命还有几分。

"您能不能先让我帮小马把血止住?"他伸长脖子说。

他的火光已经照到了小马白渗渗的颅骨,连皮带毛都扯下了,中间还有个小月牙似的口子,在一团一团地往外冒血水。

可是那局长依然喊救命,声音尖长,已经盖过了在他身边飞舞的鸦鸣。伯纬看到,有两只松鸦已经站到那吉普的轮子上去了,这让伯纬慌乱起来。他仿佛伸手就能触到松鸦,不是一只,而是成百上千只。那个喇叭的叫声也让人心惊肉跳;他钻进车里去找茶杯时也在找哪个电开关,可惜没有找着,他不懂车。

他就只好去背局长。

局长被一根很有韧性的树枝托住了,这是他的福气,他的脚下,是比铁还坚硬的石头,还有个高坎,多么可怕!

局长也不轻,他的一条腿断了,手也断了,额上还有个洞,也在间歇地涌血。伯纬踮起脚去取他,局长呼出一股恶臭的血腥气加胃气来,差点把伯纬压趴掉下石坎去了。他哇哇地叫唤着,诉说着他的不幸:"我什么都经过了,坐牢,被人砍杀,火灾,心肌梗塞,就差车祸了,我算是齐全了,我的妈耶!"

伯纬说:"您先不要慌,这么冷的天,越慌心越寒,血又流得多。我先给您把血止住。"

伯纬拿眼四下寻找,他记起好像看到了一株南星,叶子止血挺不错的,可是局长却说:"你不要动我的包!"

噢,有一个包就在那株南星后头,黑漆漆的。

"那里面也没啥东西,你给我一下,哎哟,我的手。"

伯纬掐了两片南星,把包也拾起了,边拉拉链边说:"有毛巾把伤口捆住最好。"

在局长发出厉声阻止时,拉链已经露出了嘴巴,里面是大叠大额的钞票,几千块,甚至上万块。

"要你不动,要你不动!"

"我是找毛巾帮您包扎。"

"你是个好人,我看得出来,你救我上去了,我会感谢你的,好不好?"

"我不会要钱。"伯纬说,"我要钱,十几万我都得到手了,"他故意夸张地说,"这里翻车的,大老板,省里的干部都有,上次,有一个厅长……"

"你是好人,你是好人。"

伯纬用南星叶给他垫上再包扎时,局长一直絮絮叨叨那几个恭维他的字。他说:"我是个倒霉货,我是个局长,你的衣裳这个样子了,我到时把两套新工作服你,我的血都流到你身上了,蛮对不起呀。"

局长只有一只好手,又要拿包(包吊在腕儿上)又要抱住伯纬的脖子,同时还举着火把。

伯纬不能举火把,他要抓住局长,他又没有手,几个硬戳戳的指头还要去勾树,或者抓石头往上爬。他呼噜呼噜地喘着气,可是局长已经没有话了,局长反正在他身上。

竹子熄了两支,又常常被树枝挂住,一条一条发烫的火屎飞到局长和伯纬头上、手上时,两人会同时叫起来,还有血,局长的血没有止住,往伯纬的脖子里流,流进去时像一条条滑溜冰凉的蚯蚓。

他跪着往上爬,局长的骨头断得厉害,不能帮他一点点,他的膝盖把冻硬的雪压得嘎吱嘎吱响,就像一路打破着玻璃。

太陡了,槽子太陡。他们总算爬上了平坦的公路。伯纬要把火烧起来,这样才好拦车,又能取暖,同时还可以把熄灭的竹子点起来。伯纬的裤子连磨带挂,膝盖已破了。他又去背小马。他先前给小马留了条毛巾。现在毛巾正攥在小马的手里,他没有自救,头皮还耷拉着,还是看不见鼻子眼睛。

"喂喂,你冷吗?"

得到应声后,知道小马还活着,他就去掀小马的头皮,并揩他的脸,终于露出那个熟悉的小马来,是那个人,马山槐。头皮捆住了,但小马的眼睛依然闭着。伯纬问他哪儿不得劲,他说,全身都不得劲。

"那我们准备上去了,上面说不定拦到车了。"

"你不能正面背我,我的肋骨好像刺到肝里面去了,里面疼得很。"

说这些话的时候车喇叭的嚣声正慢慢地偃息下去,最后变成一线呜咽,取而代之的是松鸦,现在只剩下它们的声音了,在阴暗的角落里响彻云天。这使伯纬鼓起了劲一定要尽快把小马背上去。"松鸦叫得好凶。"小马无力地说。

伯纬正把他从侧面扛起来，说："你不要这么想，让它们叫去，那是因为局长的姑妈。"

"我们局长还没有死吗？"

"你们局长还没有死。"

松鸦的翅膀包围了他们，形成一个圆圈。伯纬总是勾不住树，滑，伯纬差一点把小马摔下槽底去了，他一步滑下了十几米。他抓住了小马，可是他的手，他听见了自己皮肉撕裂的声音。他要冲出松鸦的叫声。背着活人总比背着死人强。不过眼下背上的活人跟死了一样，就一口气了，有时候还打出很响的嗝来，仿佛要把最后一口气呛出来似的。

他上了公路彻底软了，头顶上没有松鸦，只有几颗寒星在闪烁。松鸦的叫声、车喇叭的呜咽都和槽底下的风声混杂在一起。风声里有灌木和一些大树的惊乍。他又去背那个死去的局长的姑妈。

他第三次爬上公路，看到他的老婆和女婿都在火堆边了。他的老婆三妹抱着一床破烂的棉絮。他听见他的老婆在埋怨："老鸹都飞到我们屋顶上去了。"

他们一共拦了三个车，车才停。前两个车有一个完全不理茬，另一个说到前面去调头，也一溜烟跑掉了。第三个车装一车桔子，是个面包车。伯纬说："我们帮你把桔子卸下来救救两个人，怎么办呢。"

一家人七手八脚把袋装的、篓装的、散放的上千斤桔子给搬下来了，把伤的死的三个人抬了进去。伯纬对老婆和女婿说："你们看桔子，我送他们去医院。"

到了镇上的医院，伯纬按医生的交代把局长的姑妈先背到后头的太平间里去了。太平间叫"后头"，医生都这么叫。"后头"伯纬很熟悉，没有灯他也摸得到，一个未锁的门，进去有几块大木板子，用砖搁着，能放一个人。

回来以后，他又背局长和小马去拍片。医生看了片，看了人，对里面的一张手术床说："哪个先上？"

小马说："局长先上。"

局长也没谦让，哼哼叽叽地进去了，门也关上了。

镇医院半夜没有生火，也没有人，所有的医生护士都到手术室里去了。伯纬陪着小马坐在冰凉的条椅上。门外的风又大，伯纬把门关好了，要把小马扶到靠里面的一张条椅上，说："里边风小些。"小马就坐了过去。他的一只棉衣袖子还剪开了，因为那只胳膊断了。他淌满了血的膀子就露在外面，一些骨头从肉里钻出来，看起来就像个跟人打过恶架的失败者，样子十分可怕。伯纬想同他说话，最好还多一个人，或者有点儿歌声就好了，自己唱的，录音机里、收音机里唱的都行。他自己的膝盖也露在外头，破了，也有血，也没有了知觉。两个残手冻得像紫茄子，他想起听到手上出现的撕裂声，他这才有时间看，是右手，过去的虎口与掌子连在一起的地方破了，他动了动那半截大拇指，虎口就生疼。

"都腊月二十六了，再过三天就要过年了。"他捏着伤口对小马说。

小马没出声，闭着眼睛坐在那儿，头上缠着湿漉漉的毛巾。

"也不知道你们局长的手术大不大，估计那鼻子上额头上的两个洞几针就缝了，手和脚上夹板。"

小马点了一下头，又好像没点，没动。

"你坚持一下，这儿条件有限，就一个手术室。这儿我蛮熟悉的，我当年手炸了，就是在这儿做的手术，现在医生都换了，又混熟了，凡是我救的人，我都要送过来，放心些。"

小马好像睡着了。好半天，他忽然说："我们局长的包……他拿着？"

"当然他拿着。"

"他死了也会拿着。"

伯纬看着小马，"你说这话？"

"也会拿着。他的钱嘛。"

"他不会死的，进了医院，进了手术室，就放心了。人哪这么容易死呀。我当年血压高压只有二十，低压只有八了，还没死，活到如今好好的。医生说，我再晚来五分钟就没命了。我就是再晚来五十分钟，我也会活着。人就是这样，哪会那么容易丢命哪，不会的，你只要想活，你就能活。除非你不想活了，还有人帮你活呢。"

他不停地给小马说话。手术室没一个人出来，仿佛医院里没人，手术室也是空的。电灯又暗，伯纬看着小马突然害怕起来。他提高了嗓音说："喂，小马，你说点话看看，要不我喊医生来给你吊点盐水。"

"更冷。"小马说话了。

"你是说吊盐水更冷么？不吊？那就不吊。小马，你饿不饿呢？你想不想喝点水？你上不上厕所？做手术时一针把你麻翻了，想撒尿都撒不好了。"

小马摇摇头。

"为什么有那么多钱？单位的么？"伯纬在找话说。

小马又摇摇头。

"局长自己的？"

小马还是摇摇头，很不情愿似的。

"你不知道,你左右不知道。你们局长说,准备给我两套工作服……那么多钱,我总算搞懂了一个问题,我要是有这么多钱,我也会把车挂到四挡五挡了往家里飞。我现在才晓得车祸是怎么来的了。"

小马还是在摇头。

"你蛮难受么,小马?"他看到小马身子一阵阵发紧,"你是不是冷哪,我去搞床棉被来。"

伯纬就去拍手术室的门,他不停地拍,他害怕。他顾不了那些。

门终于打开了,一个穿着白大褂的女同志欠身出来说:"有什么事?"

伯纬听到手术台上有敲打声,忙哪,但是他要说:"外面的伤员冷,能不能搞床被子?"

女同志说:"被子?除非做过手术了上床。那不行啊。"

伯纬说:"你们还要多长时间呀?"

"马上完了,别急别急。"

他扶在门框上的手只好缩回了,因为那女的又要关门,当然是笑着关上了那扇手术室的门。

他只好又坐到小马的身边,抱怨说:"都是些新手,新来的小医生,手脚又慢。"又对小马说:"医生手脚要快,你们手脚要慢。以后开车,你千万要慢点,跑那么快做什么,慢一点,图个安全,到头来受罪的是自己……"

他这么说着,劝着他,他好像觉得小马已经死了。小马还是坐在那儿,闭着眼睛,垂着头,一动不动,但像死了。伯纬不用去触摸他,一看就知道他是个断了气的人,他见得多了,瞟一眼就感受出来了。

伯纬瞟着他,不知如何是好。他的脚往旁边挪了挪,想离开小马尽量远一点。他用手去试试小马的鼻子,的确没气了。

"外头的死了!外头的人死了!"他猛拍手术室的门。

门开后里面的医生终于知道伯纬说的什么,一个男医生和一个女护士跳出来,他们要伯纬帮忙把小马平放在条椅上,男医生捏起拳头砸小马的胸脯,又用手掌压。女护士拿来一个大针筒,一根粗针管,两人嘀咕了几句什么,女护士捋起小马的衣服就朝肉里面扎去。一筒药水推完了。男医生用手去摸小马的脉搏,又用听筒去听他胸前,然后站起来,摇了摇头说:"不行了。"

伯纬站在那里,那一刻从头到脚颤抖不止,仿佛心里边残存的最后一坨热量被什么卷走了。他把目光停留在那张被他擦过,又被他包扎过的脸上。他看灯,看墙,看医生,又看那张悄没声息的脸,很年轻,又安静,好像遽然间缩小了,瘪陷了,归顺了某种很强大的势力。伯纬哭了起来!伯纬说:

"小马,不是我不救你,我是把你背上公路了的,只怪你的命了。"

他对医生说:"我把他背到后头去吗?"

医生说:"可以。"

伯纬抹了抹眼,用一双脏兮兮的手抄小马的腋窝,弓起身背上他,去了后头,才知外面正大雪纷飞。他在黑暗中把局长的姑妈挪动了一些,把小马放下来,挤上木板,放稳了,摆平了,再进医院的走廊。没有医生了,都进了手术室。在那个空荡荡的走廊里伯纬又一阵好哭,泪水简直像挖穿了的泉眼,就觉得今天让人一阵好哭。他离开了医院,摸黑往家里赶。

十几里路，雪又下得紧，风也刮得寒。好在，鸡叫了。

看到家就有了一股人气和温暖。天已经大亮，羊在叫，牛铃在牛屋里发出了骚动，牛又渴了。鸡在叫，孙子也在叫——他站在门口，单衣单裤地站着撒尿，尿把裤子也打湿了。

怎么没一个大人管他，寒冬腊月下雪天，一大早的，让他一个人站在门口？他迈开山里人的大步就上前去抱他，想把他抱进屋去。这时，在里屋的三妹丢下一个舀潲水的瓢就飞快地一把从伯纬手里将孙子夺过去了。

"你不要碰他，腊时腊月的，你刚背了死人回来！"

说啥啦？伯纬愣在那儿，像一截糟木头。他站在自家的门口，看到了屋里的几个人：两男两女；三妹，那个头发垂落下来已经花白的，另一个，妮子，胡子拉碴、像根犁拐的女婿，孙子，四个人。

他们是谁？搞什么的？是他的家里人吗？这不是他的家！是谁的，他不愿意想，不愿在意识里把它明晰起来，就像他不愿细看那些变幻不定的云朵一样。

伯纬好伤心，伯纬的双手还没有放下，还是抱孙子的那个姿势，僵持在那里。又一次，他战抖不已。他本来不想说的，他终于说话了，他说：

"我这辈子就是个背死人的命。"

他说完，进屋，舀水喝，脱了衣服，上床睡觉。一屋的人，那四个人，都听他清清楚楚地说出这句话来，然后看着他把一身血壳的衣裳摔在糠柜上，发出很响的声音。春节有两个人来看他。都是被他救过的，提了桔子酥食和火酒。火酒让女婿提回家去了，伯纬自己不吃火酒，商铺里买的火酒，总是打头，喝了又不容易出汗，闷得慌。

开春了，雪化了。又来了一个客人，是安徽的。伯纬差一点认不出来了，就是那个压在石头下的安徽司机的弟弟，说是路过，来看看恩人。那个人说：

"我现在算是下岗了，又没有发财。没发财也要来了，我欠您的一笔人情。"

"哈哈。"

伯纬笑着给了那人一拳，然后留他吃饭。那人也不客气，喝了半斤酒，吐着满嘴的羊胯子腥膻味对伯纬说："我给您钱，您会骂我；我不给您钱，您也会骂我，骂我忘恩负义，您先不要说话，听我说完。我想了个点子，我帮您在公路边搞个小卖部，卖点东西。现在人也多了，车子也多了，守着这么好一条公路，不生钱划不来……听我说，生钱是来路正大的钱，不是收费站的钱，也不是交警乱罚款的钱。"

怎么推脱，也不行，就这么办了，那人早就在村里叫了人，买了些木板、青瓦、檩条及椽子，不到两天，花了几百块钱，就把个小卖部拾掇得清清爽爽了。那人临走时又一膝跪下，涕泗横流，说："我哥生前也是个识好歹的人，他会保佑您发财的。"

伯纬说："我只求平安，不求发财，恭祝你也一样。"

伯纬进了些烟、酒、麻花徽子、鞭炮、洗衣粉、力士鞋什么的，还找人进了点蝴蝶标本、木制的刻有"神农架旅游"的小钥匙扣。他守着店子。有时，三妹来打打招呼，他就去放羊，他知道哪儿有好草。

生意不咋样，一天卖不出去十块钱。歇脚的人歇脚，还白搭上茶水。一些司机飞快地开着车在车上给他打招呼，没有闲空停车，忙着赶路挣钱。于是伯纬就在小屋后砌了个羊圈,把几十头羊赶来了,没生意就关了门伺候羊儿们。

这一天,他赶着羊群经过挂榜岩,就见一个老师模样的人正在给一群来这儿旅游的学生讲解:

"……你们中说不定就有谁能破解这神农架天书,我相信我的眼力。不管是我们的祖先留下来的,还是外星人留下来的……"

他走近去,他还听见那个老师正口沫乱飞地给那些年轻人讲什么神秘的北纬30°文化带,什么野人啦,恐龙化石啦,金字塔、魔鬼三角区啦。听着听着,那些年轻人转过头对他的羊群发生了兴趣,有的男的学着羊叫,女的尖叫,然后和他的羊一起拍照,叽叽喳喳。

情形太乱了,羊到处挤挤擦擦地跑,他要那些年轻人帮他吆喝,后来,汽车发动了,那些人又雀跃般的往车上钻去,留下四散的羊,它们咩咩的叫唤声太让人激动了,伯纬好久都没有这么高兴过。他骂它们,骂羊,用鞭子抽它们,抽空气,抽这个早晨。

太阳直通通地照在岩上,现在他被温驯的羊们簇拥着,他手抚着头羊的角,他仰望着岩壁,是什么字呀?一个"路"字,还有一个是"缘"字还是"情"字?

他都记不得了,是二三十年前的事,他认出来过,现在,他恨不得把两个眼珠子伸出来,扒着那些天书的缝看个究竟,啥字呀?啥字?

这样眼就看花了,什么字都没见着,那些天书里是腾起的烟雾,是密密匝匝的老林,是一群扑打着翅膀四处飞散的松鸦,还有呼啸的手臂、深壑般的喉咙……它们全像蛇一样纠缠着,冲撞着,翻滚着,煎熬着。

这时，从岩壁的天书间弹出了一片歌声，怪清亮的，比犁铧的敲打还有钢性：

洋二队，土四队，
不土不洋是三队……

鸡娃子有点怪呀。今天洗懒（脸）我没有抹眉毛？
他抹着眉毛，说：
"王皋，你还在吓我！"
他赶着羊群上了山，山上有极好的草甸。

涅槃

—— 李国文

（1998 年获首届鲁迅文学奖，载《锺山》1996 年第 2 期）

涅　槃
李国文

1

老诗人白涛，给我打了一个电话。"你有空吗？老兄！"

"什么事？"

"你来一趟。"

"非要现在嘛！"我刚在电脑前坐下来。

"啊呀，"他有点不耐烦，"请你来嘛！"

从电话里，听出他有气无力，精神不振，与以往大不一样。"你怎么啦？智者！"我喜欢这样称呼他，智者，也就是充满智慧的人，而充满智慧的人，自然也是绝顶聪明的人。在我认识的首都文化人圈子里，白涛，是少数当得起这个"智者"称号的人。

他说："老兄，我一点也不是耸人听闻，我觉得我死到临头了。"

外边阳光很亮，秋高气爽，相信我听到的不是鬼话，令人不胜诧异。

在电话里，智者腔调大变，和我没头没脑地探讨起死亡哲学来，不知他老人家葫芦里卖的什么药？他说："人总是要死的，活了这一大把岁数，居然不死，你不觉得奇怪吗？不知为什么直到今天尚健在着？连我自己也纳闷。老兄，能不能麻烦你来一趟，商量一下后事。"

虽然我比他小，还是晚辈，但他喜欢叫我老兄，我也跟他没大没小。"神经啦！你——"

"我很正经地跟你讲话!"

假如这是一位躺在病榻上,命危旦夕,一直要求安乐死的人,说出这种丧气的话来,也许不足为奇。白涛虽年逾古稀,但作为一个男人,尚能谈得动恋爱,能有心思想到女人,应该是离死还有一大截子路的,平白无故扯到后事安排,所为何来?

智者是不是又在打出一张怪牌?这个一辈子没跌过跤的人。

"替你写遗嘱啊?"我跟智者开玩笑。

他很顶真地说:"那倒不必,问题是有些事要办,需要一位老朋友来做,挑来选去,再没有比你更合适的人选了。"

这位文化界的老前辈,不久以前,在一家什么生命测验中心,做了一次从头脑到心脏,到四肢,到性功能的全面测试。仪器是德国进口,做检查的是人家外国专家。查出来的结果,他老人家简直健康无比,那心脏比年轻人的跳动得还有力量。洋专家说,如果不发生车祸、谋杀、暗害等意外灾难,活到一百岁以上,是一点也不会成问题的。

在场的人,皆趋前紧握智者的手,表示祝贺。因为大家都觉得他身体从来不是那么结实,好像应该比谁都要先走一步,一个隔三差五,总是要住几天医院的人,生命力反而更强壮,真让健康人眼红不已。白涛作清醒状,他说,刘海粟大师九十岁登黄山,那体质,不也没有过百嘛?但中国人喜欢凑趣者多,大家坚持说他行,因为他眼下还能把一个年轻得要命的女子把握得牢牢的,说明他大概有点内功。他莞尔一笑,马上像人瑞似的接受大家的致敬。还说,看来我是能看到中国式的社会主义完全建成了,那就对不起诸位,原谅我先偏了等等。

逗得在场的男男女女,哈哈大笑。

这就是他的有人缘处了，此人一生喜结善缘，老老少少，男男女女，他都兜得来。不像一些老人家，死倔横丧，总像别人欠他二百吊似的，敬他不是，不敬他更不是。智者还为此次检查，专门写了一首诗，登在报纸副刊上，我只记住其中几句：

百岁不算老，
我欲活百五，
百五不满足，
争取到二百。

他的诗墨迹未干，怎么要和这个世界再见了呢？不正活得有滋有味的嘛？我只好关掉电脑，准备到帘子胡同去看他。

白涛，从我认识他那天起，就见他老是吞食各式各样的药片、药丸，身体不是很结实的，别人得过的病，他几乎都得过，别人没有得过的病，他也得过。现在看来，智者未必真的有病，他的病，也是他老人家的智术之一，我辈凡夫俗子，只能高山仰止了。所以，他做出老是病病怏怏的样子，老是带病坚持做党的文化工作的样子，老是有写史诗的欲望，而无荷马写《奥德赛》和《伊里亚特》的力量的样子。在中国，样子很要紧，只要口到心到，手不到就无所谓了。他一谈到他一时半时拿不出杰作时，总是怅然不已，感喟再四。

常想写大诗，
力薄不能为，
譬如登高山，

涅槃

此志岂敢懈？

在上次文代会期间，这首诗还印在了《简报》上，成为佳话，表明他虽病弱，但情志不衰，上面本想安排他当顾问的，看到他如此不能忘怀于史诗的创作，真是浩气长存，精神永在，哪敢让他退下去，还是给他一个实缺。

听到这样安排后，他也写过诗的。

生平无奢求，
采菊学陶潜，
寂寞非坏事，
怡然在山泉。

组织上一看，明白了，从关心他的身体健康，体谅他的创作欲望出发，跟艺术家协会打了招呼，尽量少给白老增加负担，专门配了一个专职秘书。这些年，他基本在家上班，单位有事，过问一下，当然是在他认为有必要过问的情况下才过问的，总的来讲，这位文化老人，地位不低，待遇不差，虚实不拉，好处皆沾，大家也只有眼馋的份了。

我恭维过他："智者，你真行！"

他作谦虚状："马马虎虎啦！"

这表明了一个老有病的人，倒未必比老没病的人的生命力差，俗话说："破药罐熬柏木梢"，是一点也不错的。像白涛这个出了名的病秧子，预测能活百岁以上，我是相信的。他能见到中国式的社会主义建成，而比他小许多岁的我们，却未必能见到，这是不值得奇怪的。

但是，一转眼间，他怎么会觉得自己快不行了呢？这真是号外新闻！

"好了，智者，我马上就到府上去。"

"你快点儿来吧，晚了也许见不着面了！"

我在电话里说："你别说得这样蝎虎，行不行？"

"是这样的。"

也不知真的假的，听他口气很严重，不过，对于这位文化界的老领导，我也有一丝心理准备，不知道此老又想制造什么新闻？反正他这一生，除了政治运动住院，文化革命装死，一般情况下，他是闲不住的。"故伎重演，怕人把他忘了！"

我放下他老人家的电话，并未立刻出发，想了想，还是先给谷玉打个电话，问一下这位老先生的近况再说。她是他的秘书，他的五言诗弟子，他的半公开、半秘密、半合法、半违法的情人，理应对徜徉在山泉中的老人，要了解得多一些。

谷玉，是一个正当年的，像水蜜桃那样饱满成熟，一碰就流汤的，已经到了不摘不行的可爱女人。这个世界，要是没有像她这样的女人的话，男人真的就无事可干了。她漂亮非凡，聪明非凡，能干非凡，而且也理智非凡。她和智者保持这样一种合作伙伴兼情人的特殊亲密关系，无疑找到了一个进可以攻，退可以守的堡垒。她认为只有傻女人，才急着谈婚嫁，一旦名花有主，专属于谁的话，那就失去了自由。而失去了自由，也就失去了一切。所以，对像她这样不系之舟而言，像帘子胡同白涛府上，那磨砖对缝的四合院，该是她最好的泊位了。

她是做大事业的女人，她说过："过去是智者吃政治的世纪，

涅槃

现在是我搞经济的时代了。"

我说过:"你们两强的结合,这世界,对二位来讲,便无坚不摧,无攻不克了。"

这两位的笑声,竟惊飞了四合院里那棵大枣树的鸦群,哇哇的叫声,打破了夜的沉寂。

谷玉说的话,真是妙语如珠。我们这些他的朋友都说,一个人来到这个世界上,像白涛这样"吃政治"一辈子,算对得起自己了。这是别人无法生气的事情,智者什么时候正经做过事呢?可他一直担当着很重要的领导职务。他什么时候拿出过史诗或者别的大作呢?可他在文坛的地位,却很不一般。他什么时候为党为国,或者为"英特纳雄耐儿"立下汗马功劳呢?可他应该有的,全有了,不应该有的,也有了。

何德何能,也就不去理论了,且说他什么时候具有那种男性魅力过呢?可在雪崩中葬身冰窟的晏波,简直可以称作女中翘楚,一位司令员(我生平很少见到如此丰富人性的一位领导!)始终不渝地追求了一生的女人,却曾经是他的妻子。甚至到了垂暮之年,上帝还给他这份安慰,一个如花似玉的谷玉,也让人惊叹这位老先生艳福不浅。他有一首诗,写了这份艳遇:

　　生平无他爱,
　　唯爱革命多,
　　早春风流韵,
　　晚霞不蹉跎。

早春,指的是谁,晚霞,指的是哪一个,别人不了解,我是知情的。但他,对于那个失踪的"早春",早忘得干干净净,连提都不提了。

我劈头就问谷玉:"是不是你惹老人家生气了?"

谷玉在电话里反问我:"怎么回事,他?"

"他说他马上就要死了。"

那美人的噗哧一笑,让我放下了心。

白涛是异人异相,这一点大家是公认的。第一,他那双眼睛,很有特点,使人想起只有老鹰才具备的敏锐视觉。第二,他那鼻子,也不一般,细而瘦长,老是在嗅着什么气味似的翕张着。第三,便是他的耳朵了,总是在倾听似的支楞着。在文化界,颇有几个善占人相的星士,或者钻进气功玄妙中的高人,他们有见过白涛的,事后对我说:"恕我直言,这位白涛先生,看他那相貌气色,五官位置,眼神鼻息,轩宇轮廓,倘非大圣大贤,便是大奸大邪。"

我把朋友的说法,告诉了智者,他莞尔一笑:"这话说得还很有点辩证法,从来成则为王、败则为寇,不过,一个七十出头的老人,无论想做圣贤,还是想做奸贼,都来不及了。幸而,我一辈子还算走运,不像晏波,生无宁日,死无安处。都是太有性格的缘故!"

他的妻子,那位播火者,一生就是在风险跌宕中度过,做过地下工作,冒过枪林弹雨,去过不毛之地,经过历次运动,艰难险阻,浮沉颠沛,这个女人活着的日子里,从未安生过。要不是司令员终生不变的关照爱护,五七年那一关就怕过不去。

谷玉在电话里告诉我:"他最近大概碰上点麻烦,有些神经兮兮,谁知道,他犯了哪根筋——"她跟他同居,但不是他的老婆,所以,说话比较超脱。

我想象不出智者会碰上什么麻烦？中国人最容易碰到的麻烦，说到底，在过去的年代里，无非是政治上的麻烦，现在倒多半是为富不仁，贪赃枉法，投机倒把，钻营舞弊上的麻烦了。而他，从进入解放区开始，一直到改革开放的今天，经历了那么多的形形色色、大大小小的政治运动，只有别人当牺牲品的，他可是连一毫毛也未受到损伤，这是我们时代的奇迹，也可以看到他吃政治，而不被政治吃了的独到功夫。

　　到了经济挂帅，金钱第一的时候，他让谷玉那女能人出面，做他的经纪人，搞字画文物买卖，一个画廊，一个艺术经营公司，名义挂靠在他当主席的艺术家协会，交一些象征性的受理费，剩下的，二一添作五，他一半，她一半，各人各的腰包，老先生的财产，主要是这所帘子胡同的院子，和院子里原来他妻子那个家族留下来的值钱的和不值钱的一切，说是具有天文数字，那是夸张不实之词，但决不是我们挣些许稿费者所能想象的，倒是一点也不冤枉他的。他随便拿几笔字画古董押在银行里，就能贷出百把十来万块钱，开个公司什么的，绝对不费什么口舌的。

　　在共产党内，属于进城时期的老干部中间，能像他这样发财的，并不很多。老实讲，他真是没有吃过共产党的什么亏，而且又靠共产党的招牌，占了便宜的人。他对我不见外，曾经开导过我："你不要书生意气了，现在是个发财机会，你看谷玉干得多欢，这个世界，从来是饿死胆儿小的，撑死胆儿大的。等共产党明白过来，人家早把牛牵走了，你再去拔橛，分明是往枪口上送么？"

　　对此，你不心悦诚服也不行。

　　我问谷玉："是不是一块去看看你的老未婚夫？"

　　"现在走不开，我在等一位老板，有一大笔饥荒，得填补上窟窿。"

在这个世界上，像这样敢作敢为的女人，还真是少见。她是戴白手套的文物贩子，以名流的身份干盗卖的脏活，而且一旦犯事，她早把屁股上的屎，擦得干干净净，不留痕迹。再说，白涛这大红袍，是她最好的掩护。所以，得其所哉，生意越做越大，看来，她说得对，是她的时代到了。

"那他，到底为什么，平白无故想到了死？"

这女人透出一丝口风："有一天，他忽然念叨晏波的名字，这是很少见的。"

智者虽然吃政治，但对这样一位特别亲密的女人，会不谈他为什么想到了死的问题，是不可能的。"你没觉得奇怪？"

"还有让我弄不懂的，还提到了帘子胡同那房子——"

听谷玉这一说，似乎老先生有安排后事的一点意思，但我不信。

这些和他失踪的妻子，都了无关系。晏波，在文革批斗高潮中，从牛棚中突围而出，远走边陲，说来，也只有她那种具有十二月党人妻子的、充满革命浪漫的女人，才做得出来。试想一想，天都塌下来了，你一人站出来能顶得住吗？这就是晏波的天真了。文化革命对智者来说，确实是史无前例，连当场休克的手段也使用了，也未能逃脱几天牛棚的灾厄，不过，他终究是吃政治的，在牛棚里，造反派见他乖顺，还让他当了个走资派的头。他反对晏波这种极其幼稚的冒险行为，"你这纯粹是意气用事！"

"难道看着加农炮被诬陷，被折磨死？""加农炮"是我们这些他的部下，给他起的外号，他本人也不反对大家这样亲切地叫他。

文革期间，他在边疆任省委书记，自然是走资派无疑。当她在一张小报上看到原来在根据地时的这位首长，被批被揭的材料，其

涅槃

201

中提到了她，就有越棚的打算。

"晏波，你是爱他，还是害他？"根据他吃政治的经验，一旦处于运动的被告地位，唯有深刻检查，低头服罪，否则，任何辩解，只有加重倒霉的可能。"你当共产党比我早得多，怎么会一点也不悟？别犯你的共产主义幼稚病，好不好？"

她是相信真理，相信公道，相信党，相信人民的革命家，她对他的这种懦弱，不屑一顾。"好吧，我坦率说，我恨我不爱他，干嘛我要害他！我要去给他申诉——"她趁他装病住进医院，趁监管的专政队员松懈之际，逃出牛棚，直奔火车站，一去不回。现在，回想起来，这样有骑士风度的女人，真是难寻难觅了。为了给一个曾经追求过她，也曾经保护过她的首长，证明对他的诬蔑是无耻的栽赃，证明她和那位司令员之间关系，是绝对的清白，甚至是不是带有后悔的情绪，去弥补她对他的感情上的负债，日夜兼程，还得避开造反派随之而来的追捕，这对一个做过地下工作的人来讲，倒不是什么难题，但没想到，途中翻车，埋身雪窟，从此就无了下落。

智者虽老，春心犹在，那种花花草草的欲望，一辈子也不消停的，以后，白涛便采取与女人打游击战的办法，有感情就交往，无感情就分手。因为一，不能证实晏波果真死亡；二，像晏波这样的女人大概也再难找到；三，他总觉得所有想同他谈及婚姻者，无不看中他帘子胡同的四合院，和他的钱袋。

谷玉则不，玩玩可以，结婚不行，和他这样的智者合作，很愉快，她就够了。她的哲学是：我可以给你想要的我的年轻肉体，但你不能干涉我的行动自由。我是你的合伙人，但不是你的注册老婆。我们一起挣来的钱，亲兄弟，明算账。至于你的财产，你从你前妻那名门望族继承的全部，我连正眼也不看一下。如果你百年以后,在遗嘱里写上一笔,馈赠我一些什么,我也不反对。不过,你要是以为这样可以像钓饵一样拴住我,那也没用。说实在的,如果不是你多少有利用的价值,加之也不容易找到这样的合作对象,我也不会往帘子胡同跑。

这女人的话,不能不信,但也不能全信。虽然她说到这里,眼里闪着泪光,像演戏,又不像演戏,像装蒜,又不像装蒜,女人到了成精的地步,你只有举双手的份了。

智者对此有更精彩的言论:"我是当事人,我得信,否则我们就没有合作的基础,但我也不能不留神,因为我们都生活在这个尔虞我诈的社会里。"

他们俩在生意上,真是珠联璧合。

无论如何,那是一个生猛鲜活的女人,作为一个老男人,是有一种受宠若惊感的。智者对我私底下承认:"我活了一辈子,有这最后日子的辉煌,能享受这黄昏恋情,晚霞风流,也就够了!"

"可你把一个绝不该忘的人忘了,甚至连她失踪后,找都不去找一下!"

"你不要哪壶不开提哪壶,好不好!"

他有了这个谷玉以后,更讳谈晏波了。就因为这个谷玉,这个带给他欢乐和钱财的女人,他也不会想到死的,他要活下去,能活多久就活多久,要给她回报,那就是"但愿人长久"了。

白涛曾经自负地写过:

> 腊月小阳春,
> 暖靠南墙根,
> 莫看秋草枯,

涅槃

苍松笑寒风。

还有：

古稀不算老，
伏枥路途遥，
革命加爱情，
两者我皆要。

难道失恋了？这倒是老人家一块永远的心病，他是很怕她被一个比他更有权有势的，或有钱的，比他更年轻力壮的人横刀夺爱。由此可以断定，他想到了死，百分之百是谷玉的缘故。

2

这位声称要死的老前辈，口碑不算十分的好。其实，他没有害过谁，甚至，除了自身安危不得不为之外，也给人家打招呼，这说明他心地不坏。纯粹为整人而整人，如同为艺术而艺术的行为，他也不干的。

但中国人，有个毛病，自己倒霉，而对别的不倒霉的人，有种悻悻然的不满，这大概也是多年养成的平均主义的后患了。

我一点也不想为这位忘年交辩解，他既没委托我，我也没这义务。不过，凭良心讲，要都是像他这样不怎么收拾人的话，第一，天下太平得多；第二，人间悲剧能少三分之二；第三，事后落实政策的麻烦，也会相对减少。但大家背后说起他时，摇头的多，点头的少。

智者明白这些对他的不佳舆论，他回答得也很俏皮："人，比较害怕凶神恶煞，越是面目可怕，人，越是敬服。人，还有另外一个缺点，怕硬欺软，你对人无害，人，本应该庆幸，至少可以多一份安全，但是，人有不安于位的本能，不会满足这安全，反过来，还会产生一种对弱者施虐的欲望。"

别人对他的评价，他也不在乎，一个人，能一辈子平安快乐，无灾无难，在中国这几十年来，实在是为数不多的，不是这次运动，就是下次运动，迟早会摊在头上的。他能远离中国的一切的人为的政治灾难，能比别人相对地少受到折腾，除了有福气，有运气，也说明他是一个非常明白的人，才能巧妙地周旋，不使自己卷入漩涡里去。哪怕马上要身陷囹圄，也能从狱卒的手下奇迹般逃生，这真是了不起的超人一等的聪明，直到他年逾古稀，仍看不出他的一丝昏聩。他那眼睛、鼻子、耳朵，始终处于一种可怕的清醒程度之中。

吃一辈子政治，吃成了精。

有一次，我们这些他的朋友，在帘子胡同他家聚会，都承认，一个人难得不倒霉，而对他老先生说来，最伟大的是一辈子不倒霉，这简直是当代中国史上的一个特例。将来要写《第二十八史》的时候，好像应该给他立一个吃政治的传。

他一边饮酒，一边微笑："诸位别恭维我了。"

那天我多喝了两杯，我没有他永远不醉的高水平，有点管不住自己的嘴。"从我一九四八年认识你起，在阜平那西寨山沟里，我就不怎么佩服你的，白涛老兄！但几十年交往下来，我又不能不赞成你了。因为你活得不但比我们哪个人都好，而且聪明到共产党拿你没办法的程度，了不起。"

他笑笑，根本不把我的讽刺当回事，因为我是被晏波带到解放区去的关系，他跟我不甚见外。"大家只是个印象而已，其实比我春风得意些，左右逢源些，占便宜多些的，大有人在。老实说，在这个世界上，像我这样只顾自己的聪明人，不是很多的，那些不但聪明而且会整人的人，害人的人，吃人不吐骨头的人，才是真正吃政治的英雄呢！"

大家哄然叫绝："对极了！"

"喝酒吧！"他端起杯子，"没有必要为无谓的事情伤脑筋！"

我是他府上的常客，因为我们相识太早，记得进入解放区后，第一个用枣子酒把我灌醉的就是他。

他还为我写过一首诗：

　　阮伶不戒酒，
　　李白诗丰收，
　　人生常苦短，
　　何故不自由？

那时，我们这些新去的知识分子都吃大灶，领六斤小米的补贴。他其实早去不多日子，也是晏波通过封锁线，护送到根据地的。但他是诗人，又到联大去讲了几个月的新诗运动，竟混上了中灶伙食，营级干部。可护送我们这些大学生到解放区去革命的，那个风风火火的晏波，经常出生入死的城工部的人，也不过和我们一块啃窝窝头，享受大灶待遇，我们替她打抱不平，要找领导去说理。

现在已经很难找到这种赤诚的职业革命者了，她好像除了动员知识分子到解放区参加革命,如同播火那样,把我们这些青年人的热情鼓动起来外,她对于自己的一切一切,都无所谓。她阻止了我们,"干什么?干什么?"走到半路上,被她追上来,赶我们回驻地去。

后来,也知道,她不是没有想法,不过,她觉悟高,不去想而已。也许因为这点历史因缘的关系,我和智者这几十年倒没断了来往。

他就这样渐渐成了一个不大不小的人物,诗人是他不官不民的特殊身份,上见大官,下见平民,就这么一个自由自在,但又很有分寸的态度。他不断讨人喜欢,也不特意地讨谁不喜欢,他让人觉得他无野心,可信任,不戒备,可又是有本事,很努力,有分量的人物。他的诗,经常见报,他的画,也有水平,他在文化人中,像官员,可在官员眼中,又是一个从老区来的属于我们自己范畴的文化人,身体又不好,经常住医院,也就不把他太当回事,又不能完全不当一回事的对象。所以解放后,这次运动,那次运动,在劫难逃者众,他却能安然无恙,而且并不比别人吃亏,就是沾了这种不即不离,和不使得强者十分在意他的便宜。

"这老小子,该捞的全捞到了。"这也是有些人不肯恭维他的原因。

一九五七年,我被打成右派后,相当长一段时间,潦倒落魄。那一次,晏波也险儿给戴上这顶桂冠,亏了"加农炮"保护了她,这位将军进城后官做得很大,说话自然算数,也就把她下放拉倒。故而,剩下一个白涛,总是他把我找去帘子胡同,到他家陪他,有时小酌,有时赏饭,倒不怎么嫌弃我脑袋上那顶帽子。因此,我固然不甚喜欢他,但也不像别人那样讨厌他。虽然心里也不甚平衡，我倒霉因为我写了小说，晏波倒霉因为她说了农村的真实情况，而比我们俩更言不及义的白涛，刚一开始整风，就因胃溃疡住进了医院，他三教九流的人认识得多，医生总不让他出院，躲过那场暴风雨。

"别喝闷酒哦！"

我借酒盖脸，故意问他："我弄不懂，怎么她有事，而你没事，她下放，而你安然无恙？"

"你以为是我把我老婆推上断头台的吗？"

我说："但愿不是！"

"当然不是！"

后来，没有很久，晏波下放结束，又回来了。我们谈起来，对于她先生这平安无事的岁月，使我不能不相信命运这一说，不知为什么，上帝总给他笑脸。我从来也不敢跟上帝作过对，但上帝却总是惩罚我。

他当着晏波大发宏论："那因为你们太执着，当然，这并没有什么不好，不过，有时候执着，有时候就不能执着，要知道，脚上的泡，全是自己磨的。"

我说："我其实是很现实的，我怎么不想适应？我讨好过，我改变过，我服贴过，我低头过，我甚至求饶过，但上帝仍旧不允许我适应呀！"

智者一笑："这说明你适应得还远远不够，适应是一门学问。有主动的适应，有被动的适应，有适应中的不必适应，也有做出不适应的样子，而实际的适应，有大适应而小不适应，也有半适应的半不适应……"

晏波不耐烦地截断了他："算了，别贩卖你的庸俗哲学了，不是所有的人，都像你这样滑头……"

"不是滑头，而是聪明，每个人在这个世界生存，都有一个态度。有人要硬碰硬地改造这个世界，有人只想以柔克刚地适应这个世界。这就是我们最根本的分歧！"

晏波也不客气："这也就是你永远是你，我永远是我的缘故。鸡和兔固然不能同笼，鸡和鸡，兔和兔也未必能在一个笼子里共同生活下去。"

一提到这个古老的话题，白涛哈哈大笑。笑归笑，但从那开始，这两口子实际上也就分道扬镳了。所以，那位百分之百的女布尔什维克，忍受不了造反派对一位清白无辜的人，那种诬陷不实之词，才愤而突围牛棚，一走千里，踏上她自己的寻求伸张正义之路，也许是对他这种适应生存学说，最后的弃绝吧？

也许，她终于悟了去寻找她错过的爱？人家越是要揭发那尊"加农炮"，她倒越是觉得自己当年的弃绝，是多么的错误了。于是，她走了，留下了白涛在牛棚里作一群被管制的走资派的头。

从我认识白涛那天起，他就是一个天生应该当头的人。如果你和他一起沦落到一座孤岛上，那他准是鲁滨逊，而你却非是礼拜五不可。他这一生，组长，队长，部长，会长，主任，常委，成员，书记，没有他没干过的职务。他是我们国家里常见到的，一个永远动嘴，而不动手的人物。他认为，真正的革命家，不必一定身体力行，只管原则领导，只管掌握方向，只管划圈拍板，只管给下面精神、指示，和红头文件就行。坐在主席台的位置上，能够到时候说上几句提纲挈领式的意见就行。

当然，在主席台上，还得有一个自己的用塑料丝织成的套子裹住的茶杯，有一个塞在耳朵里的助听器，有一副看文件的老花镜。

涅槃

其实，他听力和视力，都好得异常，那位德国医生给他查过的。

我时常替他扮演的角色担心，"万一，你说出一些不在行的话来呢？你不可能是万能和全知的上帝。"

"阁下，以后请你不要向我们这些成熟的老同志，提这些幼稚的问题好不好。领导只抓原则，而原则是虚的，是纲，是精神，是形而上的，是放之四海皆准的，怎么能外行呢？"

有一年，他到新疆和田地区去了。回来，给我捎来一块石头，说是和田玉。

"你到那儿干什么？挖掘古文物？"

因为他是文化人，而且在文物收藏上有点名气。

他告诉我："我去是抓棉花生产。"我差点笑穿肚子，他也笑，当然是奸笑，然后正经地说，"我还担当两州八县的消灭二代棉铃虫的总指挥呢！"

"你可是连大麦和小麦，玉米和黍子都分不清的主——"

"这一点也不奇怪的，你还记得吧，老兄，大炼钢铁那时，我搞土高炉群，烧红了半边天，还向全国介绍过经验。"

他在这方面，简直是多才多艺，花样百出。点子多，名堂多，所以，哪儿热火朝天，哪儿准有白涛。他这一生干了多少光辉业绩呀，说来简直可怕。将来给他写悼词，还真是难以下笔呢！诸如大放卫星，化肥开花，全民食堂，土地探挖；诸如戏剧改革，全民诗歌，英雄人物，样板歌曲，他都参与领导过，兴风作浪过，火上浇油过，天翻地覆过，最后弄得一塌糊涂过。这位老人家，跟着党一块儿成功过，也跟着党一块儿犯错误过，但是，成功的时候，处处见他的身影，错误的时候，就不知他到哪里去了。

"算了算了！"我也懒得和他说了，凡是我们党头脑一热，搞这些莫名其妙的大呼窿运动时,他就来劲了,共产党说一,他准是要加番成为二,共产党说二,他准要搞到十,不过头,不罢手的。

这人,就这么神!

所以,上头看他是文化界的砥柱,底下看他是艺术界的栋梁,外行人看他是专家,专家又觉得他是外行。搞美术的看他是鉴赏家,搞国画的认为他是收藏家,搞音乐的当他是个知音,搞京剧的相信他是一个不错的票友,在诗人眼里,他的五言诗,也算独具一格,在作家眼里,他要品评一篇小说或是散文,那一个个新名词迸出来,也让人头晕的。在艺术家协会里,他被视作一个超脱的领导,活得潇洒的人物,是与广大群众不摆架子,和蔼可亲的首长。因为大家对那些在位置上喜欢指手划脚的头头脑脑,不免反感,因而对他另眼相看。可惜他身体状况不佳,否则,他要主持经常工作的话,也就是大家的福气了。

  人是一条龙,
  也是一条虫,
  懂得辩证法,
  一生便从容。

他的这首五言诗,倒可以看出他的一点玄机。

他才不会事必躬亲呢!他没这么傻,他就在这抓与不抓之间,才得猎取人心,不抓不行,大抓也不行,只有这样,一可偷懒,二可少负责任,三也省得和那些抓权的人,增加矛盾。

这首题在画上的龙虫诗,还挂在集雅画廊里出售,那些虚无缥缈的龙,和支楞八岔的甲壳虫,看不出多好,也看不出多坏,和他当领导的本事一样，什么都有一套，但不能深究。不过在中国，或者在这个世界上，一定要跟长官过不去、要探根寻底的呆子，几乎是没有的。所以，只要沉得住气，能唬住人就行。

谷玉经营的这家集雅画廊和艺术品公司，其实是倒卖文物一个黑窝点，推销这种龙虫图，和莫名其妙的现代绘画，纯粹是门面。你要有功夫在那坐一会，准会听到那女人给来光顾的人介绍："这位老画家深受马蒂斯野兽派的影响，还与西班牙的戈雅的画风，多少有点近似，所以，这是西化的国画，也是中国画风的西洋绘画。中国独一，西方无二。"那个成熟的桃子，与其说是介绍作品，还毋宁说是展览自己，那流溢出的色香味，能让顾客情不自禁要咽下口中的唾液的。

漂亮女人兜售商品的一个优点，就是容易使顾客产生人和物的错位感，使他认为那个女人的天生丽质，也就等于所买东西的货真价实，就来不及地掏出钱包了。每当我在集雅画廊里，看到那些冤大头们，居然相信她说的这些鬼话，居然买这些鬼画，我除了惊叹这个世界没法讲得清的无可奈何，不能不赞佩这个尤物，那种要把整个世界摆平的雄心壮志。

有时，我也纳闷："谷小姐，嫁汉嫁汉，穿衣吃饭，干嘛不正经找个女人的归宿？在这里混得这样开心？"

她笑了，那眼波飞来，令人眼晕："你不愧是一个现实主义的作家。可太过实际，就俗了。你要知道，一个漂亮女人的黄金时间是很短的，我倒要试试，能做到什么份上？然后也不枉此一生。"

这个早先艺术学院的一个三流学生，能够巴结上白涛，能够跟一位比自己父亲还年纪大的老头睡觉，也真是够胆气豪迈的。"我非常感谢老头儿，他正好给我提供了这样一个舞台。"

我心想,小姐,你别说的比唱的还好听了,我会不了解你缠着老头不撒手的底蕴?

这个女人很聪明,她说我想错了她:"第一,我不愿随便嫁一个男人,糟踏了我的本钱。第二,女人不全是为做爱活着的,我有我自己的十年计划。第三,白涛虽老,但他风流,至少我还未遇上一位超过他的,能够与我旗鼓相当的男人。老,我不怕,只要有功夫。"

谷玉这番话,也许是实情。白涛对于女人,应该承认是有一种特殊的魅力。而且,大概懂得一点房中术。连晏波,那么一个追求革命理想的人,几乎也为他牺牲了一切,差不多毁了自己。如果是一个不过尔尔的家伙,这两个女人恐怕是不屑一顾的。

我认识晏波在先,接触白涛在后。一九四七年,我还是个高中生,她来发展我们参加地下党的外围组织民抗先,有了来往。她父亲是大学者,住在帘子胡同一座前后两进的四合院里,到她们家,满坑满谷,都是线装书,还有许多书画古玩之类,好像进了琉璃厂一样,现在这些都成了白涛作为学者化艺术家的本钱了。

可第一眼看到白涛时,已经到了解放区。也许因为他听晏波提到过我,非常亲切,非常热情,而且来了一个在解放区很少见到的洋礼,拥抱我,一连三次。

我很尴尬,他很自然。

老实说,他能在当时那种相当清教徒的、相当禁欲主义的空气里,自行其事,也着实令人佩服他的勇气。譬如,大家都穿二尺半的军服,戴八角帽,他偶尔还穿起西装来,戴过毛主席去重庆的巴拿马帽,招摇过市。我不知道,这是不是革命队伍中的个别死角现象,有的人,他就可被允许,被默认,不必一定拘束在规矩方圆之内，稍微出点格，不太伤大雅，人们可以容忍，可以视而不见，也颇是很令人费解的。

我想这和"加农炮"的性格有关系，他喜欢有才华的部下，虽然他是红小鬼出身。

那时，宋加农是我们五分区的一号首长，绝对的一个大老粗，脾气大得厉害，绰号也是由此而来的。按照一般规律，他应该不大喜欢文化人，但也怪，很宽容白涛那种名士风流的行径，也许在他眼里，多少有点属于稀有动物似的好玩吧！他很少有说有笑的，但白涛经常到他那儿去喝酒聊天，给他讲北平的所见所闻，所以，司令部出出进进，独他是很随便的。

大凡领导人聚在一起，并不都言必马列，也是需要一些轻松话题的，他就经常制造一些绯闻啦，浪漫啦，笑话啦，洋相啦，让人们在那清苦的日子里，至少嘴上不那么单调。尤其他的诗，不晦涩，很上口，那些文化不甚高的首长，看得懂，读得通，对他还很欣赏。加之白涛这个人，别看他有时装疯卖傻，其实很聪明，说他颇有心计，也不为过。他即使出点格，过点头，冒点炮，也不会走得太远，总是适可而止，差不多便收。有时让头儿伤点脑筋，可也不至于为之大动肝火。闯一点小祸，屁股也好擦。所以对这位基本上识相，不给领导造成大麻烦的他，优礼有加，因而破例地不怎么严格要求他。我们出操的时候，他可以睡懒觉，我们学习的时候，他可以在他的屋子里写诗，我们帮老乡收割庄稼，汗流浃背，他可以背着手，在那里"悠然见南山"，构思什么宏篇巨著，这就使别人眼红得不得了。

可在大会上，只要"加农炮"在人群中一眼瞥见他，必然会站起来招呼："我们的大诗人，不当场来一首诗助兴嘛？"

偏他有这种说来就来的捷才，记得我到解放区的第二天，正碰上一次祝捷大会，司令员话音刚落，他跳上台去，即席朗诵了一首诗：

日头天上挂，
人间大变化，
小米出真理，
枪杆打天下。

这首诗，好是说不上的，但有点气势，行伍出身的宋老总马上高兴了，他是个粗人，但有时——那是不发脾气的时候，是个可爱的将军，因为他的脾气讲求痛快，连声说："好！白涛的话，简单明了，通俗易懂。"

那时的白涛，人长得帅，要个子有个子，要文才有文才，尤其令人钦服的地方，笙箫管笛，无不在行，唱戏演讲，慷慨激昂，提起画笔，像模像样，作曲指挥，当仁不让。那时，时兴木刻，他操起刀来，也是一个行家里手。若是谈文学，谈诗歌，就更难不住他，而他的五言诗，对不起，说起来都能把人吓一跳。

"诸公，我写五言诗的本源，如长江、黄河发源于巴颜喀拉山一样，是从这儿起始的——"

于是，他拿出一把折扇来作为佐证，你一看，不得不肃然起敬了！

扇倒无甚稀奇，竹骨纸面，制作粗陋。但却是毛主席的墨宝。那扇面上龙飞凤舞着"军队向前进，生产长一寸，加强纪律性，革命无不胜"的诗句。我未考证过，白涛自成一格的五言诗，是否受主席这首诗的影响,抑或他自己的攀靠附丽?但那笔主席的手书,是毫无疑问的。我刚到解放区,认识他不久,就看他经常放在手边了。我很惊奇,他竟然对毛主席这把具有某种文物意义的扇子,不怎么当回事,至少,在表面上,他是这样子的。一谈起来,很无所谓的样子:"早先,求主席写两个字,不是太困难的。"

这也许是事实,不过足以说明,他资格比我们老。接近重要的人物比我们多,他说,他写过一些诗,送呈给毛主席过,遂有了这把扇子。这故事不知真伪,但他出版过一本《新五言》诗集,倒是不假。其中有一首:

> 初到解放区,
> 天地顿时阔,
> 滴水注大海,
> 小我成大我。

诗下自注曰:"在平西,呈毛主席。"

日理万机的毛主席,那时忙于进城,成立共和国,是否有空一阅,待考。但他送上去,大概也是千真万确,这也算是他一生中的殊荣,也是他终生享用不尽的政治资本。

他也会调侃:"不是谁都可以吃政治的,除了有吃政治的聪明,还得有吃政治的本钱。"

我斜着眼打量他,表情虽然平淡,但那暗中得意的劲头,也不是看不出来,因为能有这份本钱可以骄傲者,并不多。

他不大在乎别人怎么看他,除非到了一定的临界线,再不在乎下去,会给他带来灾难时,他才会收敛。否则,该拿的拿,该要的要,该伸手的伸手,该脸皮厚时,也够厚颜无耻的。他知道我在腹诽他,反过来问我:"你肯定没有送过,即使你有这份心思,连往上递的门也找不着的。别不服气,命也运也。"

他对我说这话时的神态,满足之情,溢于言表,这时候的他,便是神采飞扬的白涛了。

服了!虽然,我嫉妒得恨不能骂他王八蛋,但我不得不宾服他,因为他活得比谁都好。但是,忽然之间告诉我,说他想死了,我不讳言心胸里的阴暗,坦白讲,真有点幸灾乐祸的快感呢!就像希望一个不败的拳王,也有倒下被人数十的时候。

谷玉在电话里,听我说到他不怎么想活,虽然认为可能是白涛的故伎,喜欢耸人听闻,并不太当回事。她说她和这位老板谈完调拨头寸的业务以后,就过来帘子胡同。不过她一再申明,如果老头真活腻歪了,不是她惹的,而是其他什么缘故。

"你估计,因为什么事触动了他,才想到死亡上的。"

她说:"反正他从不提晏波的,这倒是有点蛛丝马迹的意思!"

等我到了帘子胡同,那座磨砖对缝的四合院里的大枣树上,老鸦在聒聒地噪着,很有点不吉祥的气氛,我以为我来晚了,没准他先行一步,到上帝那儿去报到了。推门进去,看列他面前几盒录像带,正对着电视机那一片雪花发愣,我放下了心。

"哦,你还有心思看三级片,大概还不至于马上涅槃?"

他听出我话中的讥讪之意。"老兄,不要用这种腔调同一个命在旦夕的老同志说话,我找你来,正是要和你商量这件事的。"

"行了,老先生,你离死神十万八千里,别制造新闻了,我拜托你!"

"我真的觉得我快要死了,不哄你!一个人不会拿死来开玩笑的。"

我站在那里,怔住了。因为自打在根据地那山沟里的西寨村,和他交往以来,无数次地听他这样那样当回事的,甚至赌咒发誓的语言。我都是在信和不信,或疑信参半地听着的。但这一次,我望着这位老朋友,不能不相信他大概真的遇上了什么难以解脱的大麻烦?

3

"你先给我坐下——"

他什么也没说,只是要我看一盒录像带。

"你把我叫来,看黄带?你真会拿穷人开心,我是要写稿谋生的呀,你——"

他命令地:"少安毋躁,看了再说。"

"老先生,你葫芦里,倒是卖的什么药?"

他不吭声,径顾往录像机里塞带子。

一会儿,电视机屏幕上出现画面,倒不是光屁股的三级片,好像是联播节目里的电视新闻,是在人大会堂某个厅里的一次什么会议。有些认识的和不认识的文化界的人士,像模像样地坐在那里。接下来,镜头一扫,就看到了他,也就是白涛,正在那里滔滔不绝地演讲。凭良心说,智者的口才不错,形象也佳,从他的身份,他的资历,和他的言谈举止的不同一般,电视台记者不给他几秒钟露脸的机会,是说不过去的。一个人,混到别人不可漠然视之的地步,不易。尤其在"冠盖满京华"的首善之区,那就很够意思了。

叫我来看这些,真是没劲。"算了,你老人家的光辉形象,隔三差五地总要让我们瞻仰的嘛!"

"你看下去再说——"他不想和我马上交谈。

这种会议新闻,是没有同期录音的,听不到他的铿锵之声,但面色红润,容光焕发,满座的人,都在注视着他,可见他的发言的精彩性。在中国,能有本事扯淡得头头是道,是一种特异的功能。因为共产党会多,而任何会都是靠与会者那些有用的、无用的语言来支撑的,所以,能讲出一堆无关痛痒,可又切题不离大谱的废话篓子,便受会议主持者的欢迎,不至于冷场嘛!而我们这位白涛先生,恰恰是不管与他疏隔的行业,不管与他风马牛不相及的话题,都能讲出个子丑寅卯的人。那么像这种文化界的集会,他能不出席么?人家请他去,就是请他这张嘴呀!对他来说,讲讲大文化,从周秦汉唐、出土文物、辫子金莲、禅宗道门,到国标舞、呼啦圈、性文明、后现代,更是小菜一碟,手到擒来的事情。我未恭逢其盛,但可以想象,肯定是口若悬河,天花乱坠,唾沫星子乱飞,说得大家一佛涅槃,二佛出世的。

这种会议的报道,也就两三分钟的事,一会儿,那录像带演完了。

我不明白,好端端地把我叫来,不谈他的死亡问题,却是为了看他的风头出足的画面?我想纯系老年人的一时心血来潮了。

他问我:"你看到了什么?"

"看到了你老人家呀!"

他摇头:"除了我之外——"

"无非那些你常讲的'大瓣蒜'了!"

他很躁急:"我不是叫你看那些——"

"看谁?"

他把带子倒回去,又从头放映,到了他的镜头以后,是一个会场的全景,他定了格,是几排沙发上的贵宾,和沙发后边的一般与会者。

"看到没有?"

"谁呀?"

他用手点着定格了的画面上的一个坐在后排的人影:"你细细看——"

影带的质量不佳,看不清那张脸,不过,分得出是男是女。我问白涛:"她是谁?"

老人的脸上的表情很古怪,像吞了一苦药丸,吐不出又咽不下。

"怎么啦?"

他不急着答复我的问题,摇摇头,把那个录像带退出来,又塞进去一盘。这是一次环境保护的座谈会,不知在哪个宾馆的会议厅里开的。我看到会场横幅上,写着"森林与人类,爱护地球这个家"的响亮口号,便知道会议主旨了。当然,还有与会的我认识的和不认识的人士,济济一堂,共商环保大计。

当然不用说,又是白涛的一个特写镜头,和他大谈南极臭氧层出现空洞,对地球生物影响的宏大话题。这不是电视台拍的,是他从环保局搞到的,所以,有他的抑扬顿挫、从容不迫的声音。我不能不服气,这世界上除了由于他的性别,不能生孩子外,几乎无他不能的事,无他不知的学问。

当他在讲到紫外线过度照射的危害,对近年来皮肤癌发病率增多现象的分析时,他又把录像机定格了。他用不着指给我看,我已发现在后排的座位上,那位剪短发的女人影像。在北京,经常在这种场合采访的记者,基本上就是那一拨子,京剧舞台似的,戏码在变,主角在变,但跑场子的龙套们,总是那几位一样。虽然这个短发女人，令我觉得奇怪，但也认为这不值得多么惊讶。而且，看上去，也不是怎么年轻美丽的小姐之类，老先生即使性亢进，也用不着太激动的，有一个谷玉也就足够他消化的了。

可他继续插进第三个录像带，用不着定格，我在后排与会者之中，又看到了那张齐耳短发的女人，这就使我有点纳闷了。那是一次纪念二战五十周年的学术性集会，白涛也在那里发表即兴演说，而且讲的是诺曼底登陆与开辟第二战场的历史，好像他亲自参加过那次抢滩战斗一样。就在他讲得兴起时，镜头很清楚地照到了这个看来是他的一名忠实观众的面孔，在目不转睛地注视着他。

"谁？"

他不吭声。

"到底是谁？"

他反问我："你是真看不出来？还是假看不出来？"

我心里早就想到了一个人，但立刻就否定了。不可能的，一个已经死去多年的老朋友，难道会复活吗？"不可能！"

"为什么不可能？"

"她已经死了——"

"晏波活着。"他斩钉截铁地说。

一个活得好好的人要死，一个死得好好的人要活，这是什么世道？

我认识晏波的时候，便知道她是共产党，如果像她那样的人居然不是革命党人，那倒是一件怪事了。虽然她家庭是赫赫王府，她祖先是豪门贵族，她父亲是著名教授，她母亲是富家千金，几乎与共产党无一丝一缕的瓜葛，然而，她却是城工部里负责学生运动的一员干将。她有一张漂亮的脸，那短扑扑的像男孩的头发，总是朝气蓬勃，总是精神抖擞，总是不断地煽动我们革命。

一看到她，就会想起读过的俄罗斯文学中从事革命启蒙的女性，后来，我们都嘲笑她是本世纪仅剩下的最后一位骑士，一位古典的职业革命工作者。因为，当我们慢慢地也明白了，革命除了那圣洁、干净、正气、无私的一面，还有那由于与旧社会脐带相连的关系，而不可免的有肮脏、阴暗、污秽、卑劣的一面。而她，还是像在西伯利亚雪地里亡命的十二月党人，相信革命是那茫茫一片洁白的雪，绝对是纯洁无瑕的。所以，她那种壮烈的近乎殉道的死亡，在一次雪崩中，无影无踪地消失，也非常合乎她的天真无邪的情怀。

我从未见过这么一个活得不那么轰轰烈烈，但死得却轰轰烈烈的女性。于是，我从电视机定格了那个女人影子里，看到了许多年前，那个骑马远去的女战士。

　　太行冬来早，
　　丛山尽琼瑶，
　　战士马蹄远，
　　芳踪随雪飘。

这是白涛在追求她时，写下的许多五言诗中的一首。

那时，在根据地，她是可以拥有一匹座骑的特殊人物，那匹白马，是我们的司令员，在她一次负伤以后指名送给她的。"加农炮"有些出人意料的举止，很是不凡，颇有大手笔的感觉。赠马者豪爽，受马者风流，而这种非常规的礼品，也只有那个非常规的时代才会出现，时时传为佳话，很让我们一些初到解放区的年轻学生，为之艳羡。我时常回忆那些充满革命浪漫主义的日子，直到今天，我一闭眼，还记得起晏波在山村小路上，策马疾驰而去的英姿。

有的人适合于浪漫的时代，有的人适合于严谨的时代，有的人，则适合于多变的时代。在中国，也只有后者，才能永远立于不败之地。服气也好，不服气也好，白涛的伟大，也就在这里。要不，我怎么称呼他为智者呢！

一九四八年，那个不太温暖的春天过后，根据地里严酷的整风斗争终于结束，迎接全国解放的大进军开始，一种前所未有的好形势，使解放区人豁然开朗，胸襟宽阔起来。"加农炮"在大会上讲话的声音，又嘹亮起来。曾经在人与人之间那种你死我活的斗争热情，被到新区去开辟、去执政的憧憬吸引。老同志对我们这些新来的人，亲切得很，友好得很，当然，大批穿得花花绿绿的知识分子涌到解放区，也带来了一股新鲜别致的空气。我记得白涛在晚会上朗诵过他的作品，他那时已经是小有名气的诗人了，确实也反映了大众的心声。

革命真自由，
放开嗓子吼，
小米饭好吃，
人人有追求。

那是一次晚会上，在露天舞台的汽灯下，司令员点名："白涛，来一首诗嘛！"他跳上台，站在台口，几乎不假思索地，就脱口而出这首《小米饭好吃》的诗篇。在场的晏波，那张女兵的脸，分明可以看出来，不是被他的诗人气质，而是被他诗中的心态吸引了。

她几乎是被当时北平的警备司令部马上就要抓住的情况下逃脱的，过封锁线时，又有了一番战斗，受了伤的她，要不是"加农炮"派了队伍去接应，也许早就香消玉殒了。

于是，她有了属于她的一匹马。

白涛的演技，堪称一流，演教授像教授，演领导像领导，演起诗人来，那就更贴近角色了。女人终究还是女人，而漂亮女人更容易女人化些，因为，所有男人的眼睛，都在催她成熟和女人意识的觉醒。这时候看着白涛的晏波，和我读中学时认识的那个搞学运的鼓动者，毫无共同之处，和一个经常要穿越平汉路，往返于平山老区与北平一带的城工部交通员，也大不一样了。这个白涛，在他六七十岁的年纪上，还能把一个谷玉迷住，那么，他三十多岁的时候，晏波为他所动，是一点也不奇怪的。再了不起的坚强女子，动了真感情，就难免要全身心投入。而一旦陷入感情漩涡，如决堤之水，是很难不失控的。

她忘记她胯下的那匹白马，是谁送给她的，那位英勇善战的"加农炮"，这是他最恰当的，也是最正式的表示感情的方式了。他不可能采取白涛那种西班牙骑士般在窗下大弹七弦琴式的浪漫做法，一首一首地写那些五言诗献给她，而是很务实地向她提出了求婚，连商量也没有。那时，她和我不见外，对我说过："这也不是考试，只是像做一道是非题，你只要答复 Yes 或 No 就行。"

我也觉得可乐，而这种可乐的事，也只有"加农炮"做得出来。

可以想象，对一个出身名门望族的千金小姐来说，这种命令式的求婚，是很尴尬的。"无沦如何，那个诗人，也许我并不一定会爱上他，但是以一种我可以接受的方式，在追求我嘛！"这大概也是知识分子同声共气的缘故了。我问她:"晏波,你怎么答复司令员的。"

"我只说了一个字,不!"

我问:"他没有掏出枪来?"按行伍出身的司令员的性格来讲,这不是没有可能的事。

"他只是指着我的脸说:从来没有一个女同志,对他说过不。"

"你呐?吓坏了吧!"

"倒也不,我对他说,那就从我这里开始,领教不习惯这种求婚方式的女性。在战场上我服从你的命令,但现在你问我愿不愿意接受你的求婚,这不是军令如山倒吧,对不起,我是可以有权拒绝的。"

"后来呢?"

"他愣了好一会,才说了一个字,好!"

"你呢?"

"我也回答他一个字,和他一样,好!"

"接下来呢?"

"我敬了个礼,就出来了。"

她做得出来,这个独立特行的,不那么随俗的女性,即使她对"加农炮"有一百个好感,也会被这种自以为是的求婚方式激怒的。

"出了司令部,跳上那匹白马,挥鞭而去。"她笑了,"我捅了大漏子了,把'加农炮'得罪了,不过,我也不在乎,他会把我枪毙了吗!"

她就是这么一个天不怕、地不怕的人,相信革命是百分之百纯洁的人,而且肯为这伟大事业贡献生命的人,这时候,你很难相信她曾经是一个出身书香世家的千金小姐,大家闺秀。而在我们那

涅
槃

225

些年轻人心目里，再没有比她更像共产党的人了。我们都和她一起等待惩罚的到来，结果，司令员不但没有收回给她的马，还提拔了她，不再让她回到北平做地下工作了。

"这个'加农炮'！"她这样议论他。

"这个女同志！"司令员也这样谈起她来。

我就是她带我去解放区的，一路上，虽然未经过什么艰难险阻，那时的国民党，已是强弩之末，大势已去，但少不了的军警宪特的盘查，散兵游勇的侵袭，流氓无赖的骚扰，和地主还乡团的拦劫，也足够让我们疲于奔命的。特别在过封锁线，和两军对峙的中部地带的时候，那偶尔的枪炮声，所造成的无端紧张，也足以使我们这些未经过阵仗的小青年够惊吓的了。她喜欢冒险，至少我看出她乐此不疲，而且越是处境危殆，她也越是精神百倍。难怪"加农炮"喜欢她，她随着他的大部队，参加过渡河大捷那次战役，当时，她那一撅一撅的短发，总爱冲到枪声最激烈的地方，不知被"加农炮"狗血喷头骂了多少回，甚至把她关过禁闭。所以，在高粱丛中，在山间小径，在炮楼附近，在盘查哨口，她走在最前面，真给我们壮了不少胆。

从城市来的青年人，哪经过这阵仗。时不时地一惊一乍，自己吓自己，于是，她嘲笑我们这些半大小伙子："哈哈，还是大丈夫男子汉呢！胆子没有针鼻大，几颗流弹飞来，几个土匪武装，真正的危险还未碰上，就把你们吓得尿裤裆了，真够出息的。"

死亡在前，生命危殆，她嘲笑说，也就只好忍着了。

晏波是那种经得起端详的美，不用装饰而自然的美，一种说来也许有失阶级立场的，纯系贵族血统的美。再加之冒险的勇敢性，和她出生入死的传奇色彩，所赋予她的魅力，是一个很精彩的，如今已不大多见的巾帼英武气的女人,当然,不是说现在的女人,没有漂亮的,但凡有出众美丽的女人,无论在男人眼里,还是在女人自己心里,马上就有一种待价而沽,论斤出售的感觉。美,一旦成为可售品,美的真正价值便失去了。

白涛有一首诗,倒确实描写了这位充满罗曼蒂克的革命女性。

> 生为贵家子,
> 向往革命党,
> 历险真胆识,
> 美女不梳妆。

"加农炮"向她求婚的事,她只是告诉了我这个情况,并未征求我对此事的看法。在她眼里,我们这些被她动员参加革命的学生,不过是小毛孩子。但被流行的英雄加美人的小说模式框住的我,认为这两个人的组合,不是一个很坏的主意。是啊,像她这样在女同志中,也算得上是一个出类拔萃的人物,如果要嫁人的话,嫁谁为好?那时,白涛在追求她,但她好像连考虑一下的可能也没有,她固然被他吸引,可烦他的华而不实,他的虚张声势,他的抢尽风头,他的过于聪明,聪明到狡猾,聪明到像油缸里蛋,抓都抓不住。这样的人当朋友都危险,哪能选他作丈夫呢!所以,他写了不知多少追求她的诗,她都不屑一读。然而,命运也会捉弄人,她还是嫁给了白涛。

这就是白涛的伟大了,他只要想做一件事,无不成的。

当然,我们这位动不动拔枪的司令员一纸考卷式的求婚,那种生硬得令人痛苦的强迫命令,从四十年代到五十年代的不死心的追求,也促成了白涛和晏波的结合。不过,平心而论,"加农炮"是我见到的所谓"土八路"中相当潇洒英俊的一位。你很难想象八路军中这一位戴上金丝眼镜,看起来温文儒雅将军,但他的文化却真的不高。不过,第一,作战英勇;第二,脾气虽然暴躁,在他不发怒的时候,又出乎意料地对人对事,特别对知识分子,有一种容让宽和的态度。

然而,他千万别发脾气,把枪拔出来对准谁,总是要让对方魂飞魄散的。"但谁又是十全十美的圣贤呢?"我劝她,"晏波,他还不失为一个相当不错的选择。如果你在北平,没有什么特别的男朋友,如果你早晚总是要嫁一个人的话——"

她不会把我的话当回事的。

我说:"你的 No,也许说得早了点!"

她摆了摆头。

很奇怪的,那时的解放区,无论队伍上,还是机关里,男女比例是严重失衡的,像晏波这样一位美丽出众的女性,除了白涛给她不断写诗外,竟无其他人敢于染指,连动一动念头的勇敢者,也没有听说过,是很让人纳闷的。我去得比较的晚了,不知以前是不是司令员放出话来,别人不敢越雷池一步?还是别人看出这已是司令员的禁区,还是少惹麻烦为佳,谁有胆子和"加农炮"竞争呀?

我私下请教过白涛,那时我和他还没有像现在这样熟悉。不过,他了解到我时常受到晏波的关照,也是他了解她的一个孔道,于是,他告诉我:"这大概就是中国人的自觉性了!谁都长着一对眼睛,就是用来识别方向的。那匹白马,赠给了晏波,是个非同小可的举动,是一个强烈的暗示,比贴布告还灵光。不过——"他叹了口气,"如果他真的娶了她,我也不奇怪。晏波敢拒绝他一次,不见得敢拒绝二次,所以,这婚姻从一开始,就多少有些强迫的成份。这种强迫,对某些巴不得的女同志来说,求之不得;可对我们这位贵族小姐来说,她是不能忍受这种不自由的。"然后他又告诫我说,"你可千万不要去和晏波讲哦!"

我还真是中了他的计,对晏波讲了。

那时,我有些烦这个白涛,一个成天咋咋呼呼,就显他一个人的人,不管领导怎么待见他,群众心底里是反感他的。后来,我栽了跟头,吃了苦头,再回过头品评这位诗人,不得又服膺他是真正的智者了。他说过,"这是一个强者统治生活的世界,没有多少道理可讲的,而且许多强者,又都很机器的,既然是机器,就少人性,少人性,你就无法同他用人的逻辑交流,所以,你要生存,你只有按强者的逻辑,修正自己,而后能反过来驾驭住强者,利用住机器,这才叫聪明,这是一而二,二而一的事,你只有一,所以,你就倒霉。"

晏波听我说了不应该马上说 No 以后,半天没言语,因为她正在给她的那匹白马梳理鬃毛,马很开心,在不停地捣腾马蹄,而她却心思重重,因为她拒绝的不是一个普通的求婚者,而是一个相当负责的首长,一位叱咤战场的猛将,一位说了就算,不算不说的男子汉,碰了她的钉子,不能不估计一下分量。想了一会,她说:"你不能说诗人的想法不对,是不是?"她反过来说服我,"尽管这位诗人的许多话,都是夸大其辞,神乎其神。不过,他有一次对我说,人和人能否生活在一起,在于心灵是不是相通。而心灵能否相通,很大程度上在于是不是有共同语言。而能否有共同语言,又取决于是不是在一个相同的文化层次上。老实说,我对这位诗人很感冒,但不能因为不喜欢他这个人,连他的说得很正确的话,也听不进。"

那是我第一次听到她对他的肯定评价,这实在是智者做人的一个了不起的地方。晏波长期做地下工作,形成的习惯,不轻易相信一个人,而若是留下来一点不好的印象,是很难改变观点的。再加之她极自信和极自尊,对这个好卖弄,好表现,名士派,大背头的诗人,曾经是半拉眼睛也瞧不上的。甚至当有人问,是谁把他搞到根据地来的?她都保持沉默。是她受组织委托,把这个被国民党上了黑名单的白涛,通过封锁线,进入解放区的。可这个诗人,能够一点一滴下功夫,直到她一百八十度大转弯,以致晏波到最后,不能不嫁给他,连那幢帘子胡同的前后两进的翰林府,和府里的一切,和他更加看重的无形资产,都成为他希望得到的一份丰厚的陪嫁,也是人间奇迹。

于是,你就觉得,命运这东西,虽然是无法强求的,但也不是绝对的,注定的无法改变和不可挽回,其实事在人为,只看你是怎么努力和争取了。

可那位真心爱他的司令员,单刀直入的"加农炮",哪怕有一点点白涛的圆通,也不至于要耗掉一生在等她了。后来,他率大军南下,我们则准备进军北平,等到建国后,他从南方调到中央工作,这时,这两人已经结婚了。

智者二字,白涛,是绝对当得起的。

但录像带里出现的这位短发女人,使得这位智者六神无主了。

我帮老先生把录像机关了,告诉他:"第一,晏波已经葬身在崩塌的雪崖之下,那些同一趟去边疆的长途车上的乘客,其中生还者亲眼见她跌落下去的。第二,至于录像带里的那个人影,肯定是你疑心生暗鬼。也许这一阵子你跟谷玉太热烈了,操劳过度,神经衰弱了吧？第三，如果是晏波，为什么不跟你打招呼？她这辈子，也就只有你，是她曾经爱过，又曾经恨过的印象最深刻的人了。"

"最后，老先生，我对你实说了吧，是你嫌寂寞了，要搞些什么名堂来振奋一下，让大家别把你完全忘却，是不是？但求你别玩死亡游戏好不好？"

"不，作家，你信不信有第六感？我看到这些录像带里的人影，有一种强烈的预感，这不是好兆。如果她活着，该找我而不来找我，那很可怕。如果她死了，来找我用这种办法，那就更可怕！我觉得，我的死期不远了，她从牛棚里逃出时对我说过，要不和她一齐走，那我就永远悔之不迭了。"

"这和死有什么必然的联系？"

"你听说过欠债要还的故事吗？我欠她太多，你明白吗！"说这话时，那种智者的从容，都飞到爪哇国去了。

人能预知自己的死亡吗？现在真是什么稀奇古怪的事情都有。也许他是智者的缘故，这个目前活得结结实实的老先生，言之凿凿地说："我有一种被索命的感觉，看样子，大概过不去这个年！只要我露面一次，准能发现这个短发人影——"

虽然我被他说得毛骨悚然，但我大声告诉他："荒唐——"

智者很当真地反驳我："我也并不想死，看来，非死不可的了。"

要不是谷玉来，我被他这番话说的，也快神经失常了。

4

人，其实很可怜，既不能决定自己生，也并不能决定自己死。除了自杀，但那谈何容易？干那种事的人，都是大勇敢者。我的忘

涅槃

年交白涛，只能称为智者，还不能称为勇者。他有活着跳进火葬炉的胆量么？这只能是一种黑色幽默罢了。

> 平生无所好，
> 最喜逗人笑，
> 生活太沉重，
> 一笑十年少。

我想他一定是他的小情人使他不开心了，因为谷玉是个立志要把她青春淋漓尽致发挥到极致的一个女人。她不可能百分之百地把全部心力，都放在老先生这里。帘子胡同是她全方位经营中的一个环节而已。钱生钱，钱滚钱，是她的一项乐趣，而不是目的。她要用她的美丽驱使所有人，这所有的人当中，白涛可能占最大的份额，但不是唯一的。所以，有时候来，有时候也不见她来，显然老先生为了镇压她，才声称他要死了，虚构一个死了多年的晏波复活的神话或者鬼话，使谷玉觉得眼巴巴快等到手的财产继承权，眼看要泡汤。那可是十分可观的数字，因此，不待老头好一点，不让他这个老年人得到各方面满足的话，对不起，拜拜啦！

我在猜想，对这位智者来讲，一个小手段，一次小把戏罢了。

虽然他私下对我坦诚地说过："每个人都是他自己的行尸走肉，别看他活着，其实并不是为自己活，而是为那个符号活，有时冷静一想，也是很累很累的呀！但是真的就此丢手，也下不了这个狠心。"

这大概是他的肺腑之言，所以，几十年就这样聚精会神过来，到了快闭幕的时候，突然顿悟，毅然决然地要结果自己，说不大通，除非晏波真的活了。

即使活了，他也不必要死嘛！虽然她失踪的消息传来，他表现得十分差劲，哪怕去雪山公路走一趟，查一查，走一走形式，也心安些呀！现在，她的影子，造成他的良心上的不宁，开始折磨他的时候，也只有死是最彻底的解脱了。

但白涛说说罢了，未必肯轻易尝试。我们中国人在自杀文化上，由于儒家"身体发肤，受之父母"的影响，很不发达，很不先进，也很不讲究。西方有决斗，日本有切腹，香港有割腕，印度有自焚，而中国只有投河上吊喝卤水这类最原始的方式。我的一位同行，写了一辈子农村小说，至今，他作品中的主人公，所有寻死的办法，只有跳河一道，也真是够难为这位作家的了。白涛即使悟道，但他仍是中国的知识分子，胎里带的出息不了，绝无自杀的气概。

不久以前，他还著诗，要活到一百五十岁呢！

香喷喷的谷玉，进得屋里，身后还有一位客人，名片递过来，是一个很有名气的大公司的老板。当后来知道他是"加农炮"的儿子时，恍然大悟，怪不得看来有几分眼熟。

起初，我一愣，我看到白涛也一愣。如果说录像带里那个短发的女人，说是像晏波，不无牵强的话，那么眼前这位年轻气盛的老板，倒活脱像那个动不动就拔枪的司令员了。包括说话的语气，和金丝眼镜下的那份书卷气，都若隐若现出那个沙场老将当年的模样，简直怪了。

一提到宋加农，便全明白了，而且他还活得很好，只是很少出头露面。"你们知道我父亲的性格——"

"他老人家该有八十岁了吧？"

"差不离了。"

这世界其实并不大，不会超过三个人的转折，就能搭上关系，不是朋友的朋友，亲戚的亲戚，就是朋友的亲戚，亲戚的朋友。总之，人世间，正由于这些彼此联系的桥，而构成网络，这大概也就是佛教所称的缘分了。

"啊啊，我们都曾经是你父亲的部下——"

进屋的这位老板，不像腰缠万贯的暴发户那样粗俗。这一点，像他父亲，谦和儒雅地坐下来，说："我听我父亲提起过，你们二位是前辈啦，多指教！"

于是，想起了早已忘却的过去……

"加农炮"想不到这个骑白马的女子，如比干脆地拒绝了他的求爱，脸刷地一下，血色全无，男性的自尊受挫，暂且不说，首长的威严扫地更为难堪，他怎么能就这样善罢甘休呢？

不过，也许，他太钟情这位太有性格的女兵，奇迹般的忍住了。

当我们同他的儿子，这位从外国留洋归来的现代人，重新回述那段往事的时候，首先，得原谅革命年代的粗线条作风，和对感情处理的简单化做法，那是一个历史时期的产物。我们没有权利要求前人，都是圣贤，都是神仙。他们每个人对这个共和国的成立，都是有不朽功勋的，谁也不可抹煞的。但不等于说他们个个都是完人，从来不曾做错过任何一件事，那是不可能也不实际的。包括一些比"加农炮"更伟大的人物，革命的领袖之类，不也有失误嘛？所以，司令员在晏波离开以后，他把门猛地关上，并且向外吼了一声："谁也不许进来——"以后，他的警卫员、秘书、参谋，就一齐找机关保卫部长来了。这几乎用不着下命令的，立刻开始是谁有这样的胆子，敢在太岁头上动土，打这个北平来的漂亮女兵的主意？

部下雷厉风行的积极性，是一点也不奇怪的。

因为坐在我们面前的这位西装笔挺的副总，他的亲生母亲，恰恰在生他的时候，也是我们到达解放区不久，由于难产和医疗的不及时而死去了。于是，好像很自然地，也好像再合适不过地，这位北平来的地下党员，学运领袖，和南征北战的将领的结合，应该是最美满的一对了。不仅司令员本人这样认为，当时的上上下下，也这样认为，言下之意，这档子婚姻是理所当然的天作之合了。

结果，写过情诗的白涛，被保卫部找去了。很客气，请他去谈谈。

我吓了一跳，那时有一句顺口溜，"天不怕，地不怕，就怕保卫部来谈话。"这实在是冤枉他了，聪明的诗人已经分明告诉过我，他太了解司令员那匹白马，送给这位漂亮的学生队队长，是个什么意思？他即使有这份心，也未必有这份胆。情诗是写过的，不过标榜的成份更大些，这个诗人不光是浪漫，更多的是算计。因为晏波是五分区众所周知的美女，他在追求她，岂不是最好的造势嘛！

大家眼看着白涛落在一个危险的境地里，也是他活该了，谁让他吞食禁果呢？估计最从轻的发落，也是送到前方去，那是一个光明正大的收拾一个人的办法。这不一定是"加农炮"的主意，固然他会很生气，他会咆哮，他会娘老子乱骂一阵。但他，也有他行伍出身的爽直，和他性格上的开朗一面，气完了，吼完了，骂完了，也就拉倒了。再说，一个高层领导，不可能是一个爱情至上主义者，眼看全国解放在即，要做的工作多得不得了，千头万绪，不可能跟一个文化人太计较的，也许，一笑了之。也许，大人不记小人过,放他一马。但是,这个世界上有的是好事之徒,唯恐别人不受到伤害,而要从他人痛苦的呻吟中,来享受一番折磨的快感,自然不会轻饶了他。

这事,倘放在我的头上,那肯定是任人宰割的俎上肉了。但白涛,那时比现在还要机灵,还是敏捷,金蝉脱壳,找了一个关系,拍拍屁股走人,他要奔赴延安去了。保卫部觉得他很识相,走了就好,所以,乐观其成,话谈得很融洽,这就不能不使人赞赏他的自我保护能力,毫毛也没伤掉一根地登上征程。于是我在报纸副刊上先读到他写将军渡河大捷的一首诗:

风雪千百里,
将军铠甲寒,
挥师黄河东,
踏冰凯旋还。

还有一首,是写他自己的了。

风萧易水寒,
投笔上延安,
戎衣征尘满,
热血洒关山。

晏波这个人,肯定有一种贵族的骄傲血统,坚持要给他送行。我劝这位队长:"你算了吧?不必要给他雪上加霜了吧!而且对你也不会有好处的。"

"他是因为我的缘故,才受到这次无妄之灾的,我不能把脑袋缩在脖子里,装什么都不知道。我不信,司令员会这么狭隘——"她牵着她那匹白马,众目睽睽之下,送了一程又一程。

"加农炮"也是个怪人,他非但没有暴跳如雷,反而夸奖她:"我还少见这样一位女同志,说她是男子汉大丈夫,也不为过——"竟没有难为她。这一场风波,总算停歇下来。谁能想到,塞翁失马,焉知非福,老兄到延安镀金以后,又从那儿到了东北,然后进关,到了解放后的北京,从此,便一直在文化界担当领导职务了。

后来,我们在北京相遇了,那是一九四九年的秋天,他问我:"晏波呢!"

"南下了呀!"

"有她的消息吗?"

"在'加农炮'的部队里,作民运工作。"

听到这里,他像挨了一棍似的蒙住了。好一会,才缓过劲来:"这个'加农炮',到底把她弄到了手!"

"你可别瞎说,他又向她求过婚,不假。不过,她把你那套鸡兔不同笼的理论对司令员讲了。"

他倒抽一口冷气:"这回该把宋老总惹火了!"

"你简直想不到,'加农炮'说:'我会一直求到你同意为止!'就这样,她来信告诉我的。"

白涛一下子活了,拉我到当时的东单小市去喝馄饨:"这就说明我还有希望,我要和'加农炮',赛一赛!"

我嘲笑他:"这一回要再碰上他,怕就没有那一次的便宜了。"

"你放心,不会的——"他说,"聪明人一见势头不好,必须立刻跳出是非之地。一旦身陷不利局面,如果你不能迅速地摆脱,你就只好挨打,而且,坏事情只要开了头,就会层出不穷。所谓'祸不单行',也就是这个意思了。所以,老祖宗说的三十六计,走为上策,实在是高明啊!你走了,那些想收拾你的人,无的放矢,也只好拉倒。"

"要做到你白涛似的炉火纯青,刀枪不入,还真是需要绝顶的学问,所以,你会成为中国唯一,世界无双的政治生物。"那时候,我就看出他的伟大了。我们进城,还是小八腊子,而他却是部门负责人了。这位白涛,才有自信要和司令员角力的。

> 船行江海间,
> 风正好扬帆,
> 飞鸥无所惧,
> 天高任登攀。

这首诗,很足以看到他那时志在必得的心情。

这些年来,我们交谈得多了,他也不怎么跟我见外,大概看我诸事不顺时多,老是开导我:"老兄,一个人不聪明,不是过错,但由于自己不聪明而吃了苦头,不恨那些给你制造苦头的人,转而恨那些没吃苦头的聪明人,这是很不应该的哟!"

他说的当然也对,不过,我从心底里不能认可他的这份聪明,一天二十四小时,要打叠起万般精神,来和这个世界周旋,甚至连睡觉都得竖起耳朵,而且数十年如一日,想到这里,我都不寒而栗。一个人活在这个世界上,他的全部乐趣,就是永远不停地在盘算,在运筹,在计谋,在策划,第一,不能失败;第二,必须成功;第三,超过别人;第四,完全胜利,要做他这样的人,这一辈子岂不是太累太累了嘛!

不过,他从来没吃过亏,倒过霉,终其一生,总是无往不利,稳操胜算的。想到这里,你对他的生活哲学,也就只好五体投地了。

那次告别途中,他对送行的晏波说的那番名言,会影响一个女人的一生,也真是对他这样的聪明人,望而生畏呀!"……你的先辈是王公贵族,你的祖父是翰林学士,你的父亲是大学教授,你自己是名门闺秀。鸡兔同笼,在四则运算题上是可以的,但实际上,这两种动物是没法在一个笼子里共同生活的。"

晏波是个性格很要强的女人,她不喜欢别人一下子烛穿了她的心思。她拒绝"加农炮"那粗暴的求婚方式,是表面原因,考虑得更多的,也确实是这个鸡兔能否同笼的难题。白涛是人中之精,这句话像在她心上刺了一刀那样,留下了永远的瘢痕。我们沉默着走了好一段山路,她才说:"算了吧,诗人,你这种想法是很犯忌的。"

白涛什么事都不留后患,话锋一转:"因为我们无论如何是同品种的,所以心口如一对你说这几句临别赠言。当然,在我看来,像'加农炮'这样毫无疑义的好人,还真是不多,他不机器,这是他的可爱之处,许多人,一参加革命,就把自己视作一台机器,而忘掉自己是有血有肉有感情有灵魂的人。"

"看你,话全让你说了,这岂不是要我接受'加农炮'的求婚?"

"这是你的事,我不表示态度。"

"你真滑头!"

"好了,别送了,两位——"他对晏波和我说。

晏波在分手时,说了一句:"诗人,我承认,你原来给我留下的印象,不怎么样。"这是她的性格,不怎么懂得隐瞒自己的观点。

"那么现在呢?"

她笑了:"有一点点改变。"

也许,正是这一九四八年的这一点点改变,五十年代,她在南方得了病,回到北京,回到帘子胡同,就嫁给了在文化界开始有影响的白涛。随后,"加农炮"也调到中央一部门工作,恰巧是她的上司,找过她。很得体地,也很有分寸地向她表示,她对于他的重要性。她说:"将军,你是一个非常好的人,但我不适合你。"

他豁达地笑了,问她:"是不是鸡兔不能同笼?"

她没有想到这位将军痴情如此,她真是不好意思张嘴,告诉她的近况。只是说:"宋部长,你会找到比我更好的对象。"

"加农炮"不死心,他说我这个人打了一辈子的仗,也从来不是常胜将军,失败个一次两次不算什么,话说到这种程度:"我可以等你,晏波——"

"我已经嫁人了。"

"嫁了,我也要等。"

这位固执的将军,为她等了一辈子。按他儿子所说,甚至知道了她跌进雪崖的消息以后,仍旧相信她活着,还在等待着她。

一个男人能这样长期地,永远地,坚持爱一个女人不变。说到这里时,那个绝对钻到钱眼里的谷玉,都被感动了。只有我的老朋友,那位常胜的智者,一脸麻木地坐在太师椅上发愣,而且显出从未有过的颓丧。

240

5

那位年轻的老板看了房子一圈以后,答应和谷玉签这个融资协议,然后,告辞了。看谷玉那副神态,当然,也许得老未婚夫的真传,有某种表演成份,但至少使人感到,如果连她一并抵押出去,她也乐意的。

她要送这位老板出去,白涛叫住了她。

"干嘛?"

老先生示意我代他也代她送客。如果我没猜错,白涛所看到他年轻情人的眼睛里,那没有说出来的语言,是和我想法相同的。这个吃一辈子政治的人,察颜观色,自然是一等功夫。

"好吧,我来送你出去!"

"不用了!"

"没关系的。回去务必向你父亲问好!"

"好的,好的。"

"他老人家的身体还可以吧?"

"不错!"

"精神呢?"

"也还凑和!"

"脾气呢?"

他笑了:"老了,倒比以前好多了!"

"大概许多年前晏波的失踪,我想——"

"是的,给他打击太大,差一点点就完了,不过,天保佑——"

他说到这里,我不由得替我的老首长,感到悲怆,在这个人欲横流的世界上,还能找出一位如此忠贞于爱的男子,不管他年岁多么大,也不管他是成功还是失败,总是令人肃然起敬的。"他能熬过来,那太好了,太好了!"

"我父亲有时也看看你写的小说,你知道他原来文化不高,后来很可以的了。"

"真了不起!"

"也真是想不到的,一个男人爱上一个女人,会产生这样巨大的力量。"他儿子发出这种感叹,也震撼着我的心。接着,这位老板在院外胡同里,很有礼貌地问我,"那位白涛前辈,我听我父亲谈起他时,很赞扬他的文章,他的口才,他的风度,很惭愧自己比不上他的。可我今天看到的他,怎么跟我想象的他,一点也不符合呢?"

我该怎么回答这位年轻人?

幸好,他的司机把车开了过来,无须接着谈下去,这样,和他分手了。

等我进屋,只听白涛有些气急败坏地问:"你干嘛要把帘子胡同这套房子,抵押出去?"

谷玉一笑,过去搂住这个老先生:"你知道,我需要一大笔头寸。这笔生意,你也赞成的嘛!怎么出尔反尔呢?"

我心想,那位老首长的公子没有说错,看起来他是真犯糊涂了。

接着,白涛当着我的面责问谷玉。他很恼火,因为他还没死,他还没有把这笔遗产正式过户与她,虽然他答应过,在遗嘱里写过。他在这个世界上没有什么亲人,和他这份偌大的家业有关联者,除了那个死去的女人,便是眼前这个女人了。

"但这不等于现在你就有权做主,而且,你也知道,这座院子对于我的意义,是多么重大?偏偏又是这人不是人,鬼不是鬼出现的时候。"他很少这样激动。

这是个在玩弄整个世界的女人，不太把老头子的火气当回事。

正因为外人的我在场，她不想把话说透，商业秘密加之黑道，便只好模糊地说："老爷子，你忘了西北省份的那笔大生意啦，我得拿出大把票子，只有院子抵押出去，有了钱，人家才肯给货，有了货，马上就是加倍的钱，还给他，借据抽回来，不就结了。"

"我有个预感——"

"求你啦，不要这样神经兮兮行不行？这一点也不像你——"

她告诉我，现在银行卡得太死，银根吃紧，只有这位老板肯借钱，除利息外，还要纯利润的百分之四十，一半被他赚走，够心毒手辣的，有什么办法？那也只好硬着头皮跟他签约。

"不能给他这个便宜！"

"那你也一个子儿甭赚，即使还留下百分之五十，也不是小数目，老爷子！"

看那张艳若桃李的脸上，所表现的得意之色，大概为数不小。真是谁没料到的，这个漂亮女人的天才，竟是在理财方面。怪不得早先在艺术学院学画，怎么也不成，转而到艺术家协会任职，作白涛的秘书，也很一般。直到她替白涛开了这间画廊，和艺术品经营公司，她才找到了自己。

白涛自从晏波走了以后，一直鳏居，也曾经有过个把床上伴侣，都对他的家产比对他这个人更有兴趣，白涛是什么人，能上这个当，饶是睡了人家，最后还把人家打发走了。只是这个谷玉，一是和他旗鼓相当的聪明，二是作为女人，在她最佳年龄段，最大的欲望，不是男人，而是金钱，这使他很放心。三是合伙做生意，从来是二一添作五，该她的，她一点不客气地拿走。不该她的，她正眼也不瞧。四是迄今为止，没有发现她对他有什么谋财害命的意图。

涅槃

"说是这么说的——"智者那双贼精的眼睛闪着凶光,跟我私下透露,"我很清醒,这个女人能跟我维持这份关系,最终还不是我这份家业的驱动,我会傻到看不出她的心计吗?只是在她未表现出来以前,先跟她这样过着罢了!"

这一点,谷玉也明细得很,对我说过,那一张精明的脸上,也透出相当老练的心机:"他不愧是个老狐狸!看似不设防的城市,里面却埋伏着刀枪。"

白涛也晓得他身边的这个女人,知道他提防着她。笑着对我说:"心照不宣,这样更好!"

他有首诗,写出了这种将遇良相的局面。

好马配好鞍,
好女爱好男,
相看两不厌,
晚霞映满天。

就这样,这两个精明人结合在一起了,她需要他的名气、资望、本钱、口碑、关系、网络、人情、世故,他需要她的年轻、漂亮、灵敏、精力、活跃、交往、欲望、贪婪,正是这种彼此的情有独钟,才从合作伙伴,而升为正式情人。于是,虽未明媒正娶,但也登堂入室,由半公开,到现在无所谓避嫌的同居了。她一直喜欢这样表白,一个正当年的女人,只是满足于肉欲的享受,那是对上帝赐予你的这份财富的糟蹋。他呢,也说过,现在无须那样吃政治了,该她大显身手赚钱,我正好也该颐神养性的年纪了。

我最早认识白涛这位情人的时候,她是个正经的,至少表面上正经的女孩子。我不知道是这个世界促使她的,还是我的老朋友教导她的,现在这个成熟的女人,已经离正经二字太远太远了。

那时她十多岁,是个土里土气的女孩,手足无措地站在我们这些考官面前。虽然工农兵学员是各地保送来的,基本上等于录取一样,但报到以后,艺术学院还是要面试一下,筛掉一些实在不成样子的。而她,说实在的,就是这种边缘人物。五个主考官,三个主张刷,一个主张留。白涛望着我,希望我和他保持一致,如果我点头,便是三比二,他是主任考官,嘴大些,能决定她留下来。

我这个人的最大弱点,就是不会说不。我对他说:"智者,你这双慧眼,发现这个女学生的什么资质?如此为她卖力气?"从我奔赴解放区认识他起,白涛就是出了名的风流种子,难道关了几年牛棚,审美水平降低了,晏波走了,饥不择食了?这样一个土得掉渣的女孩子,也值得怜香惜玉?

"你没看过她的画?"

我哑然失笑,她的应试作品,和鬼画符也差不多。

"这个丑小鸭的艺术感觉不错,我相信她能成——"

对于白涛,一向不敢恭维。独他在这个女性的评估上,我不能不佩服他那诗人浪漫的眼睛,第一,她后来果然出落得令人刮目相看;第二,她绘画成绩虽然极其一般,但对画品,特别是文物的鉴别鉴赏能力,是第一流的,很少出错。

现在坐在我身边的这位老板娘,还有一点当年那畏畏怯怯的影子么?

一个名义上的独身女人,拥有一辆红色福特车,一套她自己的公寓,一间在近郊的别墅,一套在星级宾馆的长期包房,以及一些围着她转的而未必能得到她的男人,和为她卖命的,一批在遥远省

涅槃

份里像钻土的耗子那样挖坟掘墓的喽罗。可她，仍然把帘子胡同那四合院，当作她的家。只要老头子觉得寂寞的时候，无论多忙，也要来的。她一会儿把白涛叫作她的老伴，一会儿又称呼他是永远的未婚夫。她明白得很，要是没有他，也就没有今天的她，然而有了他，她也清楚，这个老狐狸，也未必真的能够把握住他。虽然这是一个吃经济的时代，但不意味着吃政治的行家里手，就是过眼烟云的人物。

他说："我也许真的要死了，怎么总忐忑不安呢？这个协议不能签，我对'加农炮'这个儿子，丝毫没有把握——"

"你怎么啦，老伴！"她说。

"这是我们两个的生意呀，亲爱的！"她又说。

也许我曾经投过她决定命运的一票，她一直很信任我，拉我到院子里，要我帮着说服这个无论如何不放心的白涛。

"我从来不想得到他的什么，更不想算计他的什么，因为我已经到了这样的境界，不在乎钱的多少，而在乎的是，我有多大的能量？老先生的一辈子，是适应这个世界，而立于不败地。那我，也想试试，以我的意志，按我的方式，让世界适应我，看我能不能像老未婚夫那样永远取胜？"她发表这番征服世界的宣言时，我看到了一种可怕，一种替我这位忘年交的不寒而栗的前景。

然后开着她的红色福特，去忙她的买卖了。

当我把她的意思转达给白涛时，他说了一句很凄楚的话："她把这个院子抵押出去，等于给我的棺材，钉上了最后的一个钉子。"他长叹一声，"也就只好这样了，横竖我快走完我的路了。"

临走，我问他："你把我叫来，到底要我干什么？"

他指着那几盘录像带，大概要我去给他弄个水落石出的意思，无论是人是鬼，我出面，比谁都合适些。但是，他已经没有什么力气跟我说下去，摆摆手，看来，他也觉得没有这个必要了，"拉倒吧，老兄！"说到这里，他真有一点要涅槃的意思了。

故事写到这里，也就进入尾声了。

我不想描写我的老朋友怎么离开这座四合院的情景，虽然谷玉说，我们狡兔三窟，公寓、别墅、包房，可以换着住，哪儿也比这死气沉沉的院子强。但他走出帘子胡同这院门时，这个一辈子吃政治的人，也动了感情，扶着谷玉，眼泪鼻涕地问："我们还能回来吗？"

谷玉安慰他说："能，当然能！"但说的人和听的人，都不相信这种可能性的出现了。

我也不想描写我的革命领路人，那位从雪窟里死里逃生，但已经失忆了这多年的晏波，走进这个院子时的漠然神态，人虽然老了，但那模样未改，不过眼神再找不到当年那女兵的英武了。听她似熟悉，又似陌生地问："这是哪儿啊？我怎么好像来过？"所有在场的她的朋友、同志、亲属，听到她腔调并未大变的说话声，没有一个不恻然心动的。

那录像带上的短发女人，确实是她。她现在唯一能记得起来的，就是白涛，然而，正因为恢复了这一部分记忆，她认出了。但她说，她宁可再死一次，也不愿再见到他。

我更不想描写我那老首长老上级，这未免太漫长而残酷的感情历程，当他听到她去为他洗刷耻辱而途中翻车的消息，差一点急死过去。等到他平反昭雪，又是怎样赶到出事地点，动员了很大的力量，把掉在冰谷里死尸一一找到，就是没有晏波的。他曾经写过信和白涛联系，但诗人一笑置之。由于他坚信晏波活着，一定要找到她，断断续续在那里寻访好几年，差点搭进自己一条老命，才把完全失忆的她发现。然后又把她送到北京来治病，按医生的意见，有了那录像带里镜头场面。

当她认出白涛，并从脸上露出鄙夷的神情时，"加农炮"对他儿子说："也许熟悉的环境能唤起她的记忆力！"于是，就有这座帘子胡同的院子抵押的事情。

那天，我看到这位须发皆白的老将军，情致不减当年，还是那尊"加农炮"的样子，我紧紧握住他的手，本来有许多的话想说的，不知为什么，脱口而出，却是在问他："能有把握使她恢复记忆力么？"

他说，也是给院子里所有的人说："应该能，当然能，为什么不能！"

全院一下子静了下来，只有那位带我通过封锁线的女兵，对大家微笑着。

于是，我不禁想，在地球上面，空气不能没有，水不能没有，爱，也是同样不能没有的。

要是这个世界彻底失去了爱心的话，那恐怕就是人类真正的死亡之时了。

七层宝塔

——朱辉

（2018年获第七届鲁迅文学奖，载《锺山》2017年第4期）

七层宝塔

朱　辉

1

　　鸡叫三遍，天还没亮。这是个阴天。唐老爹躺在床上愣了会儿神，穿衣下床了。古人闻鸡起舞，唐老爹是闻鸡起床，大半辈子都这么过来了。鸡是个好伙计，冬天日头短，夏天日头长，鸡按季节调整报晓，比闹钟体贴得多。去年搬家，进城上楼，好些旧家什只能扔掉，几只鸡他还是带来了。好在他是一楼，有个院子。说是二十几个平方，其实也就是两三厘地，但没有院子哪还像个家呢？院子虽小，但接地气，通四季。搬家的时候，老两口有几分不舍，也有几分欣喜。毕竟是新房子，毕竟进城了，还有个院子。除了鸡，锄头钉耙粪桶扁担之类，不占多大地方，他也带来了。带来是因为有用，院子虽小也可以种种菜。即使用上了抽水马桶，粪桶也能摆在院角，积积鸡粪。

　　新房子离老宅五六里地，原来是个大土丘子。土丘被挖掉了，造了新城。搬进来的时候是秋天，按理说青菜菠菜之类都还可以种，不想却根本种不好。土太瘦了。开地时他就知道种不好，土黏滋滋的像橡皮泥，瓦瓷砖石崩得手疼。盘古开天地以来这里就不是庄稼地，菜果然长得异怪，种子撒下去，出倒是出了，却只往上长，什么菜都长得像豆芽。锄掉却也舍不得，偶尔去弄弄，当个景致罢了。

　　也不能说住新房子哪里都不好。厕所就在家里，方便干净；老宅的厨房在院子里，冬天吃饭，菜端到堂屋就凉了，现在没有这个问题。问题是除了吃和拉,你总还要做别的事。唐老爹以前,每天的事排得满满的。种菜,读读三国西游,写写字,接待街坊,再出去转转拉呱拉呱,一天不闲着。现在客厅倒还是有一个的,进了防盗门就是,刚搬来时还有老邻居来串门,现在基本没有了。大概大家感觉差不多,那防盗门像个牢门,串门有点像探监。唐老爹有心去看看老乡亲,但从前村子的格局,路啊,桥啊,大槐树啊,都被抹掉了,房子被垒起来,六层,平的变竖的了,他爬不动。爬得动他也找不到,村子打乱了,乡亲们各奔东西,几十栋楼,长得都一样,他犯晕。

早饭还是老三样,馒头稀饭就咸菜,咸菜也算一样。几十年下来,就这个合胃。用上新厨房,得济的是老伴,她天天夸,夸了个把月。洗衣机也省事。总之她比唐老爹适应,连广场舞都学会了。唯一让她抱怨的,是吃菜还要去买。以前吃不完还要去卖菜的,现在倒要去买菜,而且天天要去。以前是地里有什么吃什么,现在她挑花了眼,不会买菜,而且嫌贵。饭桌靠墙的那一边卷着一叠报纸,上面镇着砚台,现在唐老爹偶尔还会写几张,但今天却没兴头。吃过饭他三个房间转转,朝窗户外望望,叹口气,又转回客厅来了。他看到的都是墙,东西两面是自己的墙,南北透过窗户,隔着路,是人家的墙。他自己一下子都说不清,他想看到的是什么。"家徒四壁",头脑里突然冒出个词,也知道用得不对。家里其实满当当的,老立柜、家神柜都带来了。家神柜上烛台香炉也照原样摆,可客厅到处都是门,只能摆在朝北的房间里,不成体统。好在这房间并不住人,不糟污,想来祖宗也不至于怪罪。

天阴着,一时半会不会下雨,也出不了太阳,不爽快!唐老爹一时不知道做什么。还是躺在床上睡着了好,一伸手,左边还是墙，右边是几十年的老伴，熟悉，安心。起了床，他竟不知道怎么安置自己这个身子。住老宅的时候，他是黎明即起，洒扫庭除，现在这院子，稀稀拉拉的菜地，不说扫，看他都不愿意多看。可是鸡把他叫起来了。现在他人起来了，身子竖起来了，可是村子也竖起来了，他没个去处。老伴听他说要去买菜，喜出望外，一迭声说了几个好。

出门的时候，老伴正在院子里喂鸡。出了门洞，遇到了楼上的阿虎。阿虎正在捣鼓他那辆面包车，扯着透明胶带往车灯上贴。抬头看见唐老爹，他笑嘻嘻地喊一声"二爹"。按辈分他本该就这么喊，从前也一直这么喊，但今天唐老爹却被他喊得怔了怔。搬到这里不久，这"二爹"他就不出口了。他们楼上楼下住得别扭，彼此都不舒坦。唐老爹本以为是他看出阿虎的车原来是个破车，阿虎不好意思才礼下于人，但个把小时候后他回来，就知道不是这个原因。他没想到，就这个把小时，家里就出了事。

出门时他当然不知道会有事。他是去买菜的。难不成老伴不知道怎么买菜，他倒知道？不是的。他也就是借机出来转转。没人晓得他早晨站在窗户前张望，是在看什么。出了小区，一抬头，远处的宝塔遥遥在望。不要动脑子，他的脚自然地就朝那边去了。这时他才清楚，他在窗户前找的就是那座塔。看见宝塔，他才觉得安心。耳边传来了"叮叮当当"的声音，是宝塔顶层八个角上个挂的铜铃在风中响，好听。宝塔叫"宝音塔"，西边一箭之地就是他的老宅。老宅已成瓦砾，现在连瓦砾都清掉了，只有宝塔还在。暮鼓晨钟消失了，宝塔还孤零零地立着。这时他突然确认了他夜里睡不实在的原因：铜铃还在这里响，可是新房那边听不见。

土路，衰草，野风，唐老爹走得有点气喘。宝音寺已经拆掉一半,僧人早就散了伙,不过塔还是老样子。唐老爹在塔底稍一迟疑,爬上去了。风很大,满塔的风。片刻后,他站在了七层,最高处。

他朝老宅那个方位看看,又在塔顶转了一圈。全平了,地似乎矮了下去。光溜溜的大地,已经被大路小道画成了格子,河填的填,挖的挖,像是刀豁出来那么直。这是未来的开发区。朝北边眺望,黄墙红顶,一排排整齐的楼房,那是他现在的家。家具体在哪里,他找不到,也看不见。可以肯定的是,他将老死在那个水泥盒子里。此刻他满耳的风,心里却空落着,他不会晓得,此刻老伴正在那边又骂又叫。待她找到手机,她的声音才能传到唐老爹这边。

2

唐老爹的步子有点急。他急的不是出的这件事,是老伴那急火攻心的声音让他不敢怠慢。这么个岁数了,火上了房似的,至于吗?不就是几只鸡么?

鸡死了。一公两母,都是腿笔直毛糟乱,死在院子里。那公鸡性子猛,还在唐老爹眼前乱蹬了一阵腿,脖子昂起来挣一挣,彻底不动了。老伴坐在院里的杌子上抹眼泪,嘴里乱骂,哪个天杀的药了她的鸡。唐老爹拍拍她肩膀,在院子里转了一圈,东看看,西瞅瞅,心里有数了。院墙外已经有人看热闹,老伴见来了人,骂得更起劲。唐老爹拿眼睛瞪住她,笑着说:"没事,没事,"见人家没有散去的意思,只好给出答案说:"几只鸡瘟了。"他可不愿意把日子过得像发了案子。他把老伴推进屋里,随手关上通院子的门。老伴说:"你当我眼瞎啊?鸡瘟是这个样子?"唐老爹说:"那你说是怎么弄的?鸡可是你喂的。"老伴说:"是我喂的我才说!我可没喂过那些碎玉米！"说着就开门要他到院子看。唐老爹摇摇手说不用看，他又不是瞎子："可你能说清玉米是哪里来的吗？"老伴手往天花板上一指："不是他家还有谁？"唐老爹摇摇头说不见得："院墙外面也能朝里扔，"他一锤定音，"你不能排除其他方向，就不能一口咬定是楼上干的。"他走到窗前朝院子看看，其实也心疼，但又接着说："即便是楼上做的手脚，楼上也不就只有一家，上面五层哩！我们要讲道理。"

他讲了一辈子道理。这句话一点不带虚的。前半辈子他按道理过生活，年过半百后，他在村里辈分渐渐高了，再加上为人端方，断文识字，无形中生出些威望，还常常要给别人讲讲道理。他们村唐姓是大族，村里但凡有个家长里短，邻里纠纷，都愿意找他说说，评评理。他评理讲的是公道良心，有时比法律还管用。他不是族长，倒常常胜似干部。村干部也尊重他，乐得有个帮手，私下里评价他说，唐老爹虽不懂法律，却懂得人伦民俗。这话传到唐老爹耳朵里，他哈哈一笑，心里说：唐宋元明清，从古走到今，不管你是大唐律大宋律还是大清律，讲的还不就是个天地伦理？他讲了一辈子理，搬进新村却形势不一样了。这房子一叠起来，风水似乎也变了。找他评理的少归少，也还有，但是大多是新问题，唐老爹断不清是非，说了也不管事。这不，眼下他自己就遇到了新问题。这几只鸡，就是个闹心的事。

刚才在院子里一转，他心里已有了数。早晨出门时阿虎朝他笑眯眯地喊"二爹"，其实就不自然。他早就鼻子不是鼻子脸不是脸了。阿虎对院子里的鸡很反感，主要是公鸡不好，早晨乱叫，让人没法睡；二是母鸡也不好，下个蛋嚷个没完，还鸡毛乱飞；三是鸡屎鸡食很臭，惹老鼠。老伴很抵触，说鸡养在我院子里，管你什么

七层宝塔

255

事？唐老爹也抵触，其原因更是因为阿虎的态度。一个没出五服的孙辈，一下子平起平坐了，说起来还一条一条的。最后阿虎媳妇连狠话都飘出来了，"他不自己杀，有人帮他杀！"这过分了。有明火执仗或者持刀剪径的味道了。唐老爹不能服这个软。但现在这个格局，楼上楼下的，人家这三条虽说是几次上门来零碎说全了的，但唐老爹总结一下，觉得也不无道理。其他邻居也有给阿虎帮腔的。唐老爹从善如流，折中一下，决定鸡自己处理，一只一只杀了吃。一次性杀掉吃不了，面子也下不来。这可好，人家等不及了，还是一次性全弄死了。

　　他心里憋气。于是写字。随手写，不临帖。三更灯火五更鸡，正是男儿读书时，这是颜真卿的诗；桑榆郁相望，邑里多鸡鸣。晨鸡鸣邻里，群动从所务，这是唐诗，不记得谁写的，说的是村里有鸡，人各忙各的。现在这里虽然叫新村，但可真不是村了，容不下鸡了。可这下手的也太狠了一点，太阴了一点。唐老爹看着老伴到院子里把死鸡全拎了回来，放在厨房的地上。"你这是干啥？这能吃么？"老伴眼巴巴地看着他，嘴直哆嗦。唐老爹放下笔，把鸡拎回院子说："埋了吧。肥田。"

　　他不愿意老伴揪着这几只鸡闹事。居家戒争讼，讼则终凶，古人早有告诫的。他其实刚才就看清了毒玉米的来路。墙角的那棵桂花树，也是老宅移过来的，唐老爹看见桂花的叶子上落了不少碎玉米。玉米粒被碾碎了毒才浸得进去，这说明是故意的；落在墙角的树叶上，这明摆了是楼上而不是院墙外扔过来的。不是阿虎家扔的还有谁？

　　邻居好赛金宝，唐老爹岂能不知？以前是各家大门进各家，虽也有东家树桠伸到西家，这家的鸡蛋生到那家的事，但远没有现在这么复杂。搬到新村后,几个自然村被打散了,这栋楼只有阿虎家原本就是老邻居,唐老爹还满高兴。万没想到楼上楼下这一住,好些问题接踵而至。阿虎为鸡来提意见,顺带还提出过院子里种菜不好,夏天到了蚊子吃不消。还说楼下那棵老桂花树太高,树枝长到他们家窗台边,老鼠沿着树爬到他们家,东西都咬坏了。他手一指他家窗户,窗纱还真被咬了个洞。唐老爹无话可说,当即拿把锯子,把几根高枝锯掉了。唐老爹确实讲理,人家说得对他就听。菜地不再弄,除了土太瘦长不好,也考虑到阿虎的意见,索性劝老伴不再折腾。但对几只鸡暗中下手,这让唐老爹吃不消了。从心所欲,不逾矩,阿虎是光从心所欲了,忘了个不逾矩。过分了。

　　主要还是个面子。好几天过去,鸡埋了,鸡的故事还在新大街上晃荡。遇到熟人,人家还是要跟他扯起鸡的事儿。他有时眯着眼装聋,有时洒脱地一挥手,"鸡瘟,鸡瘟!你扯哪儿去啦?"就躲过去了。说这事有什么意思呢?他这一贯帮人家调解的人,难不成还要旁人帮自己评理?好事不出门,臭事传千里,这一点倒是乡风不改哩。

　　其实鸡的事只算是鸡毛蒜皮,其他杂七杂八的还有不少,有的事提都不好提的。阿虎上门来提意见时,老伴忍不住,也反击了两点,一是晚上他们回来太晚,关单元铁门手也不带一带,"咣一声,就像在我耳边打一下锣";二是晚上看电视太晚,窗户又不关,半夜三更的吵得人睡不着。老伴还有第三,其实她最在乎,唐老爹及时用话岔开。唐老爹补充的第三是请他们晒衣服时尽量挤干些,免得水滴到下面晒的衣服上。他说得很客气,口不出恶言,省得让人难堪。不想老伴不满意,直接指出晒女人内裤尤其要注意,滴水不干净。唐老爹堵住的第三点,是小两口有点不自重,深更半夜在床上折腾，声响不小，老年人吃不消。这一条她没说出，就顺嘴说起内裤，算是旁道出气。那天阿虎媳妇没有跟着来，否则两个女人肯定是一顿吵。阿虎倒不斗嘴，却针对第三点提出了改进意见。他说有院子好啊，衣服可以晒到院子里，除非下雨什么水都滴不到。还说他很羡慕院子，话锋一转，笑嘻嘻地提出能不能租下这个院子。他说院子开个门就是个门面，做什么生意都是呱呱叫。

唐老爹自然是回绝了。他这院子外面就是路，院子离小区大门不远，开个店还真是好市口。但他钱够用，又不是财迷，还不至于拿清净去换钱。也有点好奇，阿虎到底想做个什么生意。自从拆迁迁居，好些村民摇身一变，猪往前拱，鸡朝后扒，各使各的招数，做起了各种生意，东西南北货，金木水火土，齐全。阿虎年轻闲不住，想找点事做很正常，总比那些吃着拆迁款整天打麻将的败家子强。不过他问阿虎打算做啥，阿虎看出他纯粹是局外人的好奇，并不会改变主意，反问一句："你关心我啊？"就把唐老爹堵回去了。

两家真正的计较恐怕就是这事开始的。那是去年秋天的事。

3

计较归计较，日子也就这么一天天过。秋分、寒露、霜降、立冬，唐老爹家用的还是老式台历。搬家时因为一年还没过完，扔掉不吉利，就顺手带过来了，现在倒也不是完全没用。早晨起来，唐老爹说："看，霜降了哩。"老伴说："都霜降了，还不落霜！"出门的时候唐老爹穿少了，老伴喊住他："都立冬了，帽子还不戴！"节气基本也就这点用了。他们不再按节气劳作，暂时还按节气生活。江山新村几十栋楼，夜晚看和其他住宅区没什么两样，白天就不同了。广场上晒太阳扎堆闲聊的人，他们说话打招呼的腔调口音，明显有共性。别的地方的人决不会谈论节气,他们只知道节日,但这里的人会庆幸已过大寒却一点不冷,或者抱怨小雪大雪都过了,一片雪花没见到。说这不是好兆头,来年虫多,庄稼怕是长不好。

抱怨不下雪的就是唐老爹。有人赞成他,也有人说其实是现在路好了,水泥柏油路,不怕雨雪,你这是盼着雪景玩雅哩。唐老爹被奚落了也不气,人家说的不是没道理。他呵呵笑笑,往前去了。

他常常是不知不觉就转到了宝塔那边。今天刮风,旷野的风迎面吹来,宝塔遥遥在望了,但他却没听到铃声。这有点奇怪。走到塔基下面,他侧耳细听,呼呼的风声中确实听不见铃声。他急忙爬上去,气还没喘匀,就看见檐角的铃铛不见了。他转一圈,八个铃铛都不在,一个不剩。唐老爹懵了,天空中有鸟儿绕着塔盘旋,翅膀猛一扑棱,不知飞到哪里去了。这里的八个铃铛竟都不翼而飞了!

他一时不晓得怎么办才好。看看塔下面,那一面影壁早就倒了。上面原来写的是:度一切苦厄。现在影壁碎了,散了,看见的只是"度苦厂"三个字。唐老爹头一阵晕。刚才上塔时一圈圈转上来有点急了。他赶紧挪几步,离边上远点。

塔上真冷,他哆嗦起来。下塔时他很小心,寸着脚步一阶一阶地下。到第三层,他无意间朝外面一望,看见了三个人,正从东面过来。这三个人他都认得,居委会的赵主任还有个办事员,可怎么还有个是阿虎?他来这里做什么?

这个问题一下子跳到脑子里,可问是不能问的。你这把年纪腿脚都不方便了还来,人家就不能来?这不讲理嘛。其实还有个问题,那就是阿虎怎么会跟主任一起来,无论是他请主任还是主任喊他来,都奇怪。不过唐老爹什么都没问。塔下的主任老远看见唐老爹下来，扬手打了个招呼，继续和阿虎说话，他们谈了没几句就要走，事后想来这很有点鬼祟鬼祟的。唐老爹跟上去，说塔顶的铃铛没了，丢了，一定是被人偷了。唐老爹围着塔基东一脚西一脚地走了一圈，当然没有发现有铃铛掉在地上。唐老爹说："只有一个可能，被人搞走了。"

主任也很气愤，说："这说明要采取措施啊，不能就这个样子。"又说："上面文物局不让拆，弄个半拉子。这不留给了收废品的了吗？"还说："要尽快想办法。"想什么办法，看来需要研究，所以他也就不往下说。阿虎在边上插话说："除非找人看着，要不连砖头都保不住。"斜眼瞅着唐老爹说，"二爹，守夜你吃不消吧？"

这语气明摆着挤兑人。唐老爹说："那你来！"头一扭，径自走了。

宝塔的铃铛没了，梵音悠扬已一去不回。不久，阿虎老婆倒在二楼的阳台角上挂了一串风铃。他当然不能冤枉阿虎把塔上的风铃拿回了家，这是玻璃的，这么小，但他心里不舒坦，耳朵更不舒坦。这声音薄、碎，轻佻，不过唐老爹渐渐也就习惯了。倒是空调的声音更烦人。阿虎两口子会享福，天稍一冷就开空调，外机就装在唐老爹家的窗户上边。嗡嗡嗡，一阵一阵的，弄得窗户像在打摆子。唐老爹和老伴都后悔他家装空调时没有预见到这一茬，现在再说，难。老伴也硬着头皮笑嘻嘻地说过一句："你们家现在就开空调啦？"那阿虎走路急急的，回头说："嘿，这天真他娘的冷！"抬脚就走了。你说他，他说天，你能有什么办法？老伴一肚子气回家，迁怒于风铃，拿根竹竿就要去捅风铃。唐老爹好说歹说才拦住。

现在总结起来，很多事你应该有先见之明，要长"前眼"，空调的事就是个教训。哪怕你不能提前防备，事后的处理也要有个策略。就像炮仗的事，虽有些波折，却有经验可以吸取。总之，最好不要单打独斗。

去年过年前，街上热闹起来，家家店铺生意都红火了，连居民区的大路上都摆上了许多临时的摊子。大家都在赶"年市"。阿虎也在卖南北货的店铺里匀了个巴掌大的地方，做起了生意。他卖的是炮仗和焰火。这本来没什么，不曾想没几天，唐老爹就不得不管了。他没想到，阿虎竟然把他自家当了仓库！他仓库里摆什么？炮仗和焰火！这是在居民楼，是唐老爹家楼上啊。

开始时唐老爹并没有在意，以为阿虎是拎点炮仗回家，自己过年放着玩。后来就不对了，阿虎的面包车每天都要往家里带几捆；更明显的是，不但有进，还有出，他老婆大概是受他电话遥控，时不时地带人来拿货。这明摆着是个仓库，还物流了。炮仗焰火都是见火就着的东西，是炸弹，是火焰喷射器！城门失火还殃及池鱼呢，这楼上楼下的，岂不是在炸弹下生活？

原来阿虎想租下唐老爹的院子，做的竟是这个生意。幸亏唐老爹有先见之明，拒绝了，不想他拒绝了炸弹进院子，这炸弹绕个圈子，上了楼，倒摆到了他头顶上。唐老爹坐不住了，老伴又气又急，站都站不住了，在家里团团转。鉴于以前跟阿虎打交道的经验，唐老爹交涉前先进行了调查研究，他知道阿虎肯定会说他只是暂时摆摆，实在没地方——这"暂时"两个字是实情，年后，过了正月十五，炮仗生意基本都做不下去。阿虎也一定会说实在是没地方——这也是实话，阿虎匀地方的南北货店逼仄得身子都转不了，确实摆不了多少炮仗，即使摆得下人家也不会让他堆货，人家是连家店，楼上住人哩。这正说明了谁都怕出事。唐老爹住在炮仗下，他明知话不好说也必须要说。他找到阿虎,阿虎果然说出上面两个理由,他做出承诺,保证家里一定小心火烛,一点点火星子都不会落到货上:"我比你还怕死!你的命是命,我的命也是命啊!"阿虎嬉皮笑脸的,也许还想幽默一下,"二爹,我比你怕死啊,我们还比你年轻哩!"你听听,这是什么话呀!不光平起平坐,他的命还更值钱了!

4

交涉以失败告终。你总不能使坏放水把他家淹掉。要淹也只有住三楼的人家才有这个地势。唐老爹对选这么个底层真是感到后悔了。从前在村子里,他家的位置那个好啊,整个村子在个大缓坡上,最高处自然是寺庙和塔,隔一条路,不多远就是自家的宅子。坐北朝南,前面开阔,后面有靠,是个椅圈的架势。现在居于人下,可不就只有受气的份?跟阿虎交涉之前,为了表示诚意,他还把阿虎带到自己院子里,指着晾衣绳子上自己动手做的灯罩一样的"机关"说,你看,你说老鼠沿着绳子爬到你家,可绳子不挂这么高晒不到太阳,我做了这么个东西串在绳子上,这下老鼠过不去了吧?他脸上甚至有些巴结。没曾想阿虎虽点头表示赞许,但说到炮仗,白牙森森的嘴紧得很,就是这么两点:临时摆,小心火烛。更可气的是,他说到小心火烛,意思不光他家自己要小心,楼下唐老爹家也一样要小心,那意思好像唐老爹家最好都不要开伙了。

对不讲理的人,其实唐老爹是讲不过人家的。晚上的饭当然要做,不开伙喝西北风去?老伴胡乱下了点面,老两口草草吃了,电视开到夜里,上了床还是睡不着。第二天起来,老伴唠叨得他在家里坐不住,他"霍"地站起,恶狠狠地说:"我还不信了!我找居委会去,就不信找不到管他的人!"老伴看他硬起来,劲头上来了,说:"我跟你去。"唐老爹手一挥止住她。找政府实属无奈,如果打得过阿虎,他宁愿自己动手,就像最近新村里的一些矛盾那样,自己动手武力解决。既然去讲理,自己就足够。他出门时老伴追着说:"你要发动群众!难不成就只有我们怕出事?"唐老爹不理会,出门去了。

事实证明还是老伴更明事理。她更管用。唐老爹找到居委会赵主任,有条有理说了半天,口角都起了白沫,赵主任好像才有点明白。他表态说这肯定不对,却又要唐老爹体谅邻居,说现在百业不旺,生意不好做,熬过年也就罢了。"以后这里也会禁放,你送他炮仗他都不会要。"还说他们没有执法权,没权力上门没收。当然他也不是毫无作为,他给阿虎打了个电话,责成他立即整改。他放下电话,端起茶杯,意思是他已尽到了责任。唐老爹当然不依了,指着桌上的记事本,要他记下来,或者给个字据,保证不出事。赵主任不傻,落字为证他坚持认为没有必要。正争执间,老伴过来了。她不是一个人来的,还带了两个老太,一个是隔壁单元也姓唐的,另一个唐老爹不熟悉,只知道是老伴一起跳广场舞的伙伴。这不熟悉的老太更有战斗力,她说她家虽然住后面那栋楼,但万一爆炸她也没得逃。还说她儿子是武警,消防队的,"你信不信,我叫我儿子带消防车来,把他家滋个水漫金山!"赵主任这下慌了,他最怕的不是滋水,却是唐老爹的老伴。她不是空手来的,她卷了个铺盖扛在肩上,说家里住不得了,她要住在居委会,这里还有空调,还不要电费。

老伴这一招确实狠。赵主任只得把阿虎叫来,勒令他立即把炮仗搬走。"这违反消防法!二十四小时,明天这时候我去现场检查!"赵主任神情严肃,不讲价钱,连阿虎递来的烟都挡了开去。阿虎很识时务,他摆出个二皮脸,对唐老爹等人横眉立目,笑嘻嘻地朝赵主任陪着笑脸。阿虎原先和主任不熟,后来却熟到能一起到宝塔下指指点点地谈事,炮仗的事怕就是个开头。当然这是后话。当时问题总算是解决了。阿虎答应把炮仗搬走。赵主任第二天现场检查,下了楼还到唐老爹家里来了一趟,以示管理严格,验收完毕。

其实炮仗是不是真的搬完,唐老爹并没有亲眼看见。可以肯定的是,此后楼上的炮仗是个有出无进的局面。老两口把心放回肚子里,算是过了个安稳年。阿虎路上遇到了,鼻子不是鼻子眼不是眼的,这是预料之中的,想来事情过去慢慢就淡了。可没想到,还真是冤家宜解不宜结,鸡突然被毒死,就证明了这一点。好在只是几只鸡,不是人。罢了罢了。

阿虎毕竟是晚辈,唐老爹不同他计较。他是看着阿虎长大的。这小子特别顽皮。半大不大的时候,常常点个炮仗往鸡中间一扔,几只鸡以为来了吃食,争先恐后地围过来,"砰"的一声,鸡吓得直往树上飞。后来学会抽烟了,难得也给别人敬个烟。有次一个外地打工的回来,阿虎递上一根烟,还点上火,热情地对方寒暄。那人吸一口烟,突然嘴边吱吱冒烟,吓得一抖,手里"砰"的就炸了。也亏阿虎想得出来,在烟里卷了个炮仗。他乐得哈哈大笑,笑得直打跌,人家不依了,一把揪住他动了手。这事最后也由唐老爹出面调和。他骂了阿虎一顿,阿虎辩解说他算过的,放的是小炮,又有个过滤嘴,断断出不了大事。那人在外地打工,不比阿虎是个坐地虎,也只能算了。现在想起来,阿虎做炮仗生意,倒也不是没有因由,他就喜欢这些咋咋呼呼的东西。他长成了一条壮汉,但那身子里住的,还是小时候那个鬼精灵。他点子多,也出去打过工,也做过生意,但东一榔头西一棒,未见他发达起来。炮仗焰火果然年后就不做了,阿虎在楼下把剩货一个个点了,噼里啪啦震得各家窗户响。周围邻居都松了口气。老伴双手一拍大腿:"阿弥陀佛!"唐老爹也以为他生活中最大的隐患已经解除,"万象更新春光好,一年巨变喜事多",唐老爹每年要给村民写春联,搬进新村后门上都不太好贴了,当然就不再写,但那些老对子他还都记得,"爆竹声中一岁除,东风送暖入屠苏"。这震耳的炮仗预示着良好的开端,唐老爹不再去惦记阿虎还会不会再做生意。事实上,阿虎的生意换个名堂又继续做了,而且,还会和他们有关,还更闹心。

5

人年纪大了,就不怎么会往远处看,不展望。展望了又能如何呢?世事无常也有常,除了能看见自己最后会老,会死,其他的你基本上预见不了。唐老爹就没想到,他祖祖辈辈住的村子会被平掉,他的房子上还会有别的人家。他更没想到,宝音寺有朝一日会成为废墟。如果不是村民反对,闹到上面而上面又发了话,连宝塔都会成为一堆砖瓦。唐砖宋瓦清朝的木头,都吃不消那大铁爪子一抓。现在僵在那儿,所有人都以为那宝塔肯定能继续留着,原因有两个,一是建开发区,宝塔并不碍事,还美观吉祥,算是一景;二是宝塔有灵性,动不得,也没人敢动。拆寺庙那个开铲车的,听说回去就得了"闭口痧",一句话都不能说了。这第二条唐老爹并不全信,因为传言那人是这个村那个村的,还有人说就是唐老爹原先村里的,可这个不对,没这人。不过他不说破,有点畏惧才好,这传言不正是护塔的金刚么?从前四乡八舍都有个敬天命畏鬼神的老理，遇到事喜欢拿神灵发誓赌咒，我若是怎么，就怎么报应，手朝宝塔那边一指，分量是很重的。唐老爹帮人调解纠纷，这场面他见得不少。没人敢去动那宝塔，他巴不得。根据他从小区广场得到的消息，镇上依然有人在打宝塔的主意，说宝塔占据了最好的"网格"，其实就是地块，太浪费。只不过上面的文物局还没松口，动不了。

这是"上面"的事，镇上归上面管，也怕"上面"，唐老爹对此很有信心。至于"闭口痧"之类，传来传去已成了铁案，应该足以吓住动歪心思的人。可没曾想，胆大的人永远都有，唐老爹那天到宝塔去，竟然发现塔上挂的一块匾不见了！匾上有四个字，"佛光普照"。太阳明晃晃地照着，可匾确实已经不在。先是铃铛不翼而飞，现在连匾也被偷，唐老爹简直气晕了。这匾跟他颇有渊源，据说当年清兵南下时，塔过火损了，由他的高祖牵头本乡耆老，捐资修缮，匾就是那时挂上的。他喊几个老伙计去了现场，全都动了义愤。恰巧在路上遇到赵主任，大家群言汹汹，七嘴八舌把情况反映了。

赵主任也很生气，说谁这么胆大包天，这简直是太岁头上动土，老虎嘴边拔毛嘛。他说他知道那匾是清代楠木的，现在很值钱，一定是有人相中了抢先动了手。这"抢先"两个字，其实已透了底，但当时没有人在意。赵主任说这塔现在上面有话，谁都不能动。上面不让动，那就不能动。围着塔的老头老太们你一言我一语，都说这塔灵验，是个神物，宝塔就是气运风水。赵主任这时显出比一般人水平要高，他说这塔是不是文物，现在也还没有结论，要由专家鉴定评级，总之不让拆就要保护；怎么保护他会找派出所会商，这是他们的职责。

阿虎当时也来看热闹。他笑嘻嘻地说，那匾是个好东西，人家拿去了挂在家里，省得风吹雨打的，家里也吉利。两个老太盯上他，说没准就在你家，我们要去看看；就是今天不去，总归我们也能看见。阿虎说你们是偷牛的逮不到，抓我这个拔桩的，谁家能挂下那么大个匾啊？他撇开众人，跟着赵主任，说有事要跟领导请示。大家都有点疑惑，不知他要说的是什么事。阿虎回过头对唐老爹没好气地说："我想开店没门面，要请领导帮忙。你们谁家门面多，想让一间是不是？"他这一说，众人就都散了。

那段时间，整个新村里不少人都像得了怪病，有事没事注意人家的客厅。那匾要是挂在家神柜上方，虽说大了些，确实很搭配。但唐老爹知道，偷来的鼓擂不得，再傻的人也不会把贼赃挂在墙上。可不知为什么，他总觉得阿虎那天凑热闹，路数有点不对。赵主任应承说一定要保护，但明显很被动，不情不愿的味道。他说"上面不让拆就不拆，他们基层就是要服从大局"，这其实话里已有了话，是个不祥之兆，可哪个又能想到，最后是那么个结局。阿虎当时跟着赵主任，说是要找门面，还真弄得唐老爹脸一红，有点不好意思。自从两家因为炮仗闹矛盾，阿虎跟赵主任成了熟人，唐老爹觉得也正常：你的院子不租，人家找领导帮忙，这再正常不过。

他不认为宝塔上的匾和以前丢的铃铛，与阿虎有什么关系。阿虎关心的是门面，不是宝塔。因此他有天看见阿虎的面包车后伸出几根长长的木把子，并没有起什么疑心。车上没有那块匾，这一点可以确定。那长把子家什铲头是圆的，从来没见过。这小子，从小躲着锹、连枷和钉耙，碰都不想碰，怎么弄来这么个东西？唐老爹看不懂，问又不能问。他看看也就走过去了。

事后回想起来，这是个证据。可惜除了那天傍晚看过一眼，那

七层宝塔

奇怪的家什从此就不见了。自从鸡被毒死,唐老爹就抱定了决不多管阿虎闲事的方针。能忍自安。要等宝塔出了事,他心里才又对那家什起了疑心。

6

那天夜里月黑风高。唐老爹半梦半醒中听见一声闷响,连床都轻轻晃了晃;大早一起来,还没走到广场,路上人已经在传,说宝塔倒了!

好多人跑去看,唐老爹赶忙跟过去。塔倒是没塌掉,但塔基被人掏了个大洞。洞很深,黑乎乎的,什么也看不清。有胆大的举着手机上的手电筒,往里探几步,出来时脸都脱了色,喊道:"不好了!里面有个小房子,东西被偷啦!"有人纠正说,那不是小房子,是地宫。唐老爹长叹一声道:"里面供奉的是佛骨舍利子。说不定还有其他东西,都是宝贝啊。"老辈人说过宝塔底下有地宫,现在这地宫洞口大开了。那一声闷响留下的硝烟还没有全散去,呛人。有人跑回去拿来手电筒,唐老爹弯腰朝里照照,空空如也,除了几块像箱子板的烂木头。

当然去报案了。赵主任显得很着急,立即指示打字员给上面写报告,还说要去现场拍了照片附上去。唐老爹提醒他注意一下塔身,说塔身已经有点斜了。

新村里人心惶惶,好多老头老太如丧考妣,见了面都咒骂挖地宫的不得好死。基本的判断是:外地人干的,文物贩子专干这个,他们不怕报应。更多的人猜测那地宫里到底藏了些什么。佛骨舍利是无价之宝,不好买卖,肯定是金盆玉碗惹了眼。他们说得活灵活现,几个盆几个碗,玉光宝气,好似亲眼看见一般。唐老爹那些天老是叹气，总是睡不实，早晨起来就在家里发无名火，老伴算是倒了霉。她气不过，说："你睡不好就会怪我！"手一指院子外说，"我也睡不好呢！他这车停在我家外面，天不亮就轰隆轰隆的，个破车！你怎么不叫他停走？"唐老爹鼻子里哼一声，坐着不动。看见阿虎的车回来了，他出门迎了过去。

"阿虎啊，我夜里睡不好，被你这车吓得一惊一抽的。"阿虎从车上下来，好像没听清他的话。"我说你这车，"唐老爹大声说，"你天蒙蒙亮开车，为什么要轰轰两下，还又不走？"阿虎应该听懂了，似笑非笑地不答话。这个样子让唐老爹无名火起，他的话不好听了："知道你年轻人，有汽车，你车就停在我院子外面我能不知道啊？不轰那几下行不行？"

阿虎脸板下来了："我这是个破车，二手的，等换了新车我就不轰。"他还是笑嘻嘻的笃定模样，"二爹，车你是不懂的。不轰说不定出去就要熄火，熄了火你帮我推啊？"

唐老爹说："那你就不要停这里。"

阿虎说："凭什么？我停你院子里了吗？"

"你就是不能停我家院子外面！"唐老爹老伴出来了，"你不光轰，还有废气！污染！"

阿虎还没开口，他媳妇下来帮腔了："我就停这里。这是我家楼下，我不停这里停哪里？你就是现在去买个车，这地方也还是我们的车位。上厕所也讲先来后到的！"

唐老爹气得直哆嗦。老伴说："你不讲理！"

阿虎说："她还真不是不讲理，我们最讲理。这个地方是大家的，共用面积你懂吗？不懂我讲给你听。"他飞快地上楼，取了房产证土地证出来，摊开来说："图看得懂吧？院子里是你的，道路是共用的。共用就是大家能用我也能用。看明白了吧？"他晃晃手里的证，"这可是法律文书哦！"

唐老爹说："那你这车吐的废气不要飘到我家。"阿虎媳妇说："什么废气！人吃饭还放屁哩！废气在哪里？你抓给我看看啊！"老伴说："好，院子是我的，那我院子里的鸡是怎么死的？"阿虎两口子一愣，阿虎接得快："那得问你自己。病毒无国界。"他后面这一句老两口好半天才听懂，被噎住了。阿虎媳妇挑着眉说："声音也无国界。我家地板就是你家天花板，共用。你能顶，我也能踩。以后别在外面乱说。"阿虎嬉皮笑脸地说："除非你把这楼拆掉，否则我们还是要好好相处，对不？"这倒全是他的理了。

围了不少人，没几个多话的，顶多是劝阿虎口气好一点。阿虎最后这一句，说还是要好好相处，态度像是好点了，但却是个做结论的架势。唐老爹脑子里懵懵的，耳朵里所有声音都像延时了好几秒。不知为什么，他这时突然想起了宝塔。回头望去，楼挡着，他知道那塔虽然歪了，但还在那里。阿虎车上早已不见那些奇怪的长把子家什，唐老爹这时怎么突然想起这个，他自己都搞不清。要等到阿虎有了门面，新店开了业，他才似乎想出点眉目来。

7

阿虎不久弄到了门面，虽不在大街闹市口，但据说是街道自留的一间办公房，他路子可还真是硬。做的生意也邪乎，在不在闹市无所谓，甚至本就不适合在闹市。他的店叫"一路向西天堂店"，专卖丧葬用品。"天地响"一袭，几串万响的炮仗在地上火蛇般乱蹿一通，就算是开了张。看热闹的人都有点傻眼，但死人的事是经常发生的，奈何桥上蹲无常，这生意找了个偏门，你说不出什么。

他店里货色齐全,别墅花圈、家电汽车、美女保姆一应俱全,当然是纸扎的。更多的是大理石墓碑,光溜溜的,等着把人的名字刻上去。这让人心里发瘆。喜气的倒是那些冥币,一百元的看上去跟真的一样,面额大的是几百兆,"0"都数不清。呵!真是有钱了。阿虎要发财了。

这时候有一张告示悄悄贴了出来。等有人看见时,已经被雨打湿,风掀去一半,但那公章还在,是公家的告示。大家连读带猜,突然就明白,宝塔要拆了!理由倒能看出来,说是宝塔不幸被不法分子盗掘,造成塔身歪斜,已危及宝塔安全。为了保护文物,经上级部门同意,将进行"保护性拆除",择地重建——这不说白了就是要拆吗?择地重建,那还不知道猴年马月哩!

围观的人站不住了。不少人气鼓鼓地往南面去。唐老爹腿脚慢,他才走出新村,前面脚快的已经回头了,一边嚷着说:"别去啦,早拆完啦!"唐老爹稳稳神,继续往前走。绕过挡着视线的楼他就停住了:塔不见了,真的拆掉了!他们看见告示的时候就拆掉了。没准告示没贴出来就已经拆完了。毕竟三五里哩,毕竟也不是所有人都关心着这个塔。人家手脚快,终究还是拆掉了。宝塔一去不复返,白云千载空悠悠。直立千年的宝塔没了,唐老爹的腿软了。他站不住,慢慢蹲在地上。

塔已经没了,连老砖老瓦都已被运走。唐老爹想起那个公章,可这时去找赵主任有什么意思?两年前这边搞开发区的时候,看到他们把老河填的填,挖的挖,搞得横平竖直的像地上打了格子,唐老爹就去多了嘴,说水无常形却有常势,天水落地流成河;水自己流成的路叫河,你挖的也就是个沟。可人家说他不懂科学水利,这叫"裁弯取直"。他说了半天等于没说。现在再去说宝塔,更是个白说了。

这天唐老爹是被人扶着回家的。刚看见宝塔变成一片白地,他还只是腿软站不稳,回得家来,他连坐都坐不住了。好像宝塔拆掉,他的脊梁也撑不住了。他这是病了。躺到床上,耳朵里呜呜的,有怪声在啸。合上眼皮,眼睛里却清澈得怕人,一座宝塔,通体透亮,屹立在那里。眼一睁开,什么都模糊的,连老伴凑在面前的脸都看不清。

第二天好些了。腿踩在地上硬实了些。他在家里乱转,嘴里还冷不丁冒两个字:"阿虎。"老伴看得害怕。她自然讨厌阿虎,但不知道最近又是啥事惹着老头子了,也不敢问。院子外汽车从远处响过来,停了。是阿虎的车回来了。唐老爹迷眼瞅着,冷笑,嘴里说:"晦气!"他哆哆嗦嗦找了面小镜子,瞄一下方位,对好车停的方向,把镜子摆在窗台上。这意思老伴是懂的:泰山石敢当,照妖镜辟邪气。她迎合老伴,说明天去买不干胶,镜子就粘在院墙上。看唐老爹这个样子,她实在很心疼。她躲着唐老爹悄悄打了个电话,举报有人在卖假币——说是冥币,其实足够蒙活人。她怕公家不管,加油添酱,说已经有人做生意收到假钱了,不得了啦。她其实只是出出气,为她的鸡报仇,不想公家这次动得快,下午阿虎急匆匆下了楼,半晌又回来了。他铁青着脸,从车上拎下几捆冥币。"妈个逼!哪个要死的撩事,不要以为老子好欺负!"他骂骂咧咧地上楼,不一会儿他媳妇也下来一起拎冥币。他媳妇嘴更辣火,说谁买不起纸钱就站出来直说!死了我白送,要多少有多少!

唐老爹见他们把冥币往楼上拿,有心去阻止,但实在提不上力气。他们瞎骂,他并不知道他们是在骂自己。他只是觉得这东西拿上去不吉利,炮仗是明火,这个是阴风,更堵心。他老伴挂着个脸，有苦说不出。唐老爹一开始还以为阿虎是门面突然没有了，店开不成，这才把货往家拉，后来阿虎媳妇骂得清爽了，他这才知道原来卖不成的只是冥币，门面照开。这就对上榫头了。阿虎明摆着跟公家关系很铁，人家能把自留的房子拿出来给阿虎当门面，这简直就像是在奖励有功之臣。阿虎有什么功劳，唐老爹没法说出来。要证据，他一个没有。宝塔要不是先被炸药掏歪了，不见得会拆。那残留的硝烟味，时不时还在唐老爹鼻子前面缭绕。那就是个大炮仗啊。阿虎的功劳莫不是就是点了个大炮仗？

但这说不得，几乎就是瞎扯。宝塔拆掉后他比划着问过一个老伙计，知道了那长把子家什叫洛阳铲，专门用来盗墓的，但这现在也是空口无凭。阿虎媳妇是个臭嘴，几乎骂了一顿饭工夫。临了，还扬言说，不就是拿回来摆两天吗？上面也就是走走过场，扬扬土迷迷眼，别以为真能得逞，过两天还摆着卖！她扯着嗓子叫道："方便你家做事哩！"

这是在炫耀他们家跟公家关系好，可话太毒了。唐老爹听不下去，很想出去教训她积点口德。但老伴眼神闪烁，怕怕的，他也不敢再引火烧身。他真的是累了。

当夜，清风拂面，冷月照影。他在院子里站了好一会儿。宝塔明月交相映，他能准确找到宝塔原先的方位，却再也看不见如此旧景。睡到半夜，他心口疼。像是有手使劲揪他的心。他忍着。头上出虚汗。这时他听见楼上阿虎两口子又在折腾了。使劲折腾。响。叫。忍着疼的唐老爹倒没叫唤，楼上倒叫唤起来了。那么多冥币哦，说不定就摆在他们床前，这是个什么架势啊。唐老爹说不出话，他用力推醒老伴，指指自己心口。

后面就乱了。老伴嚎起来。使劲拍对面邻居的门。打电话。可救护车迟迟不来。车！这当口车就是命！有人敲阿虎家的门。阿虎披着件衣裳出来了。这时候不能再计较了。老伴双泪齐流,拽着阿虎的衣袖求他帮忙。阿虎大概早已听出出了事,随身带来了车钥匙。车后盖一掀起来,两个邻居就把唐老爹往车上架。唐老爹两腿软软的,可一条腿刚被搬上车,却蹬住,不肯上了。老伴急得哭叫,使劲推他后背。他摇头,不说话。老伴看见车里躺着一块石板,闪着黑光,是墓碑,看不清上面刻了字没有。阿虎已经打着了火,他轰一脚油门,又轰一下。唐老爹耷拉着脑袋,目光正对着墓碑边的几朵纸花,那应该是这车给人家送货时花圈上脱落下的花。

父亲的后视镜

—— 黄咏梅

（2018 年获第七届鲁迅文学奖，载《锺山》2014 年第 1 期）

父亲的后视镜
黄咏梅

父亲生于1949年。过去，他总是响亮地跟别人说，我跟中华人民共和国同龄。不过，很久没听他再这么说了。退休前，父亲是个货运司机，跑长途。那些年月，汽车司机是很红的，跟副食品店员、纺织工人合称"三件宝"。父亲跟人炫耀光辉岁月，总是说，他最远跑到过天路，"呀拉唆，那就是青藏高原……"一说，肯定就要唱。天晓得父亲是哪个年代开到过天路的。别人要是问起，天路是一条怎么样的路？他无言以答，只顾哼"呀拉唆"，一哼没个完，好像他记忆里那条天路，开不到尽头，还时常超速，把人撇在后视镜都看不见的拐弯处。

公路上拖着大皮卡的那些货车司机，敞开车窗，赤着膊，肩头挂根油腻腻的毛巾，边扭动方向盘边朝窗外吐痰，或者逆着风大声讲粗话。父亲跟他们完全不一样，他无论跑多远，都穿得整整齐齐的，第二颗扣子永远扣牢以支撑衣领的挺拔，皮带卡在第二或第三只眼上，坐再久也不松懈。九十年代初，发胶刚刚开始流行那阵，父亲的车上就一直备着一瓶，风从来吹不动他的大背头。人们说，父亲倒像一个开礼仪车的，后边那一大卡车的货物，就像一支仪仗队，父亲领着他们在盘山公路、国道上拉练。我记得很清楚，父亲的驾驶室上挂着一个小相框，倒不是常见的平安符之类的东西，也不是毛主席肖像，是他八十年代在彩虹照相馆拍的四寸艺术照。所谓艺术照，也就是在黑白相片的基础上，涂上些彩色，眉毛加黑了，嘴唇微红，衬衫涂成了蓝色。坐在抖叽抖叽的驾驶椅上，父亲看看远方的路，又看看近前的艺术照，心里不知想到了什么，脸上露出了跟那照片一样的笑容，臭美地、轰隆隆地开向目的地。父亲的车开得并不快，他说，开得再快，也快不过前方那团云，一眼是这样，再下一眼，就跑样了，所以，着急啥呢？父亲不着急。父亲在路上跑的时候，感觉不到时光飞速，每次回家看看日历，摸摸脑袋，哎呀，这个月又穷啦？后来，我从物理课上学到了绝对运动定理，父亲在跑，时间在跑，父亲在路上的时间等于静止。

母亲在家守着我们兄妹二人，参照隔壁印刷厂工人老王一家五口的日子，时间就在做相对运动，跑得又快又漫长。母亲经常忧心忡忡地说："也不知道你们父亲在路上会遇到什么？"那个时候没有移动电话，全靠父亲从某个途中加油站，拨个电话回家报平安，有时候是清晨，有时候是深夜。后来我才弄明白，母亲最害怕父亲在路上遇到人。仔细想想，父亲每次出车，不仅自己穿得整洁，还把大卡车也擦洗得清爽，的确像一个出门约会的男人。母亲的担心不是没有缘由。事实上，父亲四十岁那年，他跟他的卡车的确开出过轨道。这事情无须隐瞒，在我们这条红石板街，只要住过些年头的人，都不会忘记父亲那次出轨。那个下雪的深夜，他们在梦里被一阵接一阵的汽车长鸣惊醒了，叫声既像一个人在发疯，又像是拉响的警报，听说有好几个人从床上蹦下地，出门打算要往防空洞逃了，后来发现竟然是一辆卡车，停在我们红石板街中央，在我们家楼下那片空地，瞪着大大的远光灯，厉声尖叫着。雪仿佛是被它从天上叫下来的，簌簌发抖着跌落地面。人们看着这不明来路的庞然大物，竟然不敢张口开骂，只是探出头去，像看到一只受了伤、不断哀号的野兽。

卡车不知道叫了多久，忽然便一下子安静了下来，同时远光灯也熄灭了,人们才看见,我父亲那辆卡车不知什么时候已经停到了近前。他们先是沉默着,车头顶着车头。后来,父亲的卡车发动起来了,发出嗡嗡的叹息声。父亲一点一点地逼近,那辆卡车开始一点一点地往后退,一直退出了我们红石板街,在大转盘掉了个头,朝城北开出去了。父亲的卡车安静地跟在后边,打着亮亮的远光灯,照亮了前边的道路。一前一后,他们开到国道上去了。

被灯光照亮过的雪,是有记忆的,结冰时就把光锁在了里边。两辆卡车留下的车痕,有时重叠,有时分开,每一段都特别深、特别亮,我母亲踩在车痕上,来来回回地走。天亮的时候,父亲回来了。如同他每次跑完长途回家一样,用热水把自己洗得干干净净,把大背头梳得亮亮的,然后倒到床上,睡了一个长长的觉。

人们再也没见到过那辆尖叫的卡车,他们总是不无遗憾地说,可惜那晚灯光太刺眼了,看不清车上那个四川婆。"四川婆"漂亮的吧?我母亲也常这样问父亲,父亲从来没正面回应过,在他看来,这问题就是公路上设的一个路障,他手握方向盘,绕了过去。

"不要总是老生常谈嘛,我们是新社会的人。我跟新中国同龄。"父亲理直气壮地越过这路障。

"新社会的人,就要做这样的荒唐事?"母亲眼眶就红了。

"好啦好啦,都过去了,已经开过十八道弯了,都过去了不是吗?"父亲就这么哄着母亲。

我们都没有见过"四川婆",她是父亲远方的情人。

母亲生前也有一个情人,他总是在远方。父亲跑长途,远的地方,一趟七八上十天的,母亲就把父亲一件灰色的旧毛衣垫在枕头上,把手伸进袖口里,这样,她就躺在父亲的胸口上了,并跟父亲握着手。等到父亲出车回来,很奇怪的,那个远方的情人就消失了。她总是动不动就埋怨父亲,那种温柔的思念一扫而空。通常是吃过饭,把我们打发去做作业了,她就开始对着桌上的空碟、脏碗,责备起父亲来。归根结底,她是怨父亲不顾家庭,一个人跑到外边潇洒,留下她一个人在家拖儿带女。父亲也不逃避,安静地坐在母亲身边,用火柴将香烟点着后,花一点时间,用食指和拇指将火柴烧黑的地方捻掉,火柴变成了一根牙签,在父亲牙缝间进进出出。母亲那些唠叨在父亲耳畔进进出出,父亲像剔牙一样将它们剔了出来。

偶尔,父亲也不会绕开这些"路障",会向母亲申辩。"你以为一个人在外边跑有多潇洒?我不累?你自己想想看吧?"母亲沉默一下,心里认输了,嘴巴还是要犟的:"再累也没我累,我一个人,既要上班,又要照顾两个孩子,你一个人在外头,吃饱穿暖,全家不饿的……""我哪里是一个人了?我后边不是拖着一条大尾巴?"我母亲光联想到父亲坐在驾驶室疾驰的风光模样,她忘记了父亲身后那一车重重的货物。母亲无语了。父亲站起身来,拍着母亲的肩膀,柔声说:"我哪里是一个人?我背后拉着一台拖拉机呢。"母亲彻底沉默了,肩膀慢慢地松懈下来。

父亲常说,他的身后拉着台拖拉机,母亲是车头,哥哥是左轮,我是右轮。

在我和哥哥的成长过程中,父亲经常缺席,他从来没有参加过一次家长会,他的签名从没出现在我们任何一本作业簿上。可是,父亲却为我们的求知欲付出过沉重代价。那一年,哥哥念初三,我念初一,我们不再满足从父亲捎回来的特产袋子上找课本里读到的地名了,我们缠着父亲讲那些地方。可是,父亲每每让我们失望。父亲抱歉地解释说,你们老爸天天坐在这个大玻璃罩子里,脚都不沾地，这些地方，多数是在镜子里看到的，你们知道，后视镜里看到的东西，比老王伯伯的风筝还飞得远，又远又小。是的，隔壁老王伯伯经常从印刷厂里拿回些彩纸，扎各种各样的纸风筝，星期天带上他们家三个女儿到运河边放，我们也会跟去。运河边空旷，北风南风全都不缺，风筝遇到风就会失控，线一松就往天空蹿，很快就远成一个点了。既然父亲在路上看到的风景仅仅是那样的一个个点，父亲又有什么好说的呢？可我们还是不甘心。我们趴在父亲的卡车轮子边，用手摸着厚厚的轮胎，想要从那些粗糙的纹路里，找到父亲碾过的地方，张家界、桂林、南京长江大桥、嘉峪关……最后，我们钻进父亲的驾驶位上，吵闹着，让父亲带我们到公路上，到这个小城以外的任何一个地方去。父亲从来没有妥协过。运输厂纪律很严，别说是我们小孩子，就连母亲，都没坐过父亲的车出城，她最多坐过父亲的车到十里外的郊区农场买红茶菌。母亲恐吓我们说，别老缠着爸爸和他的卡车，要是爸爸饭碗丢了，我们这台拖拉机就报废了，到那个时候，拆掉你们这两只轮子，卖钱去。我们就再不钻进父亲的驾驶室闹了。

　　有一天，吃过晚饭，父亲从房间里拿出一叠照片，神秘兮兮地递给我们。我们一看，竟然全是父亲在路上拍的。原来父亲求厂里那个工会主席借了相机。这些照片拍下的多数是公路牌。很多地名我们听也没听说过：怀集、白沙、乐从、溧阳……也有我们知道的：桂林、长沙、武昌，天啊，竟然还有贺兰山。哥哥显摆地背起了那首诗："驾长车，踏破贺兰山缺，壮士饥餐胡虏肉，笑谈渴饮匈奴血。待从头，收拾旧山河，朝天阙！"父亲赞赏地看着哥哥，那目光让我嫉妒死了。母亲也凑了过来，一张一张去认照片上的地名。翻到一张"宁夏人民欢迎您！"的路标时，她激动了半天，说，哎呀，这就是宁夏啊。原来她读书时，有个要好的同桌，读了一年就跟着父母转学到宁夏，从此杳无音讯，似乎跑到西伯利亚那么远去了。所以，她对宁夏这个地名印象特别深刻。母亲像找到了老同学般激动。过后，我从书里找哥哥背的那首《满江红》，心里一阵郁闷，此贺兰山非彼贺兰山啊，当时，竟然没有一个人知道，就连开到过贺兰山的父亲也不知道。那么，父亲算不算到过这些地方？

逐渐地，我们不再满足看公路牌，我们吵着父亲要看风景。父亲只好拍些沿途的风景回来。一座奇怪的石头山，一排飒爽的钻天杨，一道有趣的倒淌河，以及一轮即将沉入群山的落日……父亲的拍摄技术不怎么样，他的取景器总是装不完那些美丽的瞬间，这时，父亲就会在旁边用话语补充给我们听，有照片为指示牌，父亲说得生动些了。

父亲拍回来的照片越来越多，也越来越好看，他被路上的风景迷住了。因为这些照片，我们觉得自己就坐在父亲的副驾驶位上，到了父亲所到的地方，看到了父亲所看到的风景，我们不再觉得父亲远得只剩一个点了。

我们开始记挂在路上的父亲，会看着街上任何一辆车，想，不知道这次，父亲又会拍回什么样的照片呢？我们这样记挂着，觉得时间慢得像蜗牛。那天，父亲回来了，脸色沉重，二话不说，只顾喝水。气氛严肃，我和哥哥便没敢吵着父亲要看照片。母亲更伤心，她只是一直重复着那句话："阿基，就是不能停啊，以后千万别停了！"父亲没作任何申辩，他垂着头，乖乖地重复着母亲的话："是啊，就是不该停的啊，以后千万不能停了……"原来，父亲这次开到贵州六盘水盘山公路，那地方刚下过雨，山与山之间正骑着一道彩虹，像年画里看到的那么美。父亲生怕这彩虹消失了，连忙停下车,抓起相机,跑到路边拍起来。没想到,父亲停车的地方是盘山路一个转弯口,迎面一辆货车看到父亲的卡车时,刹车已经来不及,两相对撞,货车翻了,父亲卡车上的货物也被撞得七零八落。万幸的是,人没事。父亲被厂里记过处分,还要负责赔偿货物损失。

父亲再也没有停下来拍照。那些地图一样的照片,一段时间被我夹在课外书里,当书签。

父亲拉着我们这台拖拉机,吭哧吭哧地进入了新世纪,好在,我们都算争气,哥哥念了一所理科重点大学,毕业后在一家著名的证券公司工作,他骄傲地对父亲说,我跟您一样,也抓方向盘啦,我的手一转,上亿金额从我的手里转进转出。哥哥成了业界颇有名声的操盘手,赚大钱了,给父亲在运河边买了一套公寓。我呢,则读了文科,在一家报社工作,比上不足比下有余。在买下人生第一辆车那天,我隆重邀请父亲这个老司机坐到副驾驶位。那时父亲已经退休在家,开始看时间参照自己在做相对运动,他认为时间比过去快多了,像一辆改装后提速的卡车。我们一直朝城北开去,上了新开通的一条高速公路。父亲刚开始对车的感觉有些保守,总是盯着我的脚底下看,似乎害怕我踩错了油门和刹车。在高速路上飙了一阵,父亲才有点兴奋起来,他说,你这样开车,真像那个女人。我愣了一下,才明白他在讲"四川婆"。那个女人开得一点都不端庄。父亲说,就像你现在这样,从这条车道窜到那条车道,我跟在她后边,净看到她的车屁股扭来扭去,野得很。父亲遇见那女人的时候,是想跟上她,教训她一下,对她说,车不能这么开,太危险了,刚才她超他的时候,差点撞上了他的车头。谁知道那女人一直没让父亲赶上,"扭着个大屁股,在我跟前晃啊晃的。"父亲暧昧地笑了笑，不知道是想起那女人还是那车的屁股了。父亲赌气地一路跟着她，那女人见甩不掉父亲，就那样保持着若即若离的距离。一直开到一个汽车旅馆，他们都停了下来。他们坐在一起吃饭，好像经过一路上的较量彼此已经熟悉。后来，父亲干脆请那女人喝起了酒，他们喝得很尽兴，每喝一杯就像在用手挂挡，一挡、二挡、三挡……他们加速度冲向终点。

我猜，父亲跟那个女人爱得很疯狂，那个下雪的夜晚，女人跟踪父亲来到我们红石板街，疯狂地揿响喇叭，母亲说，就像一只在雪地里撒泼打滚的母老虎。

父亲向母亲保证过，想要再跟那女人见面，除非母亲不在这个世界上了。不过，直到母亲去世，父亲也没再跟那女人联系。父亲说，怎么能开历史倒车呢？

父亲一辈子只会开车，也没有培养什么业余爱好。母亲去世后，他独自一人打发晚年生活。我们劝父亲学点什么，父亲都兴致不高，后来哥哥想起父亲曾经爱拍照，就给他买了架简易的莱卡照相机。父亲拿着相机在运河边转悠，将远景拉成近景，将天空的云图分成若干祯局部，将一朵花拆成几瓣，将运河搓成一根线……如此半年不到，父亲发现，从镜头里看到的世界，其实跟肉眼看到的也没什么区别。他不玩了，把莱卡相机放进柜子里。

六十岁那年，医生检查出父亲的脊椎变形、增生，是长期坐驾驶椅落下的职业病，晚年加重，压迫了神经，出现耳鸣、双腿发麻等症状。医生教父亲尝试倒着走路，可以锻炼脊椎，减轻疼痛。父亲很快喜欢上了这项运动，他做得很好。只见他双手握拳，双臂前后摆动，就像胸前摆着一只方向盘，父亲上下转动着它，一发动，便双膝微曲,左右、左右,一步步朝后退去。父亲倒行得很稳当,既撞不到朝前行走的旁人,也撞不到身后的树木、花丛、栏杆,仿佛他的身体左右各安了两只后视镜,背上装了只影像雷达,并且还发出了嘟嘟的警报声:"倒车,请注意,倒车,请注意……"每天,父亲给自己定下了起点和终点,从稻香园小区出发,沿着河堤,倒行至拱宸桥底,再折返,参照那条一路向东流淌的运河,父亲顺流一趟,逆流一趟,如此往复,一日两次,服药般定时定量。这种有起点有终点的运动,让父亲找回了上班的感觉,少一趟他都会觉得浑身不舒服。

父亲倒行的本领日渐上乘,速度已经可以跟那些慢跑者相媲美,他就像车流中一辆逆行的车子,往往引来行人避让、侧目,父亲超过了这些人,并且跟这些人对望,他正视着他们,朝和善者微笑,朝埋怨者挤挤眼,直到把这些人远远地甩在他的正前方。有一次,由于手臂摆幅过大,父亲撞到了一个男人的脊背。男人停下脚步,朝父亲瞪大了眼睛,嘴里骂骂咧咧。父亲超过他之后,一边倒退着,一边朝男人作揖道歉,男人觉得父亲倒行作揖的动作实在滑稽,简直有点卓别林的效果,便转怒为乐,用手臂捅一下身边的女伴,两人指着父亲笑起来。父亲看着那对开心的男女逐渐从自己眼前远去,最终变成两只小点。父亲说,现在我才知道,原来后视镜里的小点是这样形成的,有趣。

父亲倒行遇见了很多有趣的事。那个漂亮的年轻妈妈拉着小儿子闪进灌木丛,不一会儿就传出了小孩哭声,父亲清楚地看到了她教训儿子的过程,她无声地揪着那孩子的耳朵,又无声地把作业本塞进那孩子的手上;那个跟在生气的姑娘身后的男孩,数次抬起手,虚拟着去敲姑娘的后脑,表情既无奈又解恨;那一对老头老太磨蹭地落在了晨运队伍后边，他们偷偷拉了一会儿手；那个拉着行李箱的少年后边，跟着个中年男人，他走一会儿，就将手背放到脸上抹一把，抹完还不忘东张西望……倒行不仅有趣，也使父亲的脊椎轻松多了，他在电话里对我说，就像有人在前边拉着自己走，一点都不用使力的，即使上坡也不用挂挡，哈哈。父亲神清气爽的样子，让我感到欣慰，也减轻了我对父亲的内疚，算起来，我已经有两个月没回家看过父亲了。

一个秋天的傍晚，父亲倒行至德胜桥底拐弯的一个小坡，竟发生了"车祸"。他的脊背重重地遭到了一下撞击，脚下一个趔趄，重心朝后倒，要不是刹车果断，他差点一屁股摔到地上。父亲随即听到了一声尖厉的"啊呀"，之后很快爆发了一串响亮的笑声。父亲掉转车头，察看"车祸"现场，只见一个女人先他转过了头，查明事故原因后，兀自先笑了起来。那女人原来也在做着跟父亲一样的倒行运动，因而接收不到父亲身后的雷达警示，于是——两背相撞。

父亲停下了，女人也停下了。彼此道歉，并不追究事故责任人。父亲和这位姓赵的女士，放弃了他们此次出车的终点，他们停留在各自的中间站，坐到运河边的长椅上，交流起他们的"行车经验"，聊得愉悦。自此，他们每每相约到德胜桥下的那张长椅，偶尔，也结伴倒行至武林门或者拱宸桥。那赵女士调皮地称父亲为"驴友"。当父亲头一回跟我说起这个词的时候，我还以为赵女士是位时髦的中年妇女。说实话，父亲孤伶伶的，我倒不拒绝父亲再找一个阿姨。

认识了赵女士之后，父亲生活变得丰富多彩，尤其晚上，他的手再也不去抓遥控器了，他抓住了赵女士的手。在横跨运河的那条潮王桥下，依着河堤的那只桥洞里，开有一间歌舞厅，名叫水晶宫，在运河一带是极其有"老人气"的，白天集中在河边运动的老人们，到了晚上会带着舞伴来这里娱乐。赵女士喜欢带父亲到"水晶宫"去"蓬嚓嚓"。刚开始，父亲不愿意去，他这辈子没跳过舞，跳舞对他来说是新事物，他的腿不懂得"前嗒嗒、后嗒嗒，蓬嚓嚓、蓬嚓嚓"，他的手从不会握着女人的手和腰，"左晃晃、右晃晃，蓬嚓嚓、蓬嚓嚓"。赵女士像唱歌一样念着这些口诀，培训着父亲。她说，"跳舞嘛，小意思，就是蓬嚓嚓、蓬嚓嚓嘛！"她边说着，用脚带着父亲，前前后后地舞了起来。赵女士跳起舞来，是真的很迷人的，父亲向我坦白过这一点。

据赵女士自己介绍，她今年五十有六，一儿一女都在外地生活，目前属于"空巢"一族，她跟她的老伴，呃，每每提到她的老伴，父亲总觉得她有满腹辛酸。起初，父亲倒不想太了解她老伴，横竖他和赵女士仅仅是"驴友"，即使像现在这样拉着手握着腰"蓬嚓嚓"，也只限于纯洁的"驴友"友谊。可偏偏赵女士最爱讲的还就是她老伴，仿佛那个人是缠绕她一身的慢性病，生气起来如山倒，多数时候提起来又如抽丝。时日长了，父亲渐渐明白，赵女士早就不想跟老伴过了，无奈就是找不到离婚的契机。明白了这一点，父亲的就心像碾到了一块石头，咯噔地颠了一下。在与赵女士认识、交往的这一路上，父亲的路况极其不稳定，总是被这样咯噔、咯噔地颠着，父亲的心脏就有了反应，他先是同情赵女士，后来，就喜欢上了赵女士。

某天晚上，父亲约赵女士又到水晶宫，买了两张十元钱含茶水的门票。他捏着赵女士的手，"蓬嚓嚓，蓬嚓嚓"。这晚，他发挥得尤其好，自我感觉也非常佳。父亲的外形在水晶宫里是出挑的，尽管他的头发稀疏了,但长年保持的大背头依旧隆起,闪着发胶浇湿的光泽,他的皮带还毫不吃力地搭在第二格里,他跳舞的时候,脖子尽量伸得长长的,在蓝荧荧的灯光下,就像一尾俊美的白条鱼,而赵女士呢,父亲觉得她就像风情万种的美人鱼了。

几曲跳毕,他们坐到边上的圆桌喝茶歇息。他们置身的水晶宫,宫殿的穹顶就是桥身,在音乐停止的间隙,能听到桥上过车的轰鸣,感受到车轮碾过桥身的颤动,在这些熟悉的颤动中,父亲一脚油门到底,朝赵女士飙出了一句:"离婚吧,跟我过!"这句话一脱口,父亲就感到头顶的桥身上,一辆重型卡车正隆隆驶过,凌空的重量仿佛要压向自己。赵女士并没有回答父亲,她只是站起身,优雅地朝父亲伸出一只右手,邀请父亲跳下一支快三。一被父亲揽住,赵女士才忽然变得羞涩起来,她服帖地倚着父亲,随着父亲的脚步,前进一步,后退两步……他们像两条优雅的鱼,欢乐、亲昵,在这幽暗的水晶宫里,游过来游过去。

隔三差五地,赵女士就来跟父亲住。父亲先是觉得别扭,但又不愿意拒绝。赵女士生动活泼的生活作风,用父亲的话来说是——很有味道的。赵女士到家里来,改造了父亲的生活滋味,这滋味好是好,但细嚼起来也有那么点异常,父亲总觉得这样名不正言不顺的夫妻生活,实在是不成体统的,也心存隐恐,他说,哪天,老胡杀上门来,会宰了我们。尽管父亲从没见过老胡,也不知道老胡住在哪个小区哪间公寓,但在赵女士长期的描述中,父亲已当他是一位抬头不见低头见的邻居了。赵女士面对父亲的担忧却毫不在意,她总是说,老胡病怏怏的,拳头都握不紧,怕什么?再说了,我已经跟他分床住,等到春节,子女都回来后,我们就摊牌离婚。面对仍有疑虑的父亲,赵女士豪爽地说了一句:"嗨,你怎么那么老派,现在都是新时代了，我们可是新时代的人啊！"父亲才想起，自己出生于1949年，是中华人民共和国的同龄人呐。

这么看来，赵女士是位开放、大方的新派人物，事事显示出跟这个时代合拍的步调，可唯独在见家人这件事情上，赵女士表现出了不可突破的传统。当父亲要求把赵女士带给我和哥哥认识的时候，赵女士却坚持自己的原则，理由是时机还不成熟，见过家人，那就意味着要成为一家人了，目前，"我们还不能成为一家人"，父亲把赵女士的原话告诉了我们，我和哥哥顿时觉得，这位赵女士有热情，却不乏理性，绝对是操持家政的一把好手。一度，我们甚至把"成为一家人"当成了父亲余生的寄托，有这位"驴友"陪伴父亲同走人生最后阶段，也没什么遗憾了。

那年春节，注定是个不平常的日子，就连我那一贯运筹帷幄的哥哥也有点抓不准了，他给我打电话说，妹妹，会不会我们春节回去，家里就多了个新——妈妈？哥哥的心情跟我一样复杂。我更多地想起了我们的母亲，这个常年枕着父亲毛衣独自睡觉的女人，这个常年参照着隔壁老王家生活得又苦又漫长的女人。母亲没有跟进到这个越来越美好的新时代，她就是一台过时的拖拉机，永远停留在了那个埋头耕耘的年月。母亲真的没享到福。除旧迎新之际，往事历历在目，我想得泪流满面。不过，我又不得不宽慰自己，父亲跟赵女士结婚后，我就可以有理由长时间不回家了，我跟父亲的距离，就心安理得地处于一种远方的距离，而远方总是充满了想念、温柔、美好，我的父亲跟母亲就如同一张张旧照片，好好地珍存在我过去的某个远方了。

离大年三十还有五天，赵女士拎着一只新扫帚，几瓶玻璃水、油葫芦等清洁用品，风风火火地跑到父亲家，说要提前给父亲

"扫垃圾",因为两天后,她的子女回家,就没工夫管父亲了,她要处理离婚大事了。父亲心里一阵温暖,将这个正扎着一块头巾用扫帚撩着蜘蛛网的女人认定为自己的妻子,并下决心跟她一起养老至终。

赵女士怕父亲被灰尘呛着,命父亲到运河边做做运动。出门前,父亲喝下了一杯浓醇的铁观音,他关上门的那一刻,隐约听到了赵女士欢快地哼起了小曲。父亲微笑着下了楼,散步到河堤,"预备,开始!"父亲轻快地往后迈出了第一步。北风吹得树叶哗哗地往一侧倒去,似乎在为运河当啦啦队,有旁观者助威,运河跑得比平日快,像一个志在必得的冠军选手。父亲在逆风中稳住了自己,他双拳紧握,上下摆动着胸前那只"方向盘",步伐如此坚定,仿佛他是在朝前奔去,是迎着风,相反,运河则在他的视线里一点点往后退去。父亲想着,那种孤单凄清的晚年生活,即将像这运河一样,速速退出自己视线了。父亲百感交集,他的思维在一个又一个弯道里行驶。

父亲倒行一个来回后,神清气爽地回到家,只见屋内窗明几净,悄无声息,一缕冬阳正罩着桌上那杯喝剩的铁观音,好心好意地为父亲加热着。毫无迹象地,赵女士如灰尘般消失了。就像一个会变戏法的女巫,赵女士骑着那把扫帚飞走了。她还把父亲衣柜里那些值钱的东西都变走了,包括:两只夏家祖宗传下来的金元宝、一对母亲的玉手镯、一只瑞士老手表以及那架还装着风景的莱卡照相机。父亲找遍了衣橱、壁柜、床底,甚至每一只抽屉,赵女士都不在里边。

父亲坚决不承认赵女士是个女骗子,他为她做过许多设想,他想得最笃定的就是——赵女士被老胡抓走了,没收了手机,软禁起来了。那么，老胡在哪呢？这个一度被父亲当成邻居却从没出现过的人，随着赵女士的消失，遥远得成了一个没有形状的黑点，甚至，一个点都不是，是一团白色的浮沫，逐渐消散。我们劝父亲报警，父亲死活不同意。他说，这绝对不是入室抢劫，哪里会有这么一个贼，先帮主人打扫卫生，然后再拿东西的？赵女士不是贼。好在，父亲的损失并不算太严重，加起来不过几万块钱。赵女士没拿走父亲的存折，她知道，拿了也取不出来，反而成为一名大盗。

父亲没有报警，他在水晶宫门口守了好些个夜晚，他在运河一带来来回回地碰，期待能与他的"驴友"重逢。这些美好的念头一次一次从侥幸的身边擦肩而过。整个冬天过去了，春天来了，万物发芽的时候，父亲将那些美好的念头掐芽，他将它们制成茶叶，泡水喝。夏天即将到来的时候，父亲终于敢直面这次挫败，他向我们坦白，跟那个女人好的时候，还给过四万元让那女人代为炒股，也不知道她到底有没有炒。我和哥哥倒吸了一口冷气，像侦破一桩大案般，顺着父亲一点一点的交代，闪回了各种蛛丝马迹。哥哥说，遇到大盗了，这应该是一个有组织、有预谋的诈骗团伙，回过头看，父亲在德胜桥倒行的那次"车祸"，就是那女人的一次"碰瓷"。马路"碰瓷"这类手法，对于长期在路上开车的人来说，往往一眼就能识破，父亲为什么轻易就上当了呢？父亲没作任何解释，他低下头，用手慢慢地捋着那一丛稀疏的大背头，反复说："在那个地方，就不应该停下来的，不该停的，我真像驴一样蠢啊……"看着父亲这个样子，哥哥悄悄地对我说，我们的父亲真的老了，已经搞不掂这个时代了。我的心里一阵疼痛。

父亲再不乐意在路面上倒行了。他跟大多数老头子一样，在运河边散散步,坐在长椅上晒晒太阳。不过父亲还是跟大多数老头子不一样,他不爱扎堆聊天,木呼呼的,找僻静的一截河岸,坐在椅子上,看着离自己不到十米远的运河,以及河上稀稀拉拉的几艘货船,目送它们从下游的一个河弯处逐渐消失。父亲想起了很多遥远的事情,仿佛他的脑子里有无数面镜子,那些关于我母亲以及我们兄妹的往事,在镜子里成像清晰,他自个儿看得感慨万分,常常不管在上班时间还是午睡时间,拎起电话就给我或哥哥打,"小峰,你们小时候用石头去砸车厂的猪,人家都跑掉了,你还傻呼呼地站在那里看,害得我在厂里上了一个晚上的家长学习班……""小妹,你总是吵着妈妈给你买明星贴纸,妈妈不给,你就到我挂在门背的衣服口袋里翻,每次都有五毛钱在里面吧?那是我故意留在里边的……""唉,你们妈妈都没好好坐过我的车,她总是说,想坐我的车去宁夏看看,她最远到过哪里?……唉,你们妈妈最可惜了,都没享到福……"这些星星点点的事情,让父亲变得忧伤甚至消沉。我不得不鼓励他:"老爸,别老想着过去,你要往前看,吃好穿好,过好每一天,现在生活好了,想要什么就去买,我给你买……"父亲从来都乖乖应答,仿佛他是大病刚愈的患者。我讲得口干舌燥,心里其实很虚弱,我又能帮他做些什么呢?电话结束的时候,父亲说得最多的一句话是:"怪了,就像是昨天发生的事情……"

有一天上午,我接到父亲的电话,他兴致勃勃地告诉我,他决定开始练习游泳,他打算到运河里游一游。我吓了一跳,当即警告他,千万别做这事,这条肉眼看起来平缓的河水,实际上太危险了。在我的印象中,父亲从不会游泳。可父亲却丝毫听不进去,他很兴奋,向我说起老家乡下的那条河,他说他从小就是泡着这条河水长大的,不过他只懂得青蛙式,小时候一淘气,奶奶就会追着他打,一追,他就跳进河里,奶奶在岸上又气又急的……父亲说:"我要把游泳捡回来,今年夏天到运河里走走。"电话里,我听到了一声清脆的船鸣,我猜父亲正站在河边,羡慕地看着这艘货船,仿佛运河是他即将启航的另一条公路。

父亲对运河游做足了准备。他到小区的游泳馆,花八百元请了那个健硕的游泳教练,一对一地教他,并且只教一个动作——仰泳。父亲觉得仰泳这个姿势太优雅了。人像睡觉般仰卧在水里,头枕在水面上,双臂在身体两侧轮流滑水,双腿夹着水往后蹬,一往后蹬,人就往前飘出几米,这比在河堤上倒行优雅多了。

父亲练得刻苦认真,除了每天到游泳馆,教练利用午休时间一对一地训练他之外,他更多的时间是在家里自行练习。他穿着厚厚的羽绒服和棉裤,仰卧在客厅的木地板上,双手在身体两侧划着地面,双脚则配合地往后蹬。他先是在原地滑动,反复练习之后,他开始尝试着在地板上游。他顺着客厅往卧室的那条笔直长廊,来回地游。后来,他掌握了用髋部拐弯,就从客厅的长廊里游进卧室,再从卧室游进书房……父亲的方向感很强,他的脑袋就像一个舵,能准确地判断出,前方十点钟的位置是房门,左边九点的位置是一张茶几,右边四点的位置是一只拖鞋……父亲摆着舵,轻易地绕开了这些障碍物。

夏天还没真正到来,父亲已经可以仰躺在水面上,周游游泳池了。即使池子里人再多,父亲都不会撞到他们,就算那个埋头划着狗刨式的大块头,鲁莽地就要撞向父亲了,父亲都会调整好身体,脚掌一踩水,来一个侧滑,像一条无声无息的鱼,优雅地从大块头身边掠过。教练抱着双臂站在池子边,得意地看着他六十四岁的高徒,他对他的同事说:"所以说,年龄根本不是问题,关键看怎么教,谁来教。"

那个午后,父亲从一场充足的午睡中醒来。他开始行动了。他穿上一件文化衫,在游泳裤外套上一条阔短裤,脚踏进一双拖鞋,再用一只塑料袋装上一条浴巾,精神抖擞地往河边走去。在文化广场的一个坡下,他找到了走下运河的那条阶梯。他站在倒数第四级阶梯,脱下了衣裤和拖鞋,将它们装进塑料袋里,放在地上,又犹豫了一下,返回坡上,在草丛里找来一块石头,将石头压在塑料袋上。做完这一切,父亲才放心地走向最后一级台阶。

父亲的脚一迈,重心就交付给了与他做伴几十年的运河。

跟父亲的理想完全吻合。他平躺在河面上,顺着流水的方向,不紧不慢地,两手划水,两脚蹬水,脑袋顶水,那丛大背头被浸湿了,坍塌下来,藤蔓般稀稀拉拉地攀在他头上。游着游着,父亲惊讶地发现,在这里游泳根本不费力气,比在木地板上、游泳池里省力多了。他开始放松身体,快乐地、轻盈地向前浮游,并不时扭头看两岸风景,路灯、长椅、花坛、六角亭、柳树、橙色的健身器械……他看到自己走了无数遍的那条堤岸,他朝岸边挥挥手,就像一个阅兵的首长。偶尔,父亲会停下来,身体静止在水面上,很享受地朝天空打个呵欠。远远看去,那样子真像是睡着了。

父亲优雅的游泳逐渐吸引了两岸的观众,他们倚着栏杆,站在树荫下看,其中有几个人,还迈起了碎步,一路跟着父亲,跟了一会儿,他们看到一辆装满黑煤的货船,远远地驶过来了。货船的船身被压得很低,破着深深的水线,笔直朝前开,仿佛稍微做个侧身都很困难。在距离父亲还有几百米远的时候,货船已经发现了水上这个障碍物,长长地鸣叫了几声,把岸上的人都吓了好几跳。

父亲丝毫不理会那噪音,他慢条斯理地继续直线朝前游,仿佛他的脚掌上安着两只后视镜，在货船还没叫喊之前，他就先看到了它，并且完全掌握了它跟自己的距离。

货船越驶越近，它已经不可能再为父亲调整方向了。这辆身上写着"湖州007号"的货船，主人是一对中年夫妻，他们着急地走出船舱，双手叉腰，朝前方的父亲大声嚷嚷。紧接着，他们养的一条大狼犬也站到船头来了，它朝父亲紧锣密鼓地示威嚎叫。岸上的人开始揪起了心，好像父亲很快就会被卷到船底下，有的人还甚至朝父亲呼叫、打手势，他们以为父亲是个聋子。

就在货船与父亲相距不到一百米的时候，只见父亲双腿一蜷，身体一个侧翻，沉入水里，几秒之后，又浮出了水面，父亲脑袋朝下，背朝天空，张开四肢，像一只敏捷的青蛙，迅速地朝岸边游去，给货船让出了路来……

货船超过父亲的时候，那对中年夫妻惊魂未定，就像被捉弄了一翻，恼怒地朝父亲大叫大骂，而那只大狼犬却无比安静，它警惕地看着远处的父亲，耳朵紧张地竖着，仿佛水中潜藏着一个威力无穷的不明危险物。

沉重的货船疲倦地朝前方开远了，风平浪静。父亲又回到了河中央，他安详地仰躺着，闭着眼睛。父亲不需要感知方向，他驶向了远方，他的脚一用力，运河被他蹬在了身后，再一用力，整个城市都被他蹬在了身后。

2013年10月写于杭州翡翠城

茨菰

——苏童

（2010年获第五届鲁迅文学奖，载《锺山》2007年第4期）

茨　菰
苏　童

　　姑妈回家先看见了两只芦花大公鸡，它们被网线袋包围着，一只坐，一只站，但看上去都还乖巧。看见芦花大公鸡，姑妈就知道我表哥回家来了，她仔细地看了看地上，也不知道是鸡讲卫生，还是饿着肚子无法便溺，总之地上很干净。姑妈抓过一只公鸡的鸡冠检查了一下，说，不会是病鸡吧，光知道带公鸡回来，又不能炖汤，又不能下蛋的，早晨还吵死人。姑妈走到厨房边，正要去抓米给鸡吃，看见天井里坐着一个穿桃红色衬衣的陌生姑娘，正在用瓷片刮茨菰。

　　她以为是我表哥带女朋友回来了，有点喜悦，又有点紧张，像做贼一样地往厨房里一闪，闪进去了，又出来，抿着头发，站在那里咳嗽。刮茨菰的姑娘抬起头来，抬起一张黑里透红的脸，一看就是个乡下姑娘。她从板凳上跳了起来，说不上来是害羞还是礼貌，正努力地向姑妈笑着。姑妈听见她嘴里含糊地吐出一个称谓，是乡下方言，分不清是在叫她什么。姑妈下意识地皱起了眉头，那姑娘垂着手，目光在姑妈身上撞了一下，缩回去，怯怯地看着我表哥的房间，突然叫起来，小杨同志，你出来一下，出来一下呀。我表哥就睡眼惺忪地出来了，他一出来那姑娘就埋着头钻了进去。看见我姑妈愣在那里，表哥挠着肚子干笑起来，对她说，你眼睛瞪那么大干什么？以为我带女朋友回来了？我思想还没那么先进呢，找乡下人做女朋友！我姑妈等他往下面解释，他却不解释了，指着房间里的人，又指指地上的两只芦花大公鸡，敷衍了事地说，是顾庄的顾彩袖，人家遇到了麻烦，要在我家住几天，避一避风头！

　　无论彩袖的故事怎么曲折，本来应该发生在我姑妈家，与我们家是没什么关联的。但那天夜里我姑妈提着一只芦花大公鸡心急火燎地跑到我家来了，说是要和我母亲商量个急事。其实那急事就是彩袖的事，急不到哪儿去，只不过我姑妈用了一种人命关天的语气描述，就显出事情的棘手来了。我那会儿还小，不知道换亲这种农村盛行的婚姻形式，光是听清了其中的交换关系，很像我们数学课上学的方程，X+Y=X1+Y1。彩袖的哥哥娶媳妇，那媳妇的哥哥就要娶彩袖。姑妈强调说那男人年纪很大，有羊角风，发病的时候把自己舌头咬掉了，所以还是个没有舌头的男人。听到这儿我母亲便失声大叫起来，这怎么行，好好个姑娘，让她嫁个没舌头的？顾庄不归毛主席管呀，把女同志不当人，他爹妈做下这等糊涂事，党组织就不管呀？姑妈说，你就别来这套了，乡下的党组织忙着学大寨嘛，都忙不过来，哪里管得了谁家换亲的事？又说麻烦在于生米煮成了熟饭，彩袖的哥哥已经把人家妹妹娶回家了，这边彩袖却被一帮知识青年做了思想工作，不肯嫁过去了。

　　我姑妈提到了一个叫巩爱华的女知识青年，说彩袖本来是准备为她哥哥牺牲自己的，是巩爱华不答应，替她做主，还帮她制定了一个详细的出逃方案。我姑妈一方面数落彩袖的父母狼心狗肺，为了儿子，把女儿往火坑里推，另一方面她一直在数落那个巩爱华，她就是个爱出风头的人，是野心家！不要她下乡她要下乡，就为了上报纸！到了乡下还要先进，还要上报纸，就拿人家彩袖垫她的脚。我姑妈心怀怨恨，说，她先进我也不反对，她救人我也不反对，可她不能光荣匾自己扛，把麻烦丢给别人，我们家大猫没脑子呀，他就听巩爱华使唤，让他领回来他就领了。你说我们家那么窄，又都是男孩子，留个乡下姑娘住在家里算怎么回事？不让人家说闲话么？我姑妈说到这儿，见我母亲收了茨菰却没有什么表示，终于把那件急事兜出来了。我们家没地方搭她的床呀，你们家阁楼就小妹一个人睡，让那姑娘跟小妹一起住阁楼吧。住五天，就五天，算帮我一个忙吧。我姑妈伸出一个巴掌在我母亲面前晃着，晃着，一直等到我母亲点头为止。最后她松了口气，说，我家那个没脑子的说了，我们家是第一交通站，还有其他联络站指挥所呢，他们把这事当革命大业做！等巩爱华国庆节回来，我就让大猫把人家姑娘送到巩爱华家去，我告诉大猫了，我们家那么多孩子，交通够忙的了，哪儿还做得了别人的交通站？

我对那个叫彩袖的乡下姑娘一无所知，但姑妈提到的巩爱华我是知道的。她和我表哥是不一样的知识青年，被有关方面树了典型。我们学校的宣传橱窗里挂着她的照片，一个大眼睛女孩，脸盘尖尖的，胸口扎了一朵大红花。由于拍照的时候微微侧身，摆了姿势，她的目光看上去非常悠远，而且是向上的，在我看来那是一种胸怀共产主义理想的姿势。

夜里我表哥打着个手电筒，把彩袖和一只公鸡送到了我家。他就像押送两件行李似的，货进仓库，人就掉头跑了。我母亲让他把盛茨菰的篮子带回家去，他嘴上答应得好好的，最后篮子还是让他丢在门后的角落里了。

彩袖就这样成了我们家的客人。

公鸡被一只木条箱倒扣在天井里，彩袖和我姐姐一起睡在阁楼上。我们家从来没有接待过这样的客人，不是亲戚，但接待亲戚的礼数少不了。第一天早晨，我母亲煮了一碗水潽蛋给她，她忸怩了一会儿，不知道怎么客气，就接过碗吃下了一个鸡蛋，突然瞥见我的眼神,一下就知道客气的方法了,把碗推给我,说给弟弟吃吧,我们乡下鸡蛋多,经常吃的。我母亲嘴里威胁我,眼睛里却对彩袖表示着赏识,我看得出来,所以我把水潽蛋端到外面吃,我母亲并没有再阻止我,随口对彩袖说,那你喝粥吧,早晨还是喝粥最舒服,容易消化。

我瞥见彩袖喝粥的样子,碗盖住了她的脸,她不用筷子,几乎是像喝水一样,捧着碗往嘴里倒。

彩袖你慢点喝,粥一大锅呢。我母亲说,彩袖你夜里睡得好吗?

她不会城里人的敷衍,想了想,摇头道,醒了好几次,怎么半夜里还有火车叫,轮船也叫,吓死我了。

你不是睡得挺好的吗?八点钟才起床!我听见你还打呼噜呢。我姐姐在旁边斜着眼睛看她,发牢骚说,我才没睡好,六点钟就醒了,让你磨牙磨醒的!

就你耳朵眼娇气,磨个牙就把你磨醒了?人家乡下喝生水,肚子里有蛔虫,夜里睡觉都磨牙的。我母亲制止了姐姐的抱怨,又问彩袖,彩袖,你在乡下也八点才起床呀?

公鸡没叫,我以为天没亮呢,在乡下我听鸡叫起床的。也怪了,你们夜里火车叫轮船叫,公鸡倒不叫的。她朝天井瞥了一眼,轻轻地嘟囔道,公鸡也怕生的,到了城里都不打鸣了。

公鸡不在啦。我母亲说,孩子他爸一大早已经把鸡宰了,腌了做咸鸡,过年吃正好。

厨房里静下来了,彩袖放下了粥碗,她的表情看上去很惊愕,不知为什么要惊愕。那种表情让我们一家人都感到某种莫名的不适。我姐姐刺耳的声音便响起来了,我们这儿是卫生先进街道,不让养鸡的!

彩袖斜着身子往天井走,脸色有点发灰,她朝晾衣绳上那只光裸的公鸡瞟了一眼,靠在门框上,她没说什么,但是我看得出来,她很不开心。

我们这儿不让养鸡的。我母亲追过来,一边打量彩袖的表情,一边开导她,是只公鸡呀,又不是小兔小羊的,有什么不舍得的,鸡养大了都要宰的。

不是不舍得。彩袖摇头否认,说,那公鸡是我从孵房里挑的小鸡,是我喂大的。

那还是不舍得。是你喂大的,就更不舍得了。我母亲试探地看着她,说,宰都宰了,也没办法了吧?

彩袖依然摇头,说,不是不舍得。我母亲等着她的下文,她却没有什么下文,闪烁其词地说,一只公鸡宰了也吃不到几块肉,我们乡下,不兴吃公鸡的。

我母亲听出来那是有点谴责的味道了,偏偏是个乡下姑娘在谴责她,我母亲有点下不来台,丢下她走了,边走边说,你们乡下要听公鸡打鸣,我们不要,有闹钟的,公鸡还是腌了吃实惠!

公鸡茂盛而漂亮的鸡毛被我父亲拔下来,摊在旧报纸上晒太阳。彩袖蹲在那堆鸡毛前,挑起一根金黄色的鸡毛,捏了捏又放下了,留着鸡毛干什么呢?她问,做毽子吗?弟弟你踢毽子的?

谁踢毽子?我又不是女孩子。我不耐烦地告诉她,晒干了卖给收购站,鸡毛可以卖钱的!

毕竟彩袖是我们家的客人,尤论她是否讨人欢喜,待客之礼是一样少不了的。第一天我姐姐带着彩袖出去,说是去逛公园,但彩袖对公园不感兴趣,草草地转了一圈就出来了。彩袖说就那么些大树,就那么个池塘,池塘边堆个假山,假山上搭个亭子,就是公园了?就要收钱了?出来了看见别人都往公园里面走,彩袖又后悔,对我姐姐说,不该这么快出来的,反正不能把三分钱要回来,不如在里面多走走。我姐姐说彩袖一路上都在为那三分钱心疼,直到经过了东风照相馆,她才忘了公园给她的伤害。

彩袖站在东风照相馆门口不肯走了,对着橱窗里陈列的那些漂亮姑娘的照片左看右看的。我姐姐反正也喜欢照相馆的橱窗,就耐心地陪她看。彩袖说她从来没有拍过照片,又打听拍照要花多少钱。我姐姐猜到了她的心思,有点犯难,说,我妈就给我一块钱,说是你的招待费,只够拍半寸的小照片,拍出来就手指甲那么大。彩袖竖起手指掂量了一下,说,那什么也看不见呀,拍了也白拍,再大一点的尺寸有吗?我姐姐说,怎么没有,一寸两寸的都有,就是要你自己贴钱了,你有钱吗?彩袖犹豫了一下,看看街上的行人,把我姐姐拉到了自己身边,你挡着我。她嘱咐我姐姐。我姐姐便用身体挡着她,听见她窸窸窣窣地在裤带下面忙碌,最后摸出了一卷毛票,是用橡皮筋捆好的,彩袖说,我有钱。我们顾庄的女孩子,我钱最多。

她们之所以回来那么晚,就是因为在东风照相馆排队拍照。女孩子在照相馆拍照大多是矫揉造作的,她们回来时还是那种模样。彩袖穿着我姐姐的白色绣花衬衣,两条长辫子卷成一堆马粪似的,盘在了头上。她的头发现在和我姐姐是一样的了,也许是故意没有把照相馆提供的口红抹干净,彩袖的嘴唇很红,看上去像是刚刚从舞台上下来,有点亢奋,有点害羞的样子。由于弄不清楚样片的意义,我听见她一再地问,那么多女孩子去拍照,照相馆会不会弄错,把别人的照片给她,她的照片反而给了别人。怎么会呢?我姐姐被她问烦了，说话不免有点刻薄，告诉你多少遍了，取照片都是要看样片的，谁要别人的照片？你又不是美女，别人拿了你的照片有什么用？

我被迫和彩袖相处了五天。我不认为彩袖有我父亲说的那么朴素，也不认为她像我母亲说的那么有心计。那五天时间里彩袖留给我的印象几乎是一个谜。比如说我不明白她为什么在饭桌上吃得那么少，却要趁厨房里没人的时候打开菜罩子。她像做贼一样地偷吃茨菰烧肉，我看得很清楚，她用手去扒开茨菰，挑里面的肉吃。她偷吃菜不稀罕，我也经常偷吃的，但她把我们家放白糖的罐子抱在怀里，偷吃白糖的动作让我很惊讶，我就向她大喊了一声，你在干什么？我把彩袖吓了一跳，糖罐子落在地上，很干脆地变成一堆碎片，半罐子白糖都撒到了地上。

彩袖的脸吓得煞白煞白的，她傻站在那里，半天回过神来，跺着脚对我喊，你看你干的好事！

我没想到她倒打一耙，尖叫起来，你偷吃糖，是你干的好事！

我干什么了？糖罐里飞进了一只苍蝇，我把它抓出来了。她很快镇定下来，跪在地上，小心地把白糖拢到一只碗里，我不喜欢吃糖的，我的嘴也没那么馋。她抬起头看着我，语气不那么坚定了，就算我嘴馋，你不吓我糖罐子也不会掉地上，弟弟你也有责任的。

我没有责任，是你在偷吃白糖！

她不怎么慌乱了，眼睛闪闪烁烁的，一定是在开动脑筋。阿娘他们就要回来了，她把一碗白糖放回到木架上，试探着看我，这糖罐子，就说是我不小心弄碎的，不过弟弟你不能诬赖我偷吃白糖，千万别诬赖人，啊？

谁诬赖你？我看见你偷吃了。我突然对这个乡下姑娘充满了歧视和仇恨,一句残忍的评价脱口而出,你这种人,只配嫁一个羊角风男人!

彩袖一定没料到我会说出如此刻薄的话来,她惊恐地瞪着我,谁教你的这句话?我看见她的眼睛里有一道暴怒的白光一闪,预感到她会做出什么危险的举动,要跑来不及了,彩袖喉咙里咯地响了一声,她低下脑袋,像一头野兽一样向我的胸口冲撞过来,我一下就失去控制,一屁股坐到我家的水缸上去了。

那也许是我和彩袖唯一的一次正面交锋。这么个不伦不类的事,没有失败也没有胜利,胜利也没意思。糖罐事件后我没有和彩袖说过话。后来她一定后悔用头撞我了,我去上学的时候还殷勤地替我整衣服领子,我对她的手充满厌恶,一下甩掉了她的手。她识趣地退到一边,不知道是安慰我还是安慰她自己,说,没事的,小孩子家,没事的。我当然没什么事,只是每次走过学校的宣传橱窗,看见巩爱华的照片就会想起彩袖,想起彩袖就觉得那橱窗里还匍匐着一个人影,是一个陌生的乡下男子,没有舌头,口吐白沫,于是那个明亮的橱窗一下变得阴森起来。

我姐姐把她和彩袖的样片取回来了。她们像是举行一个隆重的秘密活动,躲在阁楼上看,我听见她们在上面又笑又闹的,照片给我姐姐带来的永远是不满,她总觉得摄影师把她拍丑了,而那张一寸大的样片,给彩袖带来的是一种惊喜,不仅与容貌有关,也许是与生命有关了,我看见彩袖那天从阁楼上下来,黑红的脸上洋溢着一种无与伦比的喜悦。然后彩袖带着那份喜悦在厨房里刮茨菰,我姐姐在一旁给炉子换蜂窝煤,她突然想起那个有羊角风的男人,回头问彩袖,羊角风是什么样子?为什么叫个羊角风呢?

彩袖沉默了一会儿,大概是等待我姐姐放弃这种损人不利己的问题，但我姐姐不仅没有放弃的意思，还更深入地问了一句，羊角风要打人吗？彩袖这次毫不含糊地回答，不打人，他怎么打人？人不打他就算好的了。她的声音听上去异常冷静。你见过得病的疯羊吗？就像羊犯疯瘟病一样，倒在地上，抽筋，发抖，嘴里吐白沫。彩袖说到这里突兀地干笑了一声，然后笑声一下沉下去，又过了一会儿，我听见彩袖在厨房里说，其实他们都糊涂，我嫁谁都没有好日子，嫁给他，不是我苦，是他的日子更苦。我姐姐听不懂她的意思，还要打破砂锅问到底，彩袖就把手里的瓷片往地上一扔，蒙着脸冲出厨房，又往阁楼上去了。

我记不清楚那是彩袖到我家来的第四天还是第五天了，只记得是傍晚，我们一家人和彩袖正在吃晚饭呢，我姑妈仓皇地跑来，一来就对彩袖摆手，别吃了，别吃了，快上阁楼躲起来！

原来是彩袖的哥哥长寿来了。我姑妈明显没有做好应对这个突发事件的准备，她满头虚汗，把彩袖推到阁楼的梯子那里，对彩袖说，你哥哥吓死我了，蹲在我家门口，带了一只化肥袋，里面装的是一条大麻绳，他是要来绑人呀！我父亲拍着桌子说，光天化日的带绳子来绑人，还有没有王法了，把他扭送到派出所去！大家都对那条大麻绳感到愤怒，愤怒过后却有点发慌，毕竟是人家的家务事，不好那样对待他的。我母亲对姑妈说，是认准门牌号码来的吧，会不会蹲到我家门口来了？我姑妈让她放心，说长寿认到了她家的门，不会认识我家门的。我母亲却不放心，说你们家旁边那几个邻居我还不知道，都是长舌头，不问她们都会说出来的。我姑妈嘴里一迭声地否定着这种可能性，心里却是虚的，她的脑门上急出了汗，捞了一块毛巾擦着，突然眼睛里冒出怨恨的火光，巩爱华，都是她弄出来的麻烦！姑妈叫起来，她做好人，什么也不管，天下哪有这么便宜的事,我不管她有没有回来,明天就把彩袖送她家去,长寿认识我家,我认识她家!

大家一下子都不表态。我父亲示意姑妈降低她的大嗓门,别让阁楼上的彩袖听见,姑妈压低了声音,但是凭着那股怨恨,她说,不怕她听见,无亲无故的,我们对她很不错了。

太平无事的香椿树街一下风声鹤唳了,我母亲让我去门外看一看,门外没有人,是对面铁匠家的大黄狗蹲在我家门口,我朝街东方向望过去,远远看见我姑妈家门口堆了一团人影。也不知道是我眼花了还是过于敏感,我依稀看见那里的人都在向我家指指点点的。

等我回到屋里的时候,姑妈已经做出了决定,她要马上把彩袖从我家转移出去。你们替我招待她好几天了,不能再连累你们家了。姑妈说,乡下人蛮不讲理的,万一她哥哥来闹,闹出个什么意外来,我对你们家没法交代。我母亲问,现在就送巩爱华家去?巩爱华不是没回来吗?姑妈说,夜长梦多,绍兴奶奶和钱阿姨她们的嘴,我也不放心。迟早要送,不如现在就送,巩爱华不在家怕什么?不都是做父母的替孩子受过嘛,我不是心狠,是要个公平,该轮到巩爱华的父母照应彩袖去了。

姑妈把我父亲的自行车推了出来,她要亲自把彩袖驮到小柳巷的巩爱华家,她不去也不行,只有她认识巩爱华的家。我母亲和姑妈商量着行车的路线,怎么能绕过姑妈家门口,掩人耳目,她们一致认为从油脂加工厂穿出去是最科学的路线。为了更加稳妥,我母亲还拿了一套蓝色的工作服出来,准备让彩袖穿上。然后我听见姑妈在楼梯那里叫彩袖的名字。彩袖,彩袖,下来吧。姑妈说,我们去巩爱华家了。阁楼上没有声音。姑妈又对着阁楼喊,彩袖彩袖下楼吧,去巩爱华家最安全,你哥找不到你的。彩袖的沉默让大家都聚到了楼梯那里,每个人的脑袋都不安地向上面仰望着。我母亲说,彩袖,不是我们怕事,是为了你好,你哥哥带绳子来的,你们怎么闹都是亲兄妹,都是家务事,我们夹在中间不好办的。姑妈看上去很急躁,她用自行车钥匙敲打着楼梯,彩袖你倒是快下来呀,马上你哥哥就来了,他来了你要走也走不了啦,我们只好看他把你绑回乡下去。姑妈一急就有点像骗小孩子了,她不再把矛头指向巩爱华身上,反而向彩袖夸大巩爱华家的种种优越性。巩爱华家在曲里拐弯的小弄堂里,你哥哥找不到的。又说,巩爱华家旁边就是派出所,她又是先进人物,你哥哥敢到她家去闹,派出所就把他绑起来!

彩袖白着脸下了阁楼。也不知道她是不是哭过,她始终垂着眼睛,是被羞辱过后的严峻的表情,也可以说是悲伤释放过后轻松的表情,我注意到她的下巴颏那里是湿的。彩袖提着她那个灰色的人造革旅行包,慢慢地走下来,走到楼梯最后一格,我看见她突然扔下旅行包,捂着肚子,坐在了梯子上。

我姐姐冲过去扶她,彩袖你肚子疼?

彩袖先点头,看看我母亲已经抻开了那件蓝色的工作服,又摇头,推开我姐姐,自己站了起来,像个木头人一样站着。她们七手八脚地替彩袖穿好了工作服,我姐姐端详着彩袖,彩袖你去照照镜子,你不像你了!她的建议受到了我母亲和姑妈一致的抗议,你来添什么乱,都什么时候了,哪儿有心思照镜子?

穿上工作服的彩袖仍然是彩袖,她不说话,你就不知道她心里在想什么。然后是彩袖跟着姑妈的自行车,我们跟着她,一行人小心谨慎地来到街上。看看街东方向,姑妈家门口的一堆人影子厚了好多，说明泄密的危险越来越大。快点走！彩袖几乎是被我们一起架到了自行车后座上。彩袖坐到自行车上，我才知道她为什么走得魂不守舍的，照片，照片！她突然回过头对我姐姐喊，我的照片，你怎么给我？

那天夜里长寿果然跑到我家门口来了。他敲门，敲门没人开，他就用拳头擂门，一边擂门一边喊，彩袖，你给我出来，死出来！我父亲后来去开门了，不是为了让他进来，是他自己要出去叫人。我父亲冷静地从那只化肥袋上跨过去，瞥了一眼袋子里的绳子，冷笑了一声，你还带了绳子来捆人，还不知道这绳子最后捆谁呢。

我从床上爬起来的时候，父亲的人马已经到了。一大群男人，有老人，是来做说服工作的，还有几个都是我表哥的朋友，三把手之流的人，都是膀大腰圆的，一看就知道他们是来干什么的。三把手他们把长寿从门里拽出来，一边拽一边骂他，你这个乡下佬，把自己妹妹当畜生卖，还敢跑我们这里来闹事？你这种人，买块豆腐撞死算了！

长寿矮小，但很粗壮，他的身体被抬出我家门框，很快又顽强地进来了，彩袖，彩袖，你给我死出来！他被按倒在地上，但一只手死死地抓住我家门框，要往里边来，对于别人的辱骂他并不计较，也不反驳，只是一味地叫喊着他妹妹的名字。昏黄的灯光照着他的脸，可以发现他的脸和彩袖异常地相像，方脸，鼻梁是塌的，眼睛却很大很亮。这样混战了好一会儿，长寿终于安静了，不安静也不行，三把手他们趁他的裤腰带掉下来，干脆把他的裤子扒下来一半，威胁他说，你再闹就这样把你送派出所去，流氓罪把你抓起来！长寿拼命拉着自己的裤子，终于安静下来。三把手他们停不下来，他们把长寿推来搡去的，又开始骂他，娶不到老婆就不娶了，你们乡下那么多猪那么多羊，你不会操老母猪去，操母羊去，为什么把亲妹妹换给羊角风老头？把裤腰带还给你，你用裤腰带把自己吊死算了！

　　长寿不还嘴，目光躲避着那几个青年，似乎他们的辱骂都是某种事实。他也不听老人们对他的政治教育和道德教育，似乎他们是在教育他们自己。他坐在地上，一只鞋子被谁踩掉了，长寿就一条一条地拨开别人的腿，找他的另一只解放鞋。那只鞋就在我父亲的身后，长寿探起身子去捡那只鞋，三把手手疾眼快，一把捡起来，扔到很远的地方去了。去捡吧，捡完了不准再回来！三把手推了长寿一把，给我往东走，到长途汽车站过一夜，天一亮就有班车了，你哪儿来的就给我滚哪儿去！

　　看得出来那只鞋对长寿很重要。我们看见长寿站在三把手身边，愤怒地瞪着他，三把手说，你瞪我干什么？又脏又臭的解放鞋，你不赶紧去捡，狗就把它当屎给啃啦。长寿试着推了推三把手，三把手怪笑起来，你还敢推我，你别敬酒不吃吃罚酒，再闹我把你的人也扔出去，你信不信？

　　长寿去捡那只鞋了，他走路有点罗圈腿，走得很艰难的样子，又有点像伤到了什么关节。我们看着他去捡鞋。我父亲有点不安，对三把手说，你吓唬他一下就行了，怎么那么整他？三把手说，这种乡下人，要无产阶级专政的，不专政治不了他，等他回来还要吓他。大家都以为长寿捡了鞋还会回来的，但出乎大家的预料，长寿只是在远处停留了一会儿，停了一会儿就真的向东走了。他走得很慢，一条矮小的身影，慢慢地在香椿树街的灯光里漂移，大家都以为长寿被驯服了，突然一声凄厉的叫声又在远处炸响，彩袖，彩袖，你给我死出来！

他又开始叫他妹妹的名字了,这回是沿着深夜的街道叫,所以声音听起来有点恐怖,伴随着空旷的回声,我记得很清楚,隔着很远,能依稀听见长寿哽咽的声音,令人同情的哽咽过后,还是那恐怖的叫声,彩袖,彩袖,给我死出来,跟我回家去!

几天以后我姐姐把照片送到小柳巷去。她千辛万苦找到了巩爱华家,却没有看见巩爱华,也没有看见彩袖,只是隔着厨房的窗子,见到了巩爱华的老奶奶。

巩爱华的奶奶也在厨房里刮茨菰。我姐姐说她一眼认出那是来自顾庄的茨菰,胖胖的,圆圆的,尾巴是粉红色的。看见顾庄的茨菰就看见了顾庄来的人。可是我姐姐没能把巩爱华喊下楼来。巩爱华的奶奶满头白发,也许是老糊涂了,也许不是糊涂,是精明,我姐姐在窗外朝里面张望,她不动声色地注视着外面,严密监视我姐姐,我姐姐喊巩爱华的名字时,那老妇人才颤巍巍地站起来。别这么大声叫,邻居有上夜班的,正在睡觉呢。隔着窗子,她忙不迭地对我姐姐摆手,爱华不在家,她是大忙人,又去省里开会啦!

我姐姐说她看见一个短发姑娘的脸从楼上的窗边一闪而过,她怀疑那是巩爱华,而且楼上支出来的晾衣架上有一件白色的年轻姑娘穿的胸衣,还在滴着水,这加深了我姐姐的怀疑。她不知道巩爱华为什么会不在家。我姐姐只好向老妇人打听彩袖的下落,老妇人更加警惕起来,她问我姐姐,你是谁?哪儿来的?这么个简单的问题偏偏把我姐姐难住了,她说不清楚她是谁,一赌气就把彩袖的照片扔到了临窗的桌子上,我才不管别人闲事呢,我就是送照片来的。扔进去了我姐姐又不放心,退回窗台,手伸进去挡住老妇人,从小纸套里摸了一张出来,说,人家拍一张照片不容易,你们家这个态度,我不放心,替她留一张下来吧。

我姐姐临走听到了彩袖最后的消息。那消息是巩爱华的奶奶透露的，老妇人明显对彩袖的事情有偏听偏信之处，或者说她完全误解了巩爱华在这件事情上所起的作用。她隔着窗子批评我姐姐，你们不要把我家爱华当枪使，什么麻烦事都来找她。人家姑娘的婚事也要她来管？你们就不怀好心，看着爱华是先进，故意影响她的前途！我姐姐让她批评得摸不着头脑，站在那里向老妇人翻白眼，老妇人就忿忿地扔了个茨菰尾巴出来，说，你别跟我翻白眼，那乡下姑娘的事，不归我家爱华管，归妇联管，你要找她，去妇联找！

关于彩袖去了妇联的消息，是我姐姐带回来的。后来我们知道彩袖确实去过市妇联的办公室。是巩爱华的父亲带她去的，他也是个机关干部，最知道什么机关解决什么问题，哪个上级单位管辖哪个下级单位。但是很明显，我们这里的妇联一时无法解决彩袖的麻烦，巩爱华的父亲让彩袖向妇联的干部详细反映她的情况，他急着要去上班，便给彩袖画了张自己家的地图，让她自己找回家来。他们说彩袖那天坐在妇联的办公室里，坐了很长时间，也说了很长时间，旁人都不知道她是在说自己的事，看上去她是在描述一桩别人的可怕的婚姻。后来她被送出办公室，并没有离开，她很安静地坐在一张长椅上，听一对闹离婚的男女在走廊上互相谩骂，互相揭露对方的私生活，她还上去劝了那女方几句，劝什么，别人也听不懂。再后来妇联下班了，干部们都走了，接待处的一个女干部路过铁狮子桥，看见那个顾庄来的姑娘坐在铁狮子桥的桥块下，一边喝一分钱一杯的热茶水，一边东张西望地对照着那张画在信纸上的地图。女干部去桥块下的贩米船上买了一包籼米回来，再瞥一眼茶摊，那彩袖还坐在那里，但彩袖的悲伤已经像早晨的太阳喷薄而出了，彩袖捧着一杯茶哭，彩袖看着铁狮子桥上来来往往的人哭，茶摊的主人和几个热心的路人都围到了彩袖身边,他们以为那乡下姑娘是为了那张信纸哭,可是信纸被摊展开来,那些热心的人们看见的是一张简陋的用圆珠笔勾勒的地图。那个女干部犹豫了一会儿,最终还是急着回家做晚饭了,因为她听见有人热心地站出来了,说,小柳巷?你要去小柳巷?我认识,我来带你去!

现在我们都知道了,那个热心人后来并没有把彩袖带回巩爱华的家。这是一个令人费解的结果,直到现在,与此事有关的人们还在争议,那个带路的人到底是谁?他到底把彩袖带到哪里去了?长寿后来没有找到他妹妹,他在巩爱华家闹了两天,没看见彩袖的人影,巩爱华也始终没露面,倒是派出所的人来了,按照有关条文,他们把长寿强行押到长途汽车站,遣送回去了。

我们这一边后来谁也没见过彩袖,我姐姐有一天回来告诉我母亲,她在铁狮子桥下面看见一张寻人告示,是找彩袖的。我母亲说,彩袖失踪了,当然要贴告示。但我姐姐哭了起来,一边哭一边嚷,那张照片,照片!我母亲一下明白过来,明白过来脸就发白了,说,你现在知道哭了,让你带她出去玩,你偏带她去拍照片,为什么要拍那张照片?为什么?这张照片拍了干什么用的,啊?啊?我母亲冲动地质问着我姐姐,把自己也问得哭了起来。她们从逻辑上推理出来的结果是沉重的,我姐姐脱不了干系,因此我母亲在道义上承担了沉重的压力。为了宣泄这份压力,我母亲必然要责问我姑妈,最后的结果可想而知,我母亲和我姑妈绝交了,我们两家住那么近,住在一条香椿树街上,我姑妈是我父亲的亲妹妹,我父亲是我姑妈的亲哥哥,可是我们两家就这么绝交了。

彩袖后来是搭一条贩茨菰的船回到顾庄去的,这些消息都确凿,因为确凿让我们和姑妈一家高兴了一阵子。只是彩袖消失的那几天里,她到底是在哪里度过的,怎么度过的,和谁在一起度过的,这些细节从来都是个无头案,我们大家一点也不清楚。

表哥说彩袖后来兑现了家里的许诺,嫁给了那个患有羊角风的中年人。我表哥春节回来过年时还说他们的婚姻不错,看见彩袖和她男人去赶集,女的卖了小鸡,男的买了锄头,在路上一前一后地走。到了五一节回来,表哥不肯提彩袖的名字了,一追问就问到了那个令人震惊的消息,彩袖服农药自杀了。表哥说彩袖死得很有计划,她在菜园里打农药,打完农药别人看见她拿着个塑料桶坐在地里,都以为她是在喝水,说彩袖刚才还看见你喝水的,怎么一会儿又渴了?彩袖说今天天热,渴死人了。彩袖当着好多人的面喝了半桶农药。我姑妈那边,我们家这边,都被这个消息吓着了。我表哥闪烁其词地提到了村里的一些流言蜚语,说彩袖死的时候可能怀了身孕,大家都怀疑彩袖怀的孩子是野种,不是羊角风的。姑妈立刻大叫起来,羊角风不影响生育的,不是他的是谁的?

然后大家都突然沉默了。想到了彩袖失踪的那段时间,想到她是带着一个秘密回到顾庄去的,一下谁都不敢说话了。每个人都在掩饰自己慌乱的内心,却掩饰不住那种带有犯罪感的表情。后来我姑妈突然站起来,一句话让大家都得到了解脱,她说,我们对彩袖问心无愧的,彩袖苦命,怪不得别人呀,要怪就怪那个巩爱华,不是她惹这个麻烦,彩袖她也不至于落这么个下场。

香椿树街一带的居民,习惯于把亲朋好友的照片压在玻璃台板下面,彩袖的那张照片一直压在我家五斗柜的玻璃台板下面,平时那位置上是放一瓶塑料花的,那瓶塑料花常年盖着彩袖的照片,就像是盖着一件隐私一样,无法丢弃,也不愿暴露。我们有我们庸常而繁冗的日常生活,谁会无端地想起顾庄的一个乡下姑娘来呢?

我们几乎把彩袖遗忘了。直到那年搬家，我和我姐姐清理玻璃台板下面的照片时，突然看见彩袖的照片，一时竟然都想不起来照片上的人是谁了，我努力地揭下那张粘连在玻璃上的照片，是什么人，脸那么熟？我姐姐突然叫起来，是彩袖呀，怎么她的照片还在这下面？

于是我也想起了彩袖，不知为什么，想起彩袖我就想起了茨菰，小时候我不爱吃茨菰，但茨菰烧肉我爱吃，现在人到中年，我不吃茨菰，茨菰烧肉也不吃了。